훔볼트의 유산

안 정 오

푸른사상

독일 베르린의 테켈성: 훔볼트가 말년에 이곳에서 연구활동을 수행함.

레오 바이스게르버의 친필

본에 있는 바스게르버 저택에서. 베른하르트 바이스게르버와 저자

베르린 자유대학 로만어학부의 트라반트 교수와 저자.

 책머리에

훔볼트는 마치 나방 집에 감싸인 번데기와 같다. 언제나 그는 다른 사람의 글이나 기사를 통해서 유령처럼 간접적으로 나타나기 때문이다. 그래서 훔볼트라는 이름은 어디서나 들려오지만 그의 실체는 어디에서도 자세하게 볼 수 없다. 그는 그림자로 나타나고 제 3의 인물을 통해서 가늠된다. 훔볼트가 번데기화 되거나 유령화 된 데는 다음의 두 가지 이유가 있다.

훔볼트는 <u>언어로 세상을 인지한다</u>는 관점에서 "세계관" 개념을 만들어 내었는데 이 개념이 그의 후계자인 레오 바이스게르버에 의해 언어학에 구체적으로 적용되게 된다. 하지만 공교롭게도 바이스게르버는 나치에 동조한 흔적으로 인해 - 실제로 그런 흔적이 없다 하더라도 이론적으로 바이스게르버를 반대하는 학자들은 그런 흔적을 구체화 하고 있다 - 훔볼트까지도 유사한 흐름으로 간주되게 되었다. 이런 경향에 힘을 더 실어주는 것은 일반적으로 공개되는 훔볼트 초상화 속의 훔볼트 가슴에 붙어 있는 프로이센 철십자 훈장이다. 이 철십자 훈장은 나치정권에 의해 프로이센의 정당성을 상징화

3

시키기 위해 나치의 상징물이 되었고 모든 나치 행사장에나 군복에 내걸리게 되었다. 그래서 훔볼트의 철십자 훈장과 나치의 철십자 상징물이 전혀 관계성이 없지만 시대의 차이와 전후맥락을 모르는 평범한 사람들은 유사한 관련성이 있는 것으로 이해할 수도 있다. 독일에서는 나치에 대하여 긍정적으로 말하거나 나치에 협력한 모든 흔적이나 고리들을 언급하는 것은 금기로 되어 있기 때문에 가능하면 위에 언급한 근거 없는 이유로 인해 훔볼트를 언급을 하지 않으려는 경향을 띄게 되었다. 그러나 실제로는 그의 사상과 이론이 어렵고 난삽하기 때문에 언급하지 않는 것이 더 타당한 이유일 것이다.

또 다른 이유는 훔볼트의 사상과 이론이 영어로 번역되어 있지 않은 데 있다. 기껏해야 전집 17권 중에서 제 7권만이 영어로 번역되었는데, "Geist"(정신)라는 낱말을 "mind"(마음)로 번역하였고 "Nation"을 국가를 나타내는 "nation"으로 번역하였다. 그러나 이 번역어들은 원래 훔볼트의 의도에 많이 어긋난다.

훔볼트는 이상야릇한 매력이 있으나 이런 두 가지 이유로 인해 점차로 접근이 어려운 인물이 되어 갔다. 하지만 훔볼트는 전통적인 독일 철학으로부터 언어학을 독립시키어서 우리가 현재 이해하는 언어학의 지위로 올려 놓았으며, 언어를 대상으로 보지 않고 생명체와 같은 하나의 유기체로 보고 연구하였으며, 인근 유럽의 학자들은 물론 미국의 언어학자 사피어, 워프, 촘스키 등에게도 많은 영향을 주었다. 그래서 그는 한편으로는 형식문법학자들과 대별되는 <u>내용 중심의 언어학</u>으로 모아지는 언어학의 한 축을 형성하고 있으며, 다른 한편으로는 보편성이라는 개념으로 수렴되는 언어학과 반대로 모국어, 개별어, 개별성 등으로 수렴되는 독특한 학파를 형성하고 있다. 그래서 훔볼트는 현대 언어학에서 가장 많이 연구되어야 할 중요한 학자 중 한 사람이다.

그러나 아직도 훔볼트는 잠수함처럼 수면 밑에 잠자고 있으며, 작은 잠망경으로 세상을 관찰하며 나오고 싶어 하지만 여러 가지 상황으로 나오지 못하고 있다. 독일은 영국, 네덜란드나 스페인처럼 바다를 많이 가지고 있지 않아서 해상국이었던 적은 한 번도 없다. 그러나 독일은 잠수함을 건조하여 2차 세계대전 때에 바다를 제패한 적이 있다. 잠수함은 자신의 모습을 드러내지 않으면서 바다를 은밀히 관측하고 상대방을 제압하여 승리를 쟁취하는 특성이 있다. 사상적인 측면에서도 프랑스에는 눈에 곧바로 띄는 *데카르트*나 *루소*라는 함대가 있고 영국에는 *로크*와 *흄*과 같은 전함이 있다면, 독일에는 존재는 인식되지만 *잘 알려지지 않은* 훔볼트라는 잠수함이 있다. 독일은 이 훔볼트라는 잠수함을 통해서 *칸트의 현상주의*를 언어학에 실어서 20세기로 이어 줄 수 있었다.

우리나라에서까지도 훔볼트는 *레오 바이스게르버*라는 걸출한 일반 언어학자를 통해서 우리에게 간접적으로 등장하였고, 교육학이라는 범주 안에서 가끔 옆 모습만 드러났다. 나의 학창시절에도 훔볼트는 그림자로, 유령으로, 잠수함으로 다가왔다. 그래서 이유 없는 두려움으로, 신선한 호기심으로, 범접하지 못할 경외심으로 훔볼트라는 인물을 바라보게 되었다. 당시의 상황에서 훔볼트의 텍스트를 구해서 읽는 것이 상당히 어려웠고, 그의 텍스트 내용이 어려워서 레오 바이스게르버라는 학자의 논문 속에서 그를 만나는 것으로 나는 만족하였다. 그러나 간헐적으로 만나는 그의 텍스트는 나에게 매우 강한 인상을 주었으며, 그 텍스트의 전후 맥락을 읽지 않고는 궁금해서 견딜 수 없었다.

나는 독일에 가서 훔볼트를 자세히 연구하리라 생각하였다. 독일 중부 *노르트 라인 베스트 팔렌* 지방의 부퍼탈 대학교에 "훔볼트의 부흥"이라고 자타가 공인하는 바이스게르버 교수의 아들이 강의를 한다는 말을 들었다. *프리드리히* 엥겔스가 태어나서 자란 곳, 노동자들의 애환과 백만장자들의 영화가 교차되는 곳, 바로 그곳으로 가서 나는 바이스게르버 교수를 만나고 싶었다. 그에게 가면 훔볼트는 껍질이 벗겨지고 실체가 드러날 것이라고 생각했다.

80년대 중반에 독일은 아직 분단되어 있었고 여기 저기 공산주의에 대한 경계가 살벌하던 때였다. 공안당국에서는 이상한 행동이나 이상한 장소의 방문에 대해 매우 촉각을 곤두세우고 있었다. 그래서 남한은 서독하고 북한은 동독하고 교차로 수교하고 있었으며 긴장감이 언제나 어디서나 존재하던 때였다. 욕심 같아서는 훔볼트가 설립했다는 동 베르린에 있는 훔볼트 대학에 가서 공부를 하고 싶었지만 불가능한 일이었다. 십수년 전에 동 베르린 한국 유학생 사건으로 안기부에서 특히 독일 거주 한국인들에 대해 긴장감을 계속 늦추지 않고 있는 시기였기 때문이었다. 그런 살벌한 시기에 내가 선택할 수 있는 길은 제 3의 인물을 통해서 훔볼트를 알아가는 수 밖에 없었다.

독일에 도착하여 얼마 있다가 베른하르트 바이스게르버 교수를 만났고 그는 나를 자신의 부친 레오 바이스게르버의 묘소가 있는 본 Bonn으로 인도하였다. 나는 그곳에서 그의 묘지에 분향함으로 그에게서 직접 배우지 못하는 불만을 달랠 수 밖에 없었다.

그는 외모 상으로 부친 *레오 바이스게르버*와 매우 비슷하게 생겼다. *베른하르트 바이스게르버*는 부퍼탈 대학교의 일반언어학과 독어교수법을 위한 교수자리를 대표하고 있었다. 부친 *레오 바이스게르버*는 독일의 언어연구와 문법서술을 내용중심으로 개편할 것을 강력하게 주장하였고 언어가 사고와 행동을 지배한다는 생각을 여러 가지 논문들을 발표한 장본인이기도 했다. 그래서 그는 언어교육을 이러한 이론을 토대로 실시해야 한다고 주장하였다. 그러나 그는 이러한 이론을 발표했지만 실천은 하지 못했다. 다행히도 그의 아들이 일반언어학과 독어 교수법을 그의 부친이론으로부터 발전시켜서 대를 이어 내용중심의 언어이론과 실제가 이루어지게 되었다. *베른하르트 바이스게르버*의 교수법이론은 우선은 레오 바이스게르버 이론에 충실하지만 그의 부친이 훔볼트에서 모든 접근 방식을 따온 것처럼 역시 *베른하르트 바이스게르버*도 훔볼트에서 많은 것을 인용하고 훔볼트를 토대로 자신의 교육이론을 펼쳐나갔다.

바이스게르버 교수는 다른 교수들과는 달리 언제나 금요일 오후 2시에서 4시 사이에 세미나를 개최하였다. 80년대 중반 독일에서는 대개 금요일 오후에 근무를 하지 않았다. 그래서 독일의 금요일 오후는 마치 한국의 토요일 오후처럼 휴일이었다. 그래도 그는 거의 10년 이상을 그런 식으로 금요일 오후에만 세미나를 하였다. 그래서 학생들이 매우 힘들어 했다. 매주 금요일 오후 1~3시 사이에 저혈

압으로 몸이 나른함을 느끼었으며 잠이 쏟아지는 시간대였다. 졸면서 알량한 독어를 이해하려고 앉아 있는 나 자신이 마냥 부끄러웠다. 속으로 "차라리 오전에 하지!"라고 투정어린 속삭임을 내뱉었다. 그러나 한편으로는 지도교수에 대한 예의 때문에, 다른 한편으로는 훔볼트의 참 모습을 볼 수 있으리라는 기대감으로 한마디 변명도 못하고 그의 강의와 세미나를 거의 7년 내내 억지로 들어야 했다.

강의실에 들어가면 항상 부퍼탈 대학교에서 가장 딱딱한 분위기를 지닌 엄숙한 얼굴들만 보였다. 굵은 안경을 쓴 페터, 칙칙한 색상의 치마와 부라우스를 하고 파란색 안경테를 걸친 다니엘라, 짧은 반바지를 입고 위에는 이상한 양복 상의를 걸친 헬무트, 언제나 독일 세파트를 끌고 와서 같이 수업을 듣는 잉에(그 개는 이상하게도 공부를 시작하는 시간에는 조용히 책상 밑에 앉아 있다가 바이스게르버의 끝나는 시간에 알리는 *"마이네 다멘 운트 헤렌, 인데어 넥스트 보헤…"*라는 말이 나오면 몸을 부를 떨고 일어났다), 그리고 이상하게도 나사가 한 두 개 빠진 것 같은 두 명의 독일인, 외국인으로서는 내가 유일하게 그 세미나에 참석하여 거의 15~18명이 강의실을 'ㄷ'자 모양으로 배열된 책상에 앉아 참여하였다. 나는 항상 맨 앞자리에 앉아서 바이스게르버 교수의 코 털을 올려다 보며 그가 말할 때 튀는 침을 맞아가면서 7년 이상을 참고 지내야 했다. 그때 *프랑크 슈나이더*도 같은 클래스메이트 중 한 사람이었다. 그는 상당히 깊이 있게 연구하여 박사학위 논문(『언어의 원형 Der Typus der Sprache』, 1995)을 작성하였는데 그 내용 중 많은 것이 바이스게르버 수업시간에 나왔던 것이고 그 내용들을 참여자들이 서로 깊이 있게 토론하였다.

이러한 세미나를 통하여 훔볼트는 점차로 실체를 드러내기 시작했다. 예를 들어 사회학, 인류학, 철학, 교육학, 언어학, 정치학, 문학, 번역학, 문헌학 등이 그의 연구 영역인데, 특히 나에게 매력적으로 보인 것은 언어학 분야였다. 7년 이상을 그의 실체 벗기기에 천착하다 보니 언어학에서 활약한 그의 화려한 모습이 점차로 드러나기 시작했다. 딱딱한 곳, 부드러운 곳, 상처 난 곳, 보기에 좋은 곳 등의 여러 가지 모습을 하고 훔볼트는 나에게 다가왔다. 훔볼트의 여러 분야 중에서 특히 언어학에 관한 분야를 지난 10년 동안 연구하고 정리할 수 있었다. 이해가 쉽지 않은 부분들은 다른 독일의 훔볼트 전문가들인 *기퍼, 트라반트, 세싸레, 보르쉐, 샤프, 슈미터* 등이 발표한 훔볼트에 관한 논문의 도움을 받았다.

기퍼 교수는 독일의 뮌스터 대학에서 *바이스게르버*와 훔볼트의 사상을 강의하고 있었다. 그의 깊이 있는 강의를 가끔 도강을 했는데 언제나 참신하고 깊이가 있었다. *트라반트*는 베를린 대학 로만어 학부에 있는데 역시 그의 책들은 매우 정평이 나 있다. 그는 1990년에 『훔볼트의 전통』이라는 책으로 "그 해의 책"이란 타이틀을 얻게 되는데 평생 한권의 책을 이 반열에 올리지 못하는 학자가 90% 이상이다. 이 책은 본인이 이미 번역하여 『훔볼트의 상상력과 언어』란 제목으로 출간하였다. *슈미터* 교수는 *기퍼*의 제자로 상당한 자긍심으로 훔볼트의 이론들을 해설하는 학자인데 우리에게 쉽게 용이하게 훔볼트의 이론에 접근하도록 해 준다. 그의 책 『언어기호』가 한국어로 번역되어 나와 있다.

이 책에 저술한 내용은 기존에 여러 학술지에 실은 논문들을 개작한 것(2장 독일문학 56집, 3장 고려대학교인문대논집 18집, 4장 텍스트언어학 2집, 5장 고려대학교인문대논집 13집, 6장 독일문학 2003년, 7장 독일문학 81집, 8장 고려대학교인문대논집 15집)과 새로이 추가한 내용(1장『Klassiker der Sprachphilosophie』에 나오는 세싸레의「훔볼트」를 번역한 것, 9장 새로 발표한 논문)이다. 그래서 이 저서는 새로운 것이 많지는 않지만 학술지를 이곳 저곳에서 찾아 보는 번거러움을 줄여 주는 데 그 의미가 있으며, 훔볼트를 하나로 묶어 개관하는 데 의의가 있다고 하겠다.

수년전에 우리나라에서 발간된『홈볼트의 언어철학』(이성준)이라는 해설서를 통하여 훔볼트가 상당히 친숙하게 된 것은 사실이다. 『홈볼트의 언어철학』은 철학 쪽에서의 훔볼트를 고찰한 것이라고 한다면『홈볼트의 유산』은 언어학 쪽에서 훔볼트를 고찰한 것이라고 할 수 있겠다.

소명의식을 가지고 책 한권 한권을 선별하여 출간하는 한봉숙 사장님의 세밀하고 따스한 마음이 척박하고 얼어붙은 출판계를 풍요롭게 하고 녹여주었으면 좋겠다.

2005. 8.

안 정 오

책머리에

1. 들어가는 글

우리가 알고 있는 것과는 다르게 빌헬름 폰 훔볼트는 독일 사람이 아니다. 그가 태어난 당시에 독일은 없었고 프로이센만 있었다. 프로이센은 독일 땅에 있었던 여러 군주국가 중 하나로서 독일어를 중심으로 어떤 독일이라는 나라를 만들고자 열렬히 꿈꾸던 작은 나라일 뿐이었다. 그래서 그의 국적은 정확히 말하자면 독일이 아니라 "프로이센"이라고 해야 한다.

더욱이 그는 베르린 사람이 아니다. 그의 출생 장소가 베르린 가까이에 있는 포츠담이기 때문이다. 지금은 베르린과 포츠담이 도시의 확장으로 서로 가까이 있게 되었고 교통의 발달로 두 도시의 생활권이 공동으로 형성되어 있지만 그가 태어나던 당시에는 전혀 다른 도시들이었고 접촉을 할 수 없었던 지형들이었다. 베르린은 프로이센의 수도여서 번잡하였지만 포츠담은 프로이센 왕의 별장이었던 산수시 궁전이 있을 정도로 조용하고 한적한 작은 마을이었다.

포츠담에서 그는 아버지의 엄격한 보호 아래 동생 알렉산더와 함께 가정교사에게 교육을 받았다. 당시만 하더라도 그 부근에 제대로 된 대학이 없어서 교육을 받기에 어려움이 많았다. 이런 상황이 나중에 그를 교육제도연구가로서 베르린의 훔볼트 대학을 창설하게 하도록 했다. 그는 정규대학에서 교육을 받지 않았지만 가정에서 받은 여러 가지 전문적인 지식을 통하여 프로이센의 대사를 지낼 수 있었고, 교육자로서 교육개혁을 할 수 있었으며, 철학자, 언어학자, 번역가, 문헌학자, 그리고 시인으로서 활동할 수 있었다.

특히 그는 여러 분야 중에서 언어에 많은 관심을 보였으며 바스크 언어는 물론 비유럽어인 북미언어 그리고 중국어에서 말레이 언어까지 다양한 언어를 통해서 그 민족들을 이해하려고 시도하였다.[1]

훔볼트는 언어를 다른 관점에서 고찰하지 않고 언어 자체에서 고찰했다. 그래서 그에 의하면 사고와 존재가 언어에서부터 사료되어야 한다. 이 두개의 실체는 언어를 통해서 조건 지워져 있는 것으로서 증명되기 때문이다. 만일 주체와 객체, 나와 세상이 언어의 지평선 안에서만 주어진 것이라면 바벨탑에서 생긴 인간언어의 상이성은 이해될 수 있을 것이다.

이런 맥락에서 그는 언어와 관련 있는 주제들을 다루었는데 즐겨 다룬 것들은 언어의 중재성, 언어와 사고의 관계, 언어의 다양성, 언어의 화용성, 언어와 의사소통 등과 같은 것들이었다.

---

1) 이러한 다양한 언어의 습득과 발견과정을 통해서 훔볼트는 세계의 언어를 다 인정하고 심지어는 방언까지도 그 언어의 존재가치를 인정하는 세계주의자가 된다.

1) 나와 세계의 매개로서의 언어2)

홈볼트가 시작한 출발점은 언어를 제한적으로 단순한 의사소통수단으로만 보는 것에 대한 비판이다. 즉 그에 있어서 언어는 <u>도구가 아니고 기관</u>이었다. 언어를 기호로 본다는 것은 언어에게 각 세계를 구성하는 능력을 부여하지 않고 수많은 전통적인 기호로 언어를 평가 절하하는 것이고 주어진 세계를 기호를 통해서만 지시하는 것으로 생각하게 한다. 그리고 다른 한편으로 사람들이 언어란 인간에게 외적인 것이라고 생각하게 한다. 다시 말하면 여기서 언어는 외적인 요구를 도와주는 보조수단, 즉 사회적 의사소통에 대한 요구에 따른 보조수단으로 이해된다.

이러한 파악과는 반대로 홈볼트는 기관이라는 말로 언어를 나타내는데, 이미 플라톤이 명칭이란 전통적인 기호가 아니라 존재를 구별하는 "도구"(Organon)라는 것을 나타내기 위해서 이 말을 사용한 바 있다. 그러나 홈볼트의 기관은 칸트의 의미에서 '기관'이다. 즉 이 기관은 살아 있는 유기체의 부분으로서 이해된다. 그러므로 그 언어는 인간에게 원초적이고 자연적이다. 언어는 본능으로 이루어져 있고 인간 본성에 놓여있는 계속 설명될 수 없는, 즉 다른 사람

---

2) 서문에 해당하는 1)에서 7)까지는 보르쉐 T.Borsche가 간행한 『언어철학의 대가들 Klassiker der Sprachphilosophie』(1996.C.H.Beck)에 나오는 세사레 D.D.Cesare의 논문 「홈볼트 W.v.Humboldt」를 번역하여 각주를 붙이고 약간 수정 보완한 것이다.

들과의 조화 속에서 자기 자신과 세계를 음성을 통해서 형성하는 내적인 요구로 구성되어 있다. 말하자면 언어는 외부세계에 있는 대상의 외적인 존재를 구별하는 기관이 아니고 주체의 내적인 존재를 구별하는 기관이다. 그래서 이 주체와 언어는 구별될 수 없고 언어는 결국 그 주체와 일치된다.

나와 세계를 원천적으로 매개하는 데 있어서 언어를 충족시키는 결정적인 기능을 훔볼트는 우선 1800년 9월 쉴러에게 쓴 어떤 편지에서 언급한다.[3] "언어는 나와 세계를 서로 관련짓는 데로 제한되지 않는다. 왜냐하면 어떤 세계를 가진다는 것은 인간을 위해서는 그가 그 세계로부터 어떤 것을 고립시키고 대면시킴으로써 자신이 어디에 살고 있고 생명체로서 무엇과 관련되는가 하는 사실로부터 자유로워지는 것을 의미하기 때문이다." 이러한 대면이 '성찰'의 최초 행위이다. 인간은 자연적 존재로서 그가 살고 있는 세상과 원래 일치되어져 있다. 이러한 통일은 성찰의 행위로 밝혀진다. 즉 인간이 대상을 사물로서 그리고 동시에 자기 자신을 주체로서 규정함으로써 이것이 가능해진다. 이러한 행위가 바로 언어적인 본성이다. 언어는 오히려 의사소통의 단순한 도구로서보다는 인간이 자기 자신과 세계를 형성하는 도구이거나 혹은 오히려 그가 세계를 자기와 구별함

---

3) GS V:195-199. 1903~36년에 훔볼트의 모든 저술들을 라이츠만 A.Leitzmann이 17권짜리 훔볼트의 『논문총서』(Gesammelte Schriften)로 출간하였는데 앞으로 나오는 라이츠만의 훔볼트 전집에서 인용된 부분은 다 "GS"라는 약칭으로 나타낼 것이다. 플리트너 A.Flitner와 기일 K.Giel이 1988년에 출간한 다섯 권 짜리 『Humbodlts Werke』는 앞으로 Humboldt I 혹은 II 로 표시하겠다.

으로써 자기를 의식하는 수단이다. 그것으로부터 인간은 언어를 통해서만 인간이 될 수 있고 세계가 언어적으로 구성되어져 있는 한에서는 인간이 그 세계를 언어적 세계로서만 파악하게 된다.

2) 사고와 언어

나와 세계의 형성이 언어를 통해서 가능하다는 것은 이러한 것이 만들어지는 방법을 자세히 조사해 보면 명확해진다; 매개의 필요성은 사고와 언어의 관계가 문제 있는 것처럼 생각하게 한다. 비록 훔볼트가 기본적으로 이 비판적인 관점을 인정하지만 이러한 맥락을 칸트와는 다른 방법으로 규정한다. 훔볼트는 칸트로써 칸트를 넘어서 "언어는 사고의 기관이다"라는 문장으로 요약될 수 있는 철학의 언어적 전환을 하게 된다. 이는 '낱말' 없이는 '개념'도 없고 '대상'도 없다는 말이다. 왜냐하면 대상은 인간에게 개념으로서만 객관적인 규정성을 지니기 때문이다. 그러면 어떤 대상의 형성은 언제나 주관적인 행위를 통해서만 수행된다. "왜냐하면 표상의 어떤 범주도 이미 존재하는 대상을 단순히 수용하는 조망이 아니기 때문이다."[4] '의의'와 '이성'의 행위는 – 칸트 식으로 볼 때 이는 인식의 두 가지

---

4) 이 인용은 훔볼트의 저서 『인간 언어구조의 상이성과 그것이 인류정신 발달에 미치는 영향에 대하여, Ueber die Verschiedenheit des menschlichen Sprachbaues und ihren Einfluß auf die geistige Entwicklung des Menschengeschlechts』(1830-35)으로부터 도출한 것이다.

뿌리이다-상상력의 통합에서 하나가 된다. 훔볼트에 따르면 여기에 두 개의 기본적인 뿌리가 존재한다. 주체로 몰려드는 다양한 의의표현으로부터 어떤 대상을 특징 지우는 표징들이 선정되고 연결된다. 이러한 과정에서 주관성은 작용을 하고 대상을 초월한다. 이것으로부터 비로소 대상의 주관적인 표상이 분출된다. 그러나 표상은 아직 개념이 아니다. 표상이 개념이 되기 위해서는 표상은 주체에 대하여 객체가 되어야 한다. 이는 언어를 통해서야 비로소 가능하다. 자질들의 연결은 우선 '음성'을 통해서 비로소 일어나는데, 표상은 객관적인 존재를 표상이 확정되는 낱말의 감성적인 형태 속에서만 얻을 수 있다. 음성을 통한 이러한 표상의 고정은 그전에 주어진 표상의 계속적인 표현으로서 이해될 수 없고 표상의 생성 다음에야 비로소 나오는 어떤 것으로서 이해될 수도 없다. 이런 과정은 표상과 함께 동시에 생겨나고 그러한 통합적인 행위에서 성사된다. 왜냐하면 이러한 인지 가능한 형식 없이는 어떤 지속적인 자질이 연결될 수 없을 뿐 아니라, 연결의 결과인 표상을 존재 안으로 등장시킬 수도 없기 때문이다. 단지 음성을 통해서만 그 표상은 규정되고 내적인 "지성적 행위"로부터 분출된다.5)

이러한 표상의 출현에서 객관화의 첫 번째 단계는, 즉 표상의 계획은 "나"라는 주체를 넘어서 만들어진다. 우리는 이러한 계획만 가지고는 아직 '개념'을 가지는 것이 아니다. 객관화의 과정은 주체가 자기의 고유한 표상을 실제로 자기 밖에서 객관적으로 인지할 수 있

5) GS VI:152, VII:53.

을 때 비로소 완성된 것으로 증명된다. 그리고 이것은 어떤 다른 그와 동일하게 표상하고 생각하는 존재에서만 가능하다.[6] 객관화의 두 번째 단계가 아직 완성되지 않은 한에는 객관화된 표상은, 즉 낱말과 연결된 표상은 아직은 환상이고 단순한 거짓대상이다.[7] '나'에 의해 언급된 '너'라는 낱말이 어떤 다른 사람의 낱말로서 자신의 귀에 역으로 대답되어질 때 비로소 그 낱말과 연결된 표상은 주관성에서 멀어지지 않고 실제적인 객관성에 도달한다. 너라는 대화 상대자의 언어를 통해서 표상은 개념이 된다.

훔볼트는 "언어란 인식의 조건이다"라는 것을 비판한다. 이러한 견해는 주체 – 객체의 관계만을 근거로 하는 인식의 전통적인 독화(獨話) 모형을 그대로 놓아두지 않는다. 주체와 주체 사이의 관계에서처럼 객체와 주체 사이의 관계에서도 발전될 수 없는 언어의 기본적인 "삼차원적 방사성"(Dreistrahligkeit)은 인식의 독화적인 모형을 대화적인 모형으로 확대시킨다.[8] "모든 말하기는 교환적인 말하기이

---

6) GS VI:26,160.
7) GS V:381, VI:26, 160.
8) 이 "Dreistrahligkeit"라는 용어는 립부룩스(B.Liebrucks)가 제안한 전문용어인데 그는 언어에서는 주체가 다른 주체에게 사물을 혹은 사건을 전달한다고 봄으로써 주체, 다른 주체 그리고 사물은 서로 관련을 맺는다라고 본다. 그래서 언어는 나와 세계 사이를 중재하고 더 나가서 나와 타인 사이를 중재한다. 이를 다시 생각해 본다면 내가 남에게 어떤 일을 전달할 때 그것은 첫째로 주체에서 객체가 아니라 주체에서 우선 주체로 그리고 객체로 진행이 된다. 둘째로 내가 남에게 전달하는 사항은 내가 먼저 그 사항을 이해함으로써 남에게 전달이 되는 것이므로 나는 줌으로써 받는다. 셋째로 언어가 사물에 관해서 어떤 것을 전달할 때 언어는 스스로 전달한다. 인간이 사물에 대해서 어떤 것을 전달할 때 그것을 통해서도 사람도 전달된다.

다"라고 훔볼트는 말하고 있다.(GS VI:25) 그래서 언어는 인간의 자연스러운 '사회성'의 표현일 뿐 아니라 '사회성'은 언어에 본질적인 것이다. 사고의 대화적인 성질은 사고의 간단한 행위를 분석해 보게 되면 사회성의 개념이 필수불가결할 수밖에 없음을 보여준다. 언어가 나와 세계의 중재를 통해서 드러남으로써 인식의 독화적인 모형이 바뀔 뿐 아니라 주체성과 객체성의 전통적인 개념들도 새로이 규정된다. 훔볼트가 말하는 나는 비(非)자아에 대면된 절대적인 나가 아니라 대화에서 너와 함께 구성되어 있고 발전되어지는 구체적이고 역사적인 나이다. '대화'란 주체를 객관화시키는 '낯설게 하기'가 일어나는 장소이다. 그것을 통해서 현상계의 재료는 만들어지고 동시에 주체를 통한 객관화된 세계가 소유될 수 있고 구조화되어 파악될 수 있다. 그러나 이러한 언어를 통해서 객관화가 일어나기 때문에 객관화는 주체들 사이에서만 수행될 수 있다. 너에 의해 주어진 대답에서 비로소 나는 세계처럼 형성된 현상을 인식하고 스스로를 나로서 인식한다. 여기서 너에 대한 나의 자아 형성과 세계 형성을 통해서 언어를 생산하기 위한 정신 작업이 조망될 수 있다.[9] 언어는 주체와 객체의 관계를 구성하는 한 편의 시(詩)일 뿐 아니라 주체와 객체 사이에서 구체화되는 행위이다.

---

9) GS VII:46.

3) 언어의 다양성

언어와 사고를 연계하는 연구가 보편 언어를 인식의 선험적인 조건으로서 조망하는 것은 아직 철학의 경계 안에서 하는 것이다. 보편성 안에 있는 언어가 모든 사람에게 공통적인 언어능력으로서 어떤 행위의 단순한 가능성으로 남아 있기 위해서는 그리고 그것이 구체적으로 실현되기 위해서는 그것은 개별화되어야 한다. 그래서 언어는 역사적인 언어로서 개별적인 형식으로 다양하게 나타난다. 이 경우 사고한다는 것은 언어에 종속되어 있는 것이 아니라 어느 정도까지는 각 개인에 의해서 규정되어진다.[10]

사고의 역사적인 조건으로서 개별적인 언어를 상기와 같이 인정한다는 것은 훔볼트의 코페르니쿠스적인 전환이다. 언어들이 원래 이미 인식된 진리를 서술하는 수단이 아니라 그전에 인식되지 않은 진리를 발견하는 것 이상의 수단이라는 것을 가정한다면 그것들의 "상이성은 음향이나 기호의 상이성이 아니라 세계관 자체의 상이성이다".[11] 왜냐하면 세계는 언어로 그리고 언어 안에서 형성되어질 때만 그리고 이 언어가 상이한 언어들로 주어질 때만 사람들은 하나의 세계가 아니라 각 언어를 개시하는 관점들의 다양함에 상응하는 다양한 세계들을 소유하기 때문이다. 그래서 세계 자체에 대한 질문은 더 이상 의미가 없게 된다. 단순한 표시 중 하나로만 수렴될 수

---

10) GS IV:21.
11) GS IV:27.

없는 상이성의 현상은 보다 심오한 것으로 증명되고 있다. 그것은 역시 의미에 해당하는데, 즉 각 언어 안에서 다르게 형성된 의미적 세계의 '분절'이다. 이러한 언어들의 상이성은 훔볼트에 의해서는 매우 긍정적으로 평가되어진다.12) 각 관점이 세계를 형성함으로써 그 관점이 세계를 다르게 재현하기 때문에 우리는 세계를 언제나 현재적인 관점의 전체성으로부터만 파악한다. 비록 그것이 그 안에서 거의 다 서술될 수 없어서 각각 새로이 열린 관점이 이 전체를 풍요롭게 한다할지라도 그렇다. 이러한 의미에서 모든 언어들은 모든 측면이 다르게 채색된 색깔 아래에서 보편성을 나타내는 프리즘과 유사하다.13) 그렇게 프리즘화 된 상이성은 상대주의와 인식론의 비난을 피할 수 없을 것처럼 보인다. 하지만 언어의 프리즘 은유는 그 대답에 대한 길을 제시한다. <u>상이성은 언제나 단일성 내에서의 상이성이다.</u> 왜냐하면 언어에서는 놀랍게도 보편적인 일치 내에서 개별화가 성사되고 또한 모든 개인이 특별한 언어를 소유하는 것처럼 전체 인류가 단 하나의 언어를 소유하기 때문이다.14) 언어는 개별화됨으로써 보편성과 개별성 사이의 끝없는 순환 속에서 발전한다. 그리고 이 두 개의 극점 사이에 상이한 언어들이 넓게 퍼져 있다.15) 이렇게 눈에 띄는 통일성은 언어들 사이에 보편적인 일치가 있음을 허용한다. 이 보편적인 일치란 일반적으로 훔볼트 인류학 뒤에 있으며

---

12) GS III:167 이하 참조.
13) GS III:321.
14) GS VII:51.
15) GS VII:622.

인류는 기본적으로 동일하다는 원리를 통해서 정당화된다.

4) 언어의 에네르게이아 형태

언어의 동적 성질을 설명하기 위해서 훔볼트는 형식(Form)의 개념을 사용한다. 언어의 본질은 현상계의 재료들을 사고의 형식으로 부어넣는 데서 생겨난다; 언어의 전체 노력은 형식적이다.[16] 언의 형식적인 노력은 상이한 언어에서 상이하게 발전된다. 형성행위로서 언어는 하나의 형식을, 즉 역사적 언어의 형식을 따른다. 훔볼트는 언어의 형식을 이러한 행위가 작용할 수 있기 위해서 따라가야 할 길과 비교한다. 훔볼트가 언어의 형식이라고 부르는 것은 언어가 형식에 대한 노력을 어떻게 발전시키는가하는 방식이다. 더 나가서 개별 민족은 사고와 느낌을 개인적인 충동을 통해서 언어로 만들어내는데, 이런 의미에서 언어의 형식은 아주 개인적인 충동이다.[17] 이러한 맥락에서 하나의 길을 따라가는 것은 정해진 원리를 만들어내는 것을 의미한다. 그래서 언어는 형성의 원리이기도 하고 이러한 원리의 결과이기도 하다. 다르게 말하자면 언어란 하나의 형식을 소유하고 있으며 언어는 하나의 형식이다. 훔볼트는 이 두 가지 규정 중 첫 번째 규정을 간과하지는 않지만 두 번째 규정을 보다 더 강조한다. 이는 형성원리 혹은 형성원리의 총합으로서의 형식이다. "언

---

16) GS IV:17.
17) GS VII:47.

어는 이미 형성된 요소와 더불어 정신이 작업할 때 방식과 형식을 보여주는데 이 형식은 정신의 작업을 계속 발전시키는 방법이기도 하다."[18] 이러한 관점에서 형식은 언어의 생산에 지향된 정신작업에서 지속적인 것이고 동일하게 형성된 것이다. 훔볼트는 언어에 관해서 다음과 같이 말한다. "아무 것도 언어 안에서는 정적이지 않고 모든 것이 동적이다".[19] 형식도 역시 그렇다. 언어는 언제나 말하기의 창조적인 행위를 통해서 언어를 다시 정복할 가능성이 있다. 즉 원리 그 자체와 언어 고유의 처리방식의 방법이 변할 가능성이 있다는 말이다. 여기서 언어에 있는 특별한 역사적인 언어형식과 개별적인 말하기 행위 사이의 동적인 관계가 명확해진다.

언어는 그 실제적인 본질에서 파악하자면 어떤 지속적인 것이고 매순간마다 지나가는 것이다. 언어 자체는 "작품이 아니고 행위(에네르게이아)이다".[20] 이러한 규정은 언어의 실제적인 본질을 파악하는 다양한 시도에서 언급될 수 있다. 언어를 보다 정확히 파악하자면 언어는 필수적으로 개별적인 행위이고 그때마다의 말하기의 규정이다. 이러한 규정은 언어가 동적 성질이며 에네르게이아적이라는 것이다. 에네르게이아 개념은 언어가 더 이상 에르곤으로서만 이해되지 않고, 즉 그것을 생산해 낸 행위로부터 떨어져 나와 생산하는 생산물로서가 아니라, 생산의 과정으로서, 즉 과정인 행위로서 이해되는 관점을 도출해 낸다.

---

18) GS VII:62.
19) GS VI:146.
20) GS VII:45,46.

그러나 에네르게이아로서 언어의 규정은 잠재력보다는 행위가 앞
선다는 생각을 강하게 표방한다. 여기서부터 언어연구 방식이 바뀌
게 된다. 왜냐하면 각 언어에 있어서 언어행위가 항상 앞서 나타내
기 때문이다. 만일 언어가 여러 가지 개별언어에서 계시된다면 이
개별언어는 나름대로 그들의 실제적인 생산의 행위에서, 즉 개별적
인 말하기에서 계시될 것이다.[21] 언어의 실현의 이러한 마지막 단계
가 언어는 에네르게이아임을 증명해 준다. '담화'(Rede)는 언어를 있
는 그대로 실체화시킬 뿐 아니라, 담화가 언어를 실체화시킴으로써
언어 자체까지도 변경시킨다. 그래서 담화는 언어를 기초하고 정당
화시킨다. 그러나 역으로는 되지 않는다. <u>말하기(Sprechen)로부터 언
어는 만들어진다.</u> 문법연구의 오랜 전통과는 반대로 훔볼트에 의하
면 담화는 언어의 우연한 혹은 불충분한 현상이 아니라, 그것의 본
질적이고 근원적인 존재방식이다. 언어는 이러한 관점에서 말하기
의 총체인 담화(Rede)의 체계이고 이 둘은 실제적인 말하기 외부에서
는 어디에도 존재하지 않는다. 언어학의 미로를 통해서 통과하는 목
표로서 무엇이 적합한가가 여기서 확인될 수 있다.

5) 말하기의 문법

말하기의 개별적인 행위는 언제나 종합적이고 창조적인 행위이다.

---

21) GS VII:46.

이 행위는 의미적이고 화용적인 통합이다. 훔볼트는 이러한 통합을 자가적인 설정의 행위로 규정한다.22) 이것은 '동사'와 '대명사'에서 가장 확실하게 형식으로 드러난다. 특별한 언어가족의 품사로가 아니라 말하기의 기본범주로서 이해된 이 품사들은 전체언어가 움직이도록 범주를 형성한다.23) 이러므로 논리학과 문법 사이의 구별이 명확히 드러나는데 이 구별을 규정하기 위해서 훔볼트는 논리 – 문법적인 전통같이 판단에 있는 개념의 분석을 더 이상 하지 않고 그 대신에 실제적인 말하기에서 낱말의 종합을, 즉 말하기의 문법을 연구한다. 이를 통해 그는 논리학으로부터 문법을 해방시키게 된다. 논리적인 판단과 문법적인 문장이 개념의 분리와 연결 안에 놓여 있기는 해도 논리학은 존재사 자체의 도움으로 가능성의 영역 안에서 이러한 이상적인 관계를 다루는 반면에, 문법은 동사를 "행하는 혹은 괴로워하는, 고통 하는 혹은 혐오를 일으키는" 것 같은 실제적인 존재의 어떤 특정한 상황에서 파악하고 규정하려 시도한다.24) 사고 연결의 종합적인 행위가 전체 언어의 신경인 동사에게 전이될 뿐 아니라, 현실로도 전이된다. 동사의 일반적인 형식이 결정하는 이러한 행위에서 존재사는, 즉 논리적인 판단의 토대가 되는 연결은 말하는 사람과 듣는 사람을 통해서 실제로 위치를 정하게 된다. 그 안에서 훔볼트는 언어의 기원이 되는 의인법을 인식한다.

실제적인 말하기에서 이러한 인칭확정은 말하기 문법의 다른 기

---

22) GS VII 212-236.
23) GS VI:346.
24) GS VI:346.

본범주를 지시한다. 그것은 인칭의 범주이다. 전통적인 철학적 문법은 인칭을 종속된 품사로서 규정한다. 이 종속된 품사의 기능은 명사를 대표하는 데 있다. 훔볼트의 입장으로부터 고찰해 보면 그가 보다 정확히 인칭낱말로도 명명하고 있는 대명사는 스스로 표시하는 가치를 지닌다. 대명사는 말하기의 과정을 구조화한다. 그 과정 내에서는 대명사가 화자(청자)의 인칭적인 관계를 규정한다. 그래서 대명사는 언어적인 기본범주이다.[25] 언어의 대화적인 성질은 말하는 자가 자기 자신에 대면하여 모든 다른 사람 중 말해진 사람을 구별하는 것을 요구한다.[26] 그래서 나와 함께 너도 역시 주어져 있다. 동사가 말하기의 대상에게 실제로 존재를 부여하는 반면에 대명사는 그 안에 말하는 사람을 좌정시키고 그들의 상호적인 상황을 규정한다. 첫 번째 것이 주체를 객체와 함께 종합적으로 연결짓는 반면에 두 번째 것은 주체를 다른 주체들과 연결시킨다. 그래서 대명사의 범주 안에 언어의 개별적이고 화용적인 범주가 나타난다. 종합적으로 말하자면 이러한 두 가지 범주는 (동사와 대명사) 훔볼트에 있어서 언어의 보편적인 원형을 나타낸다. 이 원형은 비록 상이한 형식들로 나타나기는 해도 모든 언어의 문법에서 나타난다.

---

25) GS VI:304-306, VII:103.
26) GS VI:304.

6) 이해의 문제

말하기의 개별성은 우리가 인정하고 고려해야 하는 경험적인 현상이다. 그러나 정말로 수수께끼 같은 일은 말하기가 아니라 이해하기이다. 실제로 이해하기의 문제는 말하기의 환원될 수 없는 개별성의 고찰로부터 비로소 나온다.

이해하기는 말하기와 마찬가지로 역시 언어적인 행위이다. 그러는 한에는 그것은 개인적이고 창조적이다. 그것은 언어와 함께 그리고 언어 안에서 수행된다. 그리고 그 언어의 성질로부터 자기의 구성적인 규정을 도출해 낸다. 이해하기는 언어의 포괄적인 지평선 안에서 두 개의 개인적인 관점의 만남에서 생긴다. 그래서 이 두 개의 관점 사이에는 어떤 절대적인 낯섬이 일어나지 않고 훔볼트가 말한 대로 근본적인 일치를 나타낸다.[27] 이해하기는 결정적인 낯섬을 극복하기 위해 초기의 동의가 분절되는 과정으로서 나타난다. 말하기와 듣기의 행위에서 언제나 의사소통의 보편적인 기관으로서 전제된 언어는 어떤 개별성과 다른 사람과 다리를 놓아주고 상호적인 관계를 중재한다.[28]

이해의 성공은 절대로 보장이 되어져 있는 것은 아니다. 어떤 낯선 언어는 이해하지 못하고 자기 언어는 이해하는 것은 당연히 절대적이 아니고 상대적이다. 그것은 어디서나 정도의 차이만 있을 뿐이

---

27) GS IV:47.
28) GS VII:169.

다. 왜냐하면 낯섬은 절대로 완전하게 제거될 수 없기 때문이다. 그래서 모든 이해하기는 동시에 이해 안 하기이고 감정과 사고에서 모든 동의는 동시에 논쟁이기도 하다.[29] 언어가 발전하는 두 개의 극인 보편성과 개별성은 이해의 경계와 조건이다. 그래서 이러한 경계는 매우 풍요한 것으로, 즉 그때마다의 개방성으로 경험될 수 있고 이것을 근거로 말하기의 행위는 절대로 최종적으로 완료되는 것이 아니고 이해하기는 무한한 과정으로 파악될 수 있다.

7) 영향

홈볼트의 유명한 『카비어 서문』이 발표되었을 때 언어학은 홈볼트에 의해 지시된 것과는 다른 어떤 방향을 이미 취하고 있었다. 프리드리히 **쉴레겔**(F.Schlegel)에 의해서 촉진되고 프란츠 **봅**(F.Bopp), 아우구스트 빌헬름 **쉴레겔**(A.W.Schlegel), 야콥 **그림**(J.Grimm)의 작품들을 통해서 확정된 비교주의가 그 사이에 실행되었던 것이다. 점점 더 통시적 학문으로 회귀하는 비교언어학이 언어의 학문이 되는 동안에 홈볼트의 언어학은 <u>언어의 해석학</u>으로서, 즉 상이하지만 인간의 자가성찰의 견지에서는 공속하는 분과들의 연결과 교차의 장소로서 이해되었다. 부상하는 실증주의의 분위기 속에서 철학과 학문 사이의 분리가 더 심화되는 수준에서는 선험철학적인 성찰과 경험

29) GS VII:64.

적인 언어연구의 종합으로서 기안된 어떤 계획의 적당한 수용을 위한 전제조건이 사라져버렸다.

19세기 전체를 통해서 이 훔볼트의 계획은 언어학에서 소수적인 어떻게 보면 거의 지하적이라 불리우는 역류로서, 그러나 마르지 않는 반대의 샘으로 이해되었다. 이 흐름의 가장 유명하고 유일한 대표자는 아마도 하이만 **쉬타인탈**(H.Steinthal)일 것이다. 그의 소개를 통해서 적지 않은 언어학자들이 – 예를 들어 **포테브니아**(Potebnija)에서부터 **예름스레우**(Hjelmslev)와 **소쉬르**(Saussure)까지 – 훔볼트의 사상과 접촉하게 되었다. 쉬타인탈의 이름과 더불어 **포트**(Pott)와 폰 데어 **가벨렌쯔**(Von der Gabelenz)가 19세기에 훔볼트주의자로 불리울 수 있는 그런 사람들로 거명될 수 있다. 사람들은 훔볼트주의에 대해서 말할 때 언어학의 특정한 방향의 관점에서 언급해야지 그것의 대표자들의 개인의 관점에서 말하지는 말아야 한다.

"구조의 언어학"에 대한 훔볼트의 노력은 모든 비유럽어적 언어의 통시적인 서술에서 실현된다. 가장 잘 연구된 방향은 북아메리카 언어학자의 그것인데 두 **퐁코**(Du Ponceau), **피커링**(Pickering), **브린턴**(Brinton), **보아스**(Boas), **사피어**(Sapir), **워프**(Whorf)가 그들이다.[30]

훔볼트의 계획은 "특성의 언어학"에게 커다란 의미를 부여함으로써 현대언어학의 계획과 뚜렷하게 구별된다. 훔볼트는 어떤 언어의 특성을 특히 전통의 문학적인 텍스트와의 창조적인 교제 안에서 생긴 그 언어의 형성과정과 조성과정의 현재적인 결과로 이해한다.[31]

---

30) 이들은 주로 인디언언어를 연구하여 언어의 상대성을 증명해 보였다.

이것은 근대언어학에서 심하게 방치된 연구영역 중 하나이다.[32]

홈볼트는 19세기보다 20세기에 더 생생하게 되었다. 그러나 언어학의 어떤 방향도 그의 계획을 실현시키지는 못 했다. 홈볼트의 유산을 공식적으로 취하고 있는 독일의 "신홈볼트주의"(입센, 트리어, 포르찌히, 바이스게르버)도 이것을 실현시키지는 못했다. 그러나 60년대의 중반 이래로 철학같은 언어학이 주목할만한 홈볼트 르네상스를 경험한다. 홈볼트 작품에 대한 언어학자들의 관심은 원래 천재적인 이론적 주목에서보다 오히려 고유한 분과를 위한 역사적이고 재구성적인 노력에서부터 나왔다. 결정적인 날짜는 촘스키의 『데카르트 언어학』(1966)이 출판된 날이다. 촘스키는 홈볼트 안에서 변형생성문법의 전임자를 인식할 수 있다고 생각했다. 그리고 이러한 의견으로 인해서 그의 전체 작품 안에서 홈볼트의 작품과 이론적으로 토론하도록 자극을 준 치열한 논쟁을 야기시켰다. 이 철학자의 관심은 철학에서 언어학적인 전환과 관련이 있다. **크로체**(Croce)에서의 암시와 **캇시러**(Cassirer)에서의 재발견 후에 마틴 **하이데거**(Heidegger)는 『언어의 도상에서』(1959) 홈볼트의 사고를 새로이 평가했다. 물론 그는 다음 같은 비판도 가했다. "그의 방식은 언어로 가는 길이 아니고 언어를 넘어서 인간에게 가고 있다." 홈볼트가 오늘날의 철학에서 결국 무슨 역할을 할 수 있는가는 언제나 실제적인 토론에서 그가 차지하는 보다 큰 공간이 증명해 줄 것이다.

---

31) GS VII:165.
32) 특성의 언어학에 대해서는 Trabant(1990)의 『Traditionen Humboldts』에 나오는 3장을 참조하시오. 『홈볼트의 상상력과 언어』(안정오 외 역, 인간사랑).

[홈볼트의 언어학에 관한 대표적인 저작들]

1795~96 사고와 말하기에 대하여 Ueber Denken und Sprechen.

1820 언어발달의 여러 시기와 관련지은 비교언어연구에 대하여 Ueber das vergleichende Sprachstudium in Beziehung auf die verschiedenen Epochen der Sprachentwicklung.

1822 문법적 형식의 생성과 그 문법적 형식이 관념발달에 미치는 영향에 대하여 Ueber das Entstehen der grammatischen Formen und ihren Einfluss auf die Ideenentwicklung.

1822 언어의 민족적 특성에 대하여 Ueber den Nationalcharakter der Sprachen.

1824 문자와 언어구조와의 관련성에 대하여 Ueber die Buchsabenschrift und ihren Zusammenhang mit dem Sprachbau.

1827 쌍수에 관하여 Ueber den Dualis.

1827~29 인간언어구조의 상이성에 대하여 Ueber die Verschiedenheiten des menschlichen Sprachbaues.

1830~35 인간언어구조의 상이성과 인간언어구조가 인류정신발달에 미치는 영향에 대하여 Ueber die Verschiedenheit des menschlichen Sprachbaues und ihren Einfluss auf die geistige Entwicklung des Menschengeschlechts.

2. 언어는 원형에 의해 생겨났다 - 언어기원론

"언어의 원형이 인간 이성에 미리 존재하지 않았다면 언어는 발생되지 않았을 것이다. 인간이 하나의 단어를 단순한 감성적 자극으로가 아니라, 어떤 개념을 나타내는 발음된 소리로서 실제로 이해하기 위해서 언어는 이미 완전해야 하고 인간 안에 전체 맥락으로 존재해야 한다. 언어에는 단독적인 것은 하나도 없다. 언어의 요소들의 각각은 전체의 부분으로써만 나타난다. 언어들의 점차적인 형성의 가설이 그렇게 당연한 것이라면 그 발명은 단번에만 일어날 수 있었다."

Humboldt III:10-11

중세기가 끝난 후에 유럽에서 사람들은 언어의 생성에 지대한 관심을 가지게 되었다. 과연 언어란 신(神)이 하사한 물건인지, 아니면 인간이 독창적으로 만들 수 있었던 것인지, 만일 그렇다면 어떻게 만들 수 있었는지, 동물과 동일한 조건에서 생성된 것인지 등의 질문을 던지면서 그들의 호기심을 종이에 옮기었다. 그래서 **라이프니츠**(G.W.Leibniz 1646~1716), **마우페투이스**(P.L.M.d.Maupertuis 1698~

1759), **쥐스밀히**(J.P.Sueßmilch 1707~1767), **루소**(J.J.Rousseau 1712~ 1778), **콩디약**(E.B.d.Condillac 1715~1780), **헤르더**(J.G.Herder 1744~ 1803) 등이 당시에 서로의 주장을 가지고 논쟁을 거듭하였다. 이들 의 의견들은 부분적으로 서로 맞물리는 부분이 있었으며, 서로 배타 적이기도 했지만 모든 것이 연결되어 있는 듯했다.

그러나 이러한 논쟁을 바탕으로 훔볼트는 완전히 새로운 언어생 성론을 제시한다. 그의 언어생성론은 헤르더가 1772년에 『**언어의 기 원에 관한 논문** Abhandlung ueber den Ursprung der Sprache』을 세상에 내놓은 지 약 30년에서 60년 후에 발표된 논문들로 대변된다. 그런 까닭에 헤르더와 비슷한 접근이 있는가 하면 아주 상이한 시각도 눈 에 뜨인다. 예를 들어 헤르더는 언어의 신적인 기원 가설로부터 자 신을 구별하려고 많은 노력[1]을 하지만 훔볼트는 신이 인간에게 언 어를 하사했을 것이라는 가설은 전혀 염두에 두고 있지 않다. 모든 학문이 그렇듯이 돌연변이는 없고 언제나 서로 영향을 주고 영향을 받기 마련이다. 그러나 훔볼트의 언어생성론은 고립되어 있는 것 같 기도 하고 언어생성에 대한 일반적인 토론에서 제외되어 있는 것 같 기도 하다. 헤르더의 논문발표 이후에 쉘링이 1850년에 『**언어기원에 관한 질문에 대한 서언** Vorbemerkung zu der Frage ueber den Ursprung der Sprache』이라는 논문으로 언어기원에 대한 새로운 논의를 제의했 을 때도 훔볼트는 언급되어 있지 않았다.[2]

---

1) 인간이 신으로부터 받은 이성을 통해 인간 스스로 언어를 창조했다는 사실이 신을 영광스럽게 한다고 헤르더는 주장한다. Herder 1966(1772):123 참조.
2) Trabant 1990:94 참고.

18세기 후반에 나온 헤르더의 언어발생에 대한 주장은 언어란 역사적으로 발생되었다라는 견해이다. 그래서 그는 언어발생을 설명할 때 최초의 인간이 외부의 사건에 대한 어떤 인식을 감지한 후 그것을 내부에 저장하고 나중에 동일한 사건을 만날 때 그것을 단어를 통하여 재인식하고 파악하고 구별하는 것이라 했다.[3] 그런 과정을 우리는 **성찰** Besonnenheit과 **내적 인식어 형성** innere Merkwortbildung 으로 나타낼 수 있다. 이는 언어를 통해 인간과 동물을 구별하려고 시도한 계몽주의적 접근이라 할 수 있는데 계몽주의는 인간의 이성과 능력을 최대한 높이 평가함으로 인해 계몽주의적 언어생성론도 역시 언어는 신의 하사품이라는 중세기적인 생각을 탈피하여 인간의 이성으로 언어를 만들 수 있었다고 주장을 한다.[4]

이와는 다르게 훔볼트의 언어발생론은 우리를 선험적인 이해로 이끈다. 그의 언어발생에 대한 중심 저서는 1820년의 학술원에서 발표한 『**언어발달의 여러 시기와 관련지은 비교언어연구에 대하여** Ueber das vergleichende Sprachstudium in Beziehung auf die verschiedenen Epochen der Sprachentwicklung』와 『**인간언어구조의 상이성과 그것이 인류정신발달에 미치는 영향에 대하여** Ueber die Verschiedenheit des menschlichen Sprachbaus und ihren Einfluß auf die geistige Entwicklung des Menschengeschlechts』(1830~35)[5]이다. 그는 1820년대 논문에서 그의

---

3) Herder 1966(1772):32-33 참조.
4) Arens 1955:88 이하 참조.
5) 이 논문은 『카비어 서문 Einleitung zum Kawiwerk』라고도 불리우는데 빌헬름 폰 훔볼트가 죽은 후에 동생 알렉산더 폰 훔볼트가 1836년 출간했다. 앞으로 이

선험적인 생각에 대한 답을 주려고 했고 『카비어 서문 Einleitung zum Kawiwerk』에서는 그때까지의 언어발생에 대한 논의를 거부하고 언어발생에 대한 질문을 새로이 던지고 있다.6)

홈볼트는 프랑스 계몽주의자들이 그 당시까지 가정한 *점차적인 언어발생*7)에 정면으로 반박을 하고 다음 같이 새로운 주장을 한다:

> "확신하건대 언어는 직접 인간에게 내재되어진 것으로 이해되어야 한다고 생각한다; 왜냐하면 언어는 인간 이성의 작품으로서 명확히 설명되기가 어렵기 때문이다. 언어의 발명을 위해 수천 년 혹은 수만 년이 필요하다는 것은 어불성설이다. 언어의 원형이 인간 이성에 미리 존재하지 않았다면 그 언어는 발생되지 않았을 것이다. 인간이 하나의 단어를 단순한 감성적 자극으로가 아니라, 어떤 개념을 나타내는 발음된 소리로서 실제로 이해하기 위해서 언어는 이미 완전해야 하고 인간 안에 전체 맥락으로 존재해야 한다. 언어에는 단독적인 것은 하나도 없다. 언어의 요소들의 각각은 전체의 부분으로써만 나타난다. 언어들의 점차적인 형성의 가설이 그렇게 당연한 것이라면 그 발명은 단번에만 일어날 수 있었다. 인간은 언어를 통해서만 인간이다; 그러나 언어를 발명하기 위해 그는 이미 인간이었어야 할 것이다."8)

논문을 우리는 『카비어 서문』이라고 부르겠다.
6) 위르겐 트라반트는 1990년에 쓴 그의 책 『홈볼트의 전통들』에서 비록 새로운 언어기원에 대한 질문을 언급하지만 홈볼트가 1820년에 쓴 작품에만 집중하여서 홈볼트 후기 작품에 나오는 새로운 대답에는 눈길을 주고 있지 않고 있다.
7) 특히 마우페어투이스 Maupertuis, 루소 Rousseau, 콩디약 Condillac 등이 언어의 진화적 점진적인 발생을 주장하였다.
8) Humboldt III:10-11. 인간이 언어를 발명하기 위한 인간적 존재의 전제는 이미 헤르더가 제시하였다. Herder 1966(1772):32,34,46,80 참조.

이 인용으로부터 우리는 두 가지 점을 확인할 수 있다. 첫째 훔볼트가 당시까지 언어생성이론의 주된 주장인 점진적인 언어생성이론을 공격하고 있고, 둘째 그의 언어생성에 대한 새로운 중요한 기본 생각인 언어는 단번에 생성되었다는 주장이다. 훔볼트는 언어를 만들어 사용하는 인간의 본성을 언어생성의 가장 중요한 기본적인 전제로 생각하고 있다. 즉 인간만이 언어를 만들 수 있고 언어를 만들기 위해 인간은 인간이어야 한다. 그러나 인간이 어떻게 언어에 접근했는가에 대한 생각에서 헤르더와 비교하여 볼 때 뚜렷한 차이가 있다. 헤르더는 인간이 언어를 최초로 창조하는 능력으로 성찰(*Besonnenheit*)[9]을 가정한 반면에, 훔볼트는 언어란 이미 인간에게 <u>원형(Typus)으로 내재해 있다</u>는 것을 주장한다. 헤르더는 인간이 성찰을 힘입어 언어를 하나의 단어에서부터 진화 – 발전시키었다고 주장하지만 훔볼트에게 있어서는 각 언어의 연계관계, 즉 그 언어의 유기체적 특성이 이미 존재하고 있어서 언어는 인간에게 이미 내재된 완성품이지, 점차적으로 생성된 것일 수 없었다. 오히려 최초로 말해진 단어는 이미 어떤 전체 언어의 부분으로써 나타난다. 언어를 사용할 수 있기 위해서 인간은 그것을 이미 존재하는 원형 자체에서 발전시켜야 한다. 다시 말하면 훔볼트에게 어떤 완벽한 의미를 가져야 하는, 즉 하나의 문장이나 텍스트로 적용될 수 있는 최초로 말해

---

9) 이 "Besonnenheit"는 "Vernunft, Reflexion, Verstand"로도 이해되는데 헤르더는 이들을 크게 구별 없이 혼동하여 사용하였다.

진 단어는 이미 선험적으로 어떤 언어의 존재를 전제하는 것이다. 의사소통의 측면에서 볼 때도 화자와 청자가 공유하는 부분이 크면 클수록 이해도는 높은데 이 이해를 위해 언어는 이미 각 자에게 전체로 존재해야 한다. 그래서 언어와 같은 유기체는 점차적으로 생성될 수 없고 발화되는 순간에 벌써 전체가 가정되어야 한다. 이렇게 생각할 때 완전하지 않은 문법은 세상에 없으며 순간적으로 나오는 단어나 문장 그리고 텍스트는 이미 어떤 전체의 가정 하에서만 도출될 수 있다. 그래서 훔볼트는 문법이란 언제든지 언어가 표현하려는 모든 것을 표현할 수 있다고 보았다. 이런 문법을 토대로 언어는 스스로 성장 발전한다. 이런 과정은 위에서 말한 언어원형이 기저에 있기 때문에 가능하다.

　언어기원연구역사에서 헤르더까지는 원시조어를 언제나 전제하고 그것을 추적하여 밝혀내는 것이 주된 과제였다. 그러나 훔볼트는 어떤 조어(祖語)에 대한 물음을 답하려 하지 않고 언어생성과 조어에 대한 기본적인 생각만을 설정한다. "그 창조가 완전하고 본질적인 것이라면 그것은 최초의 언어발명에서부터 유효할 것이다. 즉 우리가 알지 못하는 어떤 상황에서부터가 아니라 단지 우리가 필수적인 가정으로만 전제하는 어떤 상황에서부터 유효할 것이다".[10]

　이는 언어발생의 최초 장면을 인간이 알고 있다는 것을 말해준다. 그래서 아무 것도 없는 상태에서 언어가 나오는 것이 아니라 인간이 선험적으로 아는 상황에서 생겨난다라고 훔볼트는 가정한다. 그러

---

10) Humbodlt III:457.

나 그 최초의 선험적인 상황은 상상으로만 가능하지 어떤 모습이다라고 규정할 수는 없다. 그래서 자신의 선험적인 언어발생에 대한 주장은 어떤 완결된 이론을 전해주지 않고 언어발생의 결과와 사전 조건에만 제한한다. 그러나 그의 선배학자인 헤르더는 이와 반대로 언어의 최초발생장면을 가정하여 연구를 진행시키고 있다.[11] 훔볼트에 있어서 언어의 발생을 연구하는 것은 단지 "이성행위의 측량할 수 없는 깊이"[12]를 설정하는 일이다. "언어발명에서 진정한 어려움은 수많은 것들을 서로 상관되는 관계들로의 종속과 병렬에 있는 것이 아니라, 오히려 언어요소의 어떤 개별적인 것에서도 언어를 이해하고 분출하는 것으로 취급하는 단순한 이성행위"[13]의 능력에 있다. 그래서 이 언어를 분출하는 이성행위는 언어발생으로 이해되고 헤르더 이전의 연구가들의 생각처럼 이 발생은 과거의 일회적인 사건이 아니라 과거나 현재에 관계없이 매순간 일어나는 말하는 행위로 이해되어야 한다.

이런 맥락에서 훔볼트는 언어생성에 대한 연구를 이미 나타난 결과론적인 것이 아니라 선험적으로 접근한다. 선험적이란 훔볼트가 언어의 시발에 대해 묻지 않고 언어생성의 방법에 대해 물으면서 언어의 발생을 이해하는 방식이다. 이런 방식에서는 언어는 인간에게 선험적으로 존재해야 하므로 인간은 무조건 언어적 존재이어야 한다. 그러므로 언어의 시간적인 시작이 문제가 되는 것이 아니라 언

---

11) Herder 1966(1772):32~33 참조.
12) Trabant 1990:107 참조.
13) Humboldt III:12.

어가 선험적으로 인간에게 내재해 있다는 생각이 중요하다. 이 선험적 언어발생은 언어의 최초 발생에서와 마찬가지로 오늘날에도 수행되기 때문에 선험적인 언어발생 연구는 언어가 생길 수 있는 가능성의 조건들을 고려한다. 완전히 설명될 수는 없지만 어떠한 형태로든지 매일 우리 앞에서 반복되는 언어들은 이런 생성의 기적을 보여주기 때문에 훔볼트는 언어생성연구에서 최초를 연상시키는 기원(Ursprung)같은 단어를 사용하지 않고 매순간 일어나는 사건을 연상시키는 분출(Hervorbringen)이라는 용어를 사용한다:

> "인간과 세상의 접촉은 전기적인 충격이었다. 그 충격에서부터 언어가 분출되었다. 그러나 그 언어는 단순히 생성될 때만 분출되는 것이 아니라, 사람들이 말하고 생각하는 것처럼 항상 분출되는 것이다. 언어가 생성되는 두개의 정점은 세상의 다양성과 인간적 감정의 깊이이다."14)

훔볼트의 "항상 분출된다"라는 것으로 우리는 일상적인 사고와 말함을 동시에 생각해야 한다. 이는 생각하며 말하고 말하며 생각한다는 뜻이다. 그리고 세상과 인간의 사고가 만날 때 이런 과정은 활성화된다. 헤르더는 이와 반대로 언어생성을 계통(系統) 발생적이고 개체(個體) 발생적으로 이해하여 최초의 말함에서만 분출을 이해하고 그 후의 과정들은 진화라는 과정으로 이해한다.15) 그래서 헤르더에

---

14) Humboldt III:252.
15) 헤르더 당시에 다윈 C.Darwin의 "Evolution"(진화)이라는 단어가 아직 일상적으로 사용이 안 되었기에 헤르더는 "Progression"(진보)이나 "progressiv"(진보적)

서 언어와 사고는 동시적이 아니고 순차적인 것같이 보인다. 훔볼트에 와서야 비로소 언어의 발생은 언어가 이미 존재해야 가능하고 그것의 과정은 현재에도 계속 관찰될 수 있다는 것이 주장된다. 이 주장은 훔볼트의 중요한 개념인 에네르게이아와도 연결되는데, 언어생성을 훔볼트는 계속 시행되는 과정으로 보았고 헤르더는 완료된 과정인 에르곤으로 보았다. 그래서 훔볼트의 언어생성은 모든 새로운 언어적 행위에서 나타난다. 이러한 훔볼트의 선험적인 언어생성론을 정확히 파악하기 위해서는 다음 두 가지 사실에 대한 정확한 이해가 요구된다:

a) 언어생성은 인간의 선험적으로 존재하는 장치에 근거를 두는데, 그것은 **언어원형**(Typus der Sprache)이다.

b) 언어적 행위는 포괄적인데 이는 매번 말할 때 비(非)언어에서 언어 단계까지의 전이과정을 말한다. 이 과정은 **통합**(Synthesis)을 거쳐 실현된다.

1) 언어원형

언어원형이란 선험적으로 존재하는 인간의 언어에 대한 무의식적인 자산이며 능력인데 훔볼트의 선험적 언어생성이론의 가장 중요한 개념이다. 그래서 "언어원형이 이미 인간 이성에 존재하지 않는

등의 단어로 이 "진화"를 나타내려 한 것 같다. Herder 1966(1772):11 참조.

다면 언어는 발명될 수 없다"16)라고 말함으로 훔볼트는 언어생성에 대한 선험성을 주장한다. 이 언어생성의 선험성에 대한 대표적인 증거는 언어의 유기체적인 연계관계이다. 유기체적인 특성이란 개체는 다른 것을 통해서만 생성되고 전체는 전체를 관통하는 힘을 통해서만 생성되는 것이다.17) 이 언어가 보이지 않게 연결되는 것은 언어원형의 유기체적인 특성 때문이다. 언어가 최초로 생성될 때 이 원형은 자극을 받고 마치 씨앗처럼 점차 성장을 하여 완전한 언어의 모습으로 나타나게 된다. 그래서 훔볼트는 생각하기를 이 원형이 선험적으로 언어 이전에 존재하는 언어적인 지식이라면 그것은 모든 언어에 해당해야 한다는 것이다. 그러므로 이 원형은 모든 언어에 공통적이어야 한다. 그래서 언어들의 모든 상이함을 넘어서 각 언어들이 나타내는 공통성이 있을 것이므로 언어생성 측면에서 볼 때 훔볼트에게는 언어의 개별성(Individualitaet)과 상이성(Verschiedenheit)이 중요하며, 언어의 보편성(Universalitaet)이 더욱 중요했다. 이 원형을 우리는 개별언어들에서 찾으면 안 되고, 어떤 언어가 이것 없이는 언어가 될 수 없는 그런 본질적 특성으로 이해해야 한다. 그래서 그 모형은 모든 민족에게 사고와 표현의 형태로, 인간에게 예외 없이 존재해야 한다. 현재는 상이한 인간의 언어들이 상이한 상태에서 진행되었기 때문에 각 언어에 이 원형의 변이형들만이 존재한다. 훔볼트에 의하면 각 언어는 독자적인 구성원형(Constructionstypus)을 갖기

---

16) Humboldt III:10.
17) Humboldt III:3.

때문에 언어의 상이성이 존재한다고 주장한다.[18] 그러나 그 일반적인 모형은 이 "구성원형"과는 다르게 각 언어생성의 주어진 기본원리이다. 원시원형을 근거로 구성원형이 생기고, 그 구성원형은 언어보편성을 언어의 독자성으로 전이시킨다.[19]

훔볼트의 이 언어원형은 언어의 분류를 위해 사용되는 용어인 **언어유형**(Sprachtypen)과 명확하게 구별되어야 한다. 왜냐하면 그는 언어분류에서 "Typus"(원형)란 용어를 사용하지 않고 "flektierende, agglutierende, einverleibende Sprach*form*"와 같이 "–form"(형식)이라는 용어를 사용하고 있기 때문이다.[20] 이 언어분류에서는 형태에 따른 분류법으로 세계의 언어들을 분류하려 했던 반면에 언어원형은 언어생성을 위해 모든 언어에 기본이 되는 조건에 관심을 갖는다. 그래서 이 기본적인 조건이 훔볼트의 언어생성연구에서는 중요한 역할을 한다. 즉 언어가 일반적으로 어떤 동일한 조건에서 생성되었는가가 중요하다. 인간의 인체에 언어가 완성된 것으로 주어진 것이 아니라, 언어구성의 원리만이 주어져 있다는 것이 그의 생각이다. 이는 노암 촘스키 N. Chomsky의 **언어습득장치**(Language acquisition device)를 연상케 한다. 원형이라는 단어와 결부된 이런 선험적인 생각을 훔볼트는 다음 같이 자세히 기술하고 있다.

---

18) Humboldt III:312 참조.
19) 언어습득의 측면에서 이 원시원형의 실체를 파악하여 구성원형과의 연계관계를 밝힐 때 이차언어습득은 더욱 더 빠른 속도로 진행될 수 있겠다. 그래서 언어습득분야에서 훔볼트로의 접근점을 찾는 것이 조급한 과제로 떠오른다.
20) Humboldt III:653.

"언어는 전체에서 간과되는 어디에 놓여 있는 자료로 이해될 수 없고, 또 점차적으로 전달되는 자료로 이해될 수도 없으며, 영원히 생성되는 자료로 이해되어야 한다. 거기서는 생성의 법칙들이 규정되지만 생성의 규모와 방식은 전반적으로 정해져 있지 않다."[21]

이 인용에 의하면 언어는 이미 처음부터 존재하고 있다. 그래서 인간은 어떤 일반적인 언어능력뿐 아니라 언어생성법칙의 구체적인 사전조건을 소유한다. 그래서 이 조건으로부터 언어는 임의대로 여러 방식으로 생성될 수 있다. 이 일반적 원시언어원형을 찾는 것과 그 과정의 연구를 훔볼트는 비교언어학의 과제로 설정한다. 그래서 그의 비교언어학은 단순한 음의 비교가 아니라 민족, 민족의 사유형태, 역사, 인류전체의 비교로 진행이 되고 있다. 이런 맥락에서는 고고학, 인류학, 언어학, 역사학, 철학 등이 긴밀한 관계에 있게 된다.

훔볼트는 언어를 철학적 – 인류학적인 관점에서 "이성의 지적 본능"(intellectuelle〔Instinkt〕der Vernunft)[22]이라 칭했다. 이 지적 본능은 헤르더의 동물적 본능과 비교된다. 헤르더는 그의 언어생성론에서 언어를 동물소리와 동일한 기원에서 발생한 것으로 주장하면서 동물적인 본능의 일종인 인간적인 성찰(menschliche Besonnenheit)에서 언어가 생성되었다고 주장하기 때문이다. 헤르더에 의하면 육감을 가지는 동물과 비교하여 볼 때 부족한 결함의 존재로서 인간은 이

---

21) Humboldt III:431.
22) Humboldt III:11.

성찰을 소유하는데 이것이 언어를 창조한다.[23] 그러나 헤르더가 인간의 성찰이 왜 생기었는가 등을 더 이상 질문하지 않은 것과 마찬가지로 훔볼트도 언어의 일반적인 원형이 왜 생기었는가를 질문하지 않았고 그것이 존재한다는 것으로 만족했다. 여기서 우리가 중요하게 생각해야 하는 것은 현존하는 언어들 중 어떤 언어도 원형 그 자체는 아니다라는 것이다. 그 원형은 비교를 통해서 추상적인 방식으로만 얻어진다. 이 원형을 찾기 위해 우리는 상이한 여러 언어들을 비교해 볼 수 있는데 거기서 나타나는 언어의 유사성이 아마 언어원형이 될 것이다. 훔볼트는 이를 언어의 **유기체**라 했다. 그에 의하면 모든 언어의 유기체적 원리는 언어 이전적으로 주어진 것이다. 그래서 언어의 유기체적 구성은 다음 같이 이해된다:

> "언어는 필연적으로 인간 자체에서부터 나오는데, 점차적으로 나온다. 그래서 그 언어의 유기체는 어떤 죽은 모양으로 영혼의 어두움에 놓여 있는 것이 아니라 법칙으로서 사고력의 기능들을 제한한다. 이로써 최초의 어떤 단어는 이미 전체언어를 암시하고 전제한다."[24]

언어의 유기체는 인간에게 잠재적으로 존재하고 있으며 사고를 사전에 제어한다. 이 언어의 잠재성이 최초의 단어를 생성케 한다. 언어가 이런 유기체적인 구조를 가진다라는 것은 언어는 한번에 창조되어서 원형으로서 존재했어야만 한다라는 가설의 출발점이다.

---

23) Herder 1966(1772):28 이하 참조.
24) Humboldt III:11, 480 참조.

이는 인간의 정신이 유기체적으로, 즉 선험적으로 구성되어 있어야 함을 말한다. 유기체라는 생각은 언어를 원형개념으로 파악해야 하는 훔볼트의 중심 생각이다.

언어에서 2인칭 대명사와 3인칭 대명사의 존재가 대표적인 유기체적 특징이라 할 수 있다. 이들은 논리적인 이유에서 볼 때는 필요가 없는데 언어가 실현되어야 하기 때문에 언어적 요소인 2인칭 대명사와 3인칭 대명사가 생겨날 수 밖에 없다는 말이다.[25] 언어 안에서는 나와 타인의 구별이 아니라, 나를 제외한 타인 중 대화상대자와 대화상대가 아닌 자들이 구별되었어야만 한다. "너"(Du)라는 단어는 우리가 말할 때 대화 상대자로서만 의미가 있다. 이러한 인칭대명사가 모든 언어를 통해 실현되어 있는데, 이것은 언어와 불가분의 관계이므로 훔볼트는 이인칭과 삼인칭의 구별을 모든 언어의 원시원형(Urtypus)으로 나타낸다.[26] 이 인칭대명사는 언어의 역사적 발전의 결과가 아니라 언어의 본질로 보아야 한다. 그래서 처음부터 있는 것으로 생각되며 각 언어 유기체는 이 중심요소를 *당연히* 가지고 있어야 하고 처음부터 가지고 있어야 한다. 훔볼트는 유기체라는 개념으로 언어는 언제나 전체를 형성한다는 것을 명확히 했다.

그러나 이미 씨앗처럼 주어진 유기체가 어떻게 응집 유지되고, 어떻게 그것이 언어적으로 나타나는가라는 질문이 남게 된다. 이 문제는 언어생성물음에서 매우 의미가 있다. 왜냐하면 그 유기체를 응집

---

25) Humboldt III:202 참조.
26) Humboldt III:483 참조.

유지하는 것이 이미 언어적으로 인간에게 주어진 그 기본원리에 속해야 하기 때문이다. 훔볼트는 이 유기체라는 생각으로 한 언어 내에서 모든 언어요소들의 상호 제약성과 내부 연결성을 이해한다. 언어의 내적 연결성은 단순히 문법적인 구성만을 제한하는 것이 아니라, 단어 형성이나 문장 형성 그리고 텍스트 형성의 연계관계까지도 포함한다. 언어의 비교를 통해서 보면 이런 언어의 보편성은 유기체적인 특징으로 나타난다. 이런 맥락에서 훔볼트는 언어의 연계성에 대해 자주 논의하는데 이것이 유추의 원리이다. 이 유추원리가 유기체를 하나의 전체로 만든다. 1812년에 쓰여진 그의 「바스크 언어에 관한 논문」에서 "어떤 언어의 모든 것은 유추에서 기인한다는 것과 그것의 구성은 그의 미세한 부분들에까지도 어떤 유기적인 구성이라는 것을 기본적인 원리로 생각할 수 있다"[27]라고 쓴 바가 있다. 유추와 유기적 구성을 쉽게 말하자면 유기체란 원시원형을 토대로 하여 유추적으로 구성되고 발전된다는 뜻이다. 이런 생각을 좀 더 구체적으로 훔볼트는 『카비어 서문』에서 서술하고 있다. "단어들은 언제나 개념에 대응되기 때문에 유사한 개념들을 유사한 음으로 나타내는 것은 당연하다."[28] 그래서 하나의 유추 가능한 조직망이 생긴다. 이 조직망에서 각 부분은 다른 것과 연계관계에 있고 모든 것은 전체와 명확히 인식될 수 있는 연계관계에 있다.[29] 이런 연계성이 각 부분들의 가치를 비로소 확정하고 상호경계를 설정한다. 인간

---

27) Humboldt V:121.
28) Humboldt III:449.
29) Humboldt III:446 참조.

은 유추를 통해 응집되는 유기체로 언어를 구성하는데 이는 선험적 감각으로 가능하다. 그래서 유추원리의 작용은 언어의 최초 발생에서는 물론 새로운 단어의 형성에서도 적용된다고 이해해야 한다. 언어에서 유추의 존재는 경험적 언어연구에서도 쉽게 관찰된다. 이런 사실들은 훔볼트의 가설에 의해 언어가 생성되었다는 증빙자료가 될 수 있다.

· 훔볼트의 견해에 의하면 기본음에서 추가와 변형을 통해 새로운 낱말들이 만들어지는데 이것이 유추이다.[30] 그러나 최초의 기본적인 재료는 어떤 것이었나에 대한 설명은 없다. 우리는 이 기본적인 재료를 현재로서는 유추하지 못하는데, 그 기본적인 재료는 유추를 통해서 생성될 수 없기 때문이고, 원래 유추적으로 구성된 언어요소는 역사적으로 변해 버려서 중간가지가 없고 그 흔적이 사라져 버렸기 때문이다. 그러나 인간이 유추를 통해서만 이 언어를 발전시켰음은 당연하다. 왜냐하면 인간은 외부상황을 언제나 정리하고 분류하여 파악하는 특징을 가지며 이를 파악하는 것은 감성이고, 감성의 결과를 처리하는 것은 언어이고 언어는 모든 인류에게 동일하게 주어진 유추본능으로만 가능하기 때문이다. 언어는 구조를 유추의 원리에 의해 발전시키면서 객체세계에서 추정된 연계관계의 원리를 따른다. 이 언어에 나타난 유추적 실현성의 가설이 바로 훔볼트의 세계관 사상의 기본원리이다. 언어의 세계관은 언어의 구조적 구성에서 나타나는데 현실에 대한 생각이 그 안에 반영되어 나타난다.

---

30) Humboldt III:482 참조.

이미 존재하는 언어적 유추가 현실에 실제로 있을 것이라는 것을 각 개인이 가정하게 하기 때문에 세계관이 존재할 수 있고, 각 개인은 이 언어적 세계관에 영향을 받고 동일한 언어공동체 구성원끼리 의 사소통이 가능하게 된다.[31]

이 유추는 단지 어휘적 현상에서만 관찰되지 않고 언어의 문법적 구성에서도 유사한 유추적인 범주화가 관찰된다. 훔볼트는 어휘분 야에서 이 유추에 대한 예로 고정된 인상을 일으키는 것들은 "stehen, staetig, starr" 등이고 움직임을 나타내는 것들은 "wehen, Wind, Wolke, wirren" 등이라고 제시하고 있다.[32] 어떤 언어의 문법적인 구성은 사 고의 유기체에 관한 그 언어의 견해를 나타내는데 예를 들어 아라비 아말에서 집합명사를 나타낼 때 장모음을 삽입하는데 이는 소리의 길이로 사물의 집합을 나타내려는 유추적 원리의 결과이다. 그래서 이와 유사하게 중복되는 것, 과거의 것, 복수 등은 이 장모음으로 나 타내진다.[33] 그래서 유추적인 사고가 문법이 된다. 훔볼트의 생각을 우리는 다음과 같이 요약해 볼 수 있다: 언어의 잠재적인 원형은 언 어의 구성을 어떤 유추적인 유기체로서 규정한다. 그 유기체는 자연 스런 방식으로 생기지만 그것의 특징은 개별적인 언어 내에서는 다 를 수 있다.

그러나 흥미 있게도 훔볼트는 언어 생성을 위해 그렇게 중요한 질문인 왜 인간이 언어를 만들어 내었는가에 대한 설명을 정확히 하

---

31) Humboldt III:433-434 참조.
32) Humboldt III:425 이하 참조.
33) Humboldt III:455 참조.

지 않고 있다. 물론 이미 선험적으로 언어원형이 있기 때문에 언어 생성원인이 설명될 필요가 없었는지도 모르겠다. 그럼에도 훔볼트 는 여기에 대해 『카비어 서문』에서 단편적으로 말하고 있다. 즉 "말 들은 필요나 의지와 상관없이 자유로이 가슴에서 분출된다"[34]라고 했다. 이는 언어의 자발적인 생성을 의미하는데 의사소통의 필요에 서 언어가 분출되는 것은 아니라는 말이다. 훔볼트는 언어가 필요에 서 생성되었다는 생각을 거부하지는 않지만 완전히 동조하지도 않 고 있다.[35] 이와는 반대로 언어생성은 언어의 자체에 있다고 그의 논문 『**인간언어구조의 상이성에 대하여** Ueber die Verschiedenheit des menschlichen Sprachbaues』에서 주장하기도 한다; "추진하는 원인은 언 어에 있다: 음을 분출하려는 소망, 의도, 필요 등이 그것이다".[36] 이 는 언어생성을 어느 개인의 독단적인 일이 절대 아니고 항상 어느 민족의 공동행위의 생산물로 이해하는 입장이고 언어가 출발하는 곳은 민족이다라는 견해이다.[37] 그러나 언어생성을 정확히 규정하 자면 개인과 단체의 양면적인 생성이유가 언어에 있음을 알게 된다. 우선은 동시대인들과 접촉하려는 노력이 언어생성의 단체적 이유이 고, 인간자신에게서 언어를 일깨우는 사고의 필요성이 개인적 이유 이다. 사고란 언어를 통한 객관화를 거쳐서만 명확성을 얻기 때문이 다.[38] 그래서 언어발달은 "정신적 힘의 발전"(Entwicklung ihrer

---

34) Humboldt III:435.
35) Humboldt III:197 참조.
36) Humboldt III:196~197.
37) Humboldt III:269.

geistigen Kraefte)을 위한, 그리고 "세계관의 획득"(Gewinnung einer Weltanschauung)을 위한 내적 요구이다.[39] 언어의 모형은 죽어 있는 것이 아니라, 씨앗과 같이 존재하면서 언어를 어느 실제로 존재하는 언어유기체 내에서 발전시키도록 조장하는 것이다. 이런 방식으로 훔볼트는 언어의 전제조건과 언어의 필수적인 발현방식을 설명했다. 이런 모형을 중심으로 언어가 발현될 때는 통합의 단계를 거친다.

2) 통합 : "에네르게이아"와 "내적 언어형식"

훔볼트는 언어가 통합되어서 생긴 존재임을 확신하는데 모든 말함에서 사고와 단어가 음으로 연결되기 때문이다. 이 통합에서 그는 사고의 언어적 분출 방식을 이해한다. 언어생성질문과 언어의 본질에 대한 질문은 훔볼트에게 있어 매우 관계가 깊은데, 그가 통합을 통한 언어의 처리방식을 분석함으로 언어의 생성과 본질에 대한 질문을 다루기 때문이다. 언어의 처리방식은 언어의 본질을 설명할 뿐 아니라, 동시에 언어분출의 행위로 이해되고, 언어의 생성 자체로도 해명된다. 훔볼트는 정신의 행위에서 언어의 생성을 이해한다.[40] 이런 언어생성의 또 다른 메카니즘을 훔볼트는 그의 초기논문인 『아가멤논 서문 Einleitung zum Agamemnon』(1797~1816)에서 언급하고

---

38) Humboldt III:138-139,438 참조.
39) Humboldt III:390 참조.
40) Humboldt III:416 참조.

있다. "이러한 것들도〔단어의 생성〕 어떤 실재적인 것에서 취해질 수 없다. 그것은 정신의 순수한 에네르기에서 생긴다. 그리고 가장 본질적으로 보면 이성은 무(無)에서 생기는 것이다."[41] 이 인용은 단어가 정신의 에네르기에서 생긴다는 것을 보여준다. 이 "에네르게이아로서 언어"를 이해하는 것이나 "내적 언어형식"의 개념은 훔볼트가 언어생성을 통합적 처리방식으로 나타내는 데 있어서 가장 기본이 되는 것들이다.

언어형성에서 진행되는 행위는 사고의 표현을 위해서 조음된 음이 수행 되도록 하는 정신의 영원히 반복되는 작업이고 하나의 통합적 행위이다. 에네르게이아는 어떤 조음된 음의 분출로 제한되는 것이 아니라, 사고의 언어적 형성을 포함하고 세계를 파악을 하는 것이기도 하다.[42] 훔볼트에 의하면 언어성은 절대로 완성된 과정이 아니라 모든 말함에서 나타나야 한다. 매번 언어는 결손 없이 생성되는데 이는 단순한 컴퓨터의 커다란 기억용량으로 가능한 것이 아니라 영혼의 본능적 선험적으로 주어진 조건 때문에 가능하다. 그래서 이미 형성되어 알려진 어떤 단어의 발음도 하나의 에네르게이아적 과정이다. <u>음과 정신의 통합이 언어이다.</u>

> "감각의 행위는 정신의 내적 행위와 통합적으로 연결되어야 한다. 이런 연결에서부터 표상(Vorstellung)이 나오고 그것은 주관적인 힘에 대

---

41) Humboldt V:138 이하 참조.
42) 그래서 바이스게르버는 이것을 "세계의 낱말화 과정"(Prozeß des Wortens der Welt)이라 했다. Weisgerber 1964:74-86 참조.

하여 객체가 되고 다시 그러한 새로이 인식된 것으로서 주체로 되돌아온다. 이를 위해 언어는 필수적이다."[43]

그래서 사고와 음의 통합이 일어난다. 다음과 같이 이러한 통합은 도표로 이해될 수 있다.

통합   : 외적 언어형식(음성)과 내적 언어형식(내용)이 에네르게이아적으로 연결되는 것.
정신활동 : 감각행위 + 정신의 내적 행위 = 표상

                        사회화
표상 + 주관적인 힘 ─────→ 객체 : 언어가 의사소통을 통하여
                              타당성을 찾기위해 **사회화** 필요

언어활동 : **표상 + 음** = 개념(낱말) : 표상이 음과 만날 때 통합과정을
              통합작용   거쳐 개념이 된다.

에네르게이아(Energeia)는 일반적으로 언어에서 작용하는 힘으로 이해된다.[44] 그러나 에네르게이아는 단독적으로 이해되어서는 안 되는 개념인데 다음 같은 자리에서 *에르곤*(Ergon)이라는 개념과 함께 나타나기 때문이다.

---

43) Humboldt III:428.
44) Weisgerber 1962:15 이하 참조.

"언어는 작품이 아니고 행위(에네르게이아)이다. 그래서 언어의 진정한 규정은 단지 생성적인 규정이어야 한다. 언어는 사고의 표현을 위해 조음된 음이 수행되도록 하는 정신의 영원히 반복하는 작업이다. 직접 자세하게 말하자면 이는 매번 일어나는 말함의 규정이다. 진정한 의미에서 우리는 이 말함의 전체를 언어로 이해할 수 있다."[45]

훔볼트는 이 에네르게이아를 이해할 때 언어의 음성적인 면에 중심을 둔 것이 아니라, 언어형성의 사유적인 과정들과 말해진 단어의 연결에 중심을 두었다. 그래서 언어 형성에서 진행되는 행위는 – 사고의 표현을 위해 조음된 음이 수행되도록 하는 정신의 영원히 반복하는 작업 – 하나의 통합적인 행위이다. 각 단어는 통합의 결과이고 음과 내적 정신형태의 통합이다. 이 정신적 통합과정에서 에네르게이아는 한편으로는 언어 힘의 발달로 이해되고 다른 한편으로 사고를 형성하는 구성력으로 이해될 수 있다.[46] 훔볼트에 의하면 언어성은 절대로 완성된 과정이 아니라 모든 말함에서 나타나야 한다:

"이 말함에서 매번 필요한 단어가 결손 없이 나타나는 것은 단순한 기억력의 업적만은 아니다. 영혼이 본능적으로 단어들을 만드는 열쇠를 스스로 지니지 않는다면 어느 인간의 기억력도 그런 작업을 위해 충분하지 않다."[47]

---

45) Humboldt III:418.
46) Gipper 1992:30-33 참조.
47) Humboldt III:480 그리고 11 도 참조.

매번 언어는 결손 없이 생성되는데 이는 단순한 콤퓨터의 커다란 기억용량으로 가능한 것이 아니라 영혼의 본능적 선험적으로 주어진 조건 때문에 가능하다. 그래서 이미 형성되어 알려진 어떤 단어의 발음도 하나의 에네르게이아적 과정이다. 어떤 언어공동체에서, 개인에서 혹은 일상적인 말함에서 언어생성은 동일한 선험 철학적 원리에 귀결된다. 훔볼트는 이를 통합의 개념으로 기술한다.

낱말 형성에서 통합의 과정을 살펴어 보면 훔볼트의 개념인 <u>내적 언어형식</u>을 만나게 된다. 이는 『**카비어 서문**』의 "내적 언어형식과 음의 연결"(Verbindung des Lautes mit der inneren Sprachform)장에 언급되어 있는데[48] 이 내적 언어형식은 훔볼트에 따르면 언어에게 하나의 내적이며 순수히 지적인 부분이다. 이것은 언어생성에서 정신적 행위가 돌아다니는 길이다.[49] 이는 어떤 언어가 개념적인 구성을 만드는 방식을 말하는데 바이스게르버 L.Weisgerber 는 이를 "세계의 언어적 변형 양식"[50]이라 했다. 이 내적 언어 형식은 에네르게이아적인 특성을 가지는 것으로서, 기퍼 H. Gipper가 이해한대로 창조된 것이 아니라 창조하는 원리에 더 가깝다.

음과 정신이 결합되는 과정인 통합은 여기서 풀어야 할 중요한 개념인데 훔볼트는 이것을 언어이전 단계에서 언어로의 전이과정으로 이해했기 때문이다. 그에 따르면 통합에서는, 즉 어떤 창조적인 행위에서는 내적인 사유형식과 음으로부터 제 삼의 어떤 것이 생성

---

48) Humboldt III:463-475 참조.
49) Humboldt III:463 참조.
50) Weisgerber 1962:17.

되는데, 이 제 삼의 어떤 것이 언어이다.51) 그러나 언어를 통해 생성된 것은 에르곤이 아니라 동적인 구성물이다. 사고와 음이 상황에 따라 상이한 물건이 되고 언제나 다시 새로이 기능하는 통합적 행위를 통해 결합될 수 있기 때문이다. 이러한 통합단계는 훔볼트에게 있어 "언어의 실질적 자료는 한편으로는 음이고 다른 한편으로는 감성적 인상과 독자적 정신활동의 통합인데, 이 정신활동은 언어의 도움을 받는 개념의 형성보다 선행한다"52)라고 이해되었다. 이는 음과 정신의 통합을 생각케 한다. 그에 의하면 감각의 행위는 정신의 내적 행위와 연결되고 여기서 표상(Vorstellung)이 나오고 이 표상은 객체가 되고 다시 주체로 되돌아온다. 이런 과정에서 언어는 필수적인 역할을 한다.53) 그래서 사고와 음의 통합이 일어나는데 우선 의미의 행위가 정신의 내적 행위와 결합하고 표상을 형성한다. 이것이 개념 설정에서 필수적인 독자적인 정신활동이다. 그러나 표상은 아직 개념이 아니다. 개념은 표상이 언어적으로 조음되면서 단어와 함께 생긴다. 표상은 우선 정확히 경계 지워진 개념이 아니고 조음에서 비로소 구체화된다. 그래서 언어음과 연결 없이는 표상은 개념이 될 수 없다.54) 그러나 이런 과정은 아직 바이스게르버가 말한 언어적 중간세계를 생각하고 설정한 과정은 아니다. 훔볼트의 이 과정에

---

51) Humboldt III:606 참조.
52) Humboldt III:422.
53) Humboldt III:428.
54) 통합적으로 연결되는 단위들을 다음 같이 여러 방식으로 훔볼트는 여러 곳에서 나타내고 있다: "Lautform und innere Gestaltung"(III 473), "äußere und innere Sprachform"(III 475), "Laut und innere Gedankenform"(III 606).

서는 시니피앙과 시니피에가 중간세계라는 과정의 여과 없이 직접 만나고 있다.

그러나 언어음과 개념이 연결될 때 음이 통합적 행위에서 어떻게 만들어지는가는 보여지지 않았다. 실제적인 언어생성에서 모든 말함은 주어진 영역에 이미 존재하는 언어이다. 이는 순수하게 생산되는 것이 아니라 무(無)에서 유(有)로 바뀌어 질 뿐이라고 이해된다. 그래서 언어란 그대로 나타나는 것이 아니라, 정신을 통해 형성된 개념들이다.[55] 이런 통합은 단어는 물론 문장에서도 나타난다. 다음을 통해 그것은 명확하게 제시되고 있다:

> "통합의 행위는 언어의 모든 곳에 나타난다. 우리는 그것을 문장 형성에서 가장 명확히 인식한다. 그리고 어형변화나 접미사, 접두사를 통하여 파생된 단어들에서, 개념과 음의 모든 연결에서 이는 인식될 수 있다."[56]

훔볼트는 통합행위란 음성음운론, 조어론, 문장론에서도 나타난다고 이해하고 있음을 알 수 있다. 그래서 <u>언어전반적인 것이 통합</u>으로 이해된다. 이 통합개념은 에네르게이아 개념과 밀접한 관계가 있다. 행위로서 언어를 이해한다는 것은 세계의 개념적 형성은 물론 음과 사고의 통합적인 연결도 역시 포함하기 때문이다. 즉 "언어는 조음된 음이 사고를 나타내도록 하는 정신의 영원히 반복되는 작업

---

55) Humboldt III:468 참조.
56) Humboldt III:607.

이다"[57]에서 그 음을 변형하는 능력이 바로 통합적인 과정이고 에네르게이아의 측면이며 세계를 개념적으로 구성하는 과정인 것이다. 이로써 모든 훔볼트의 언어개념들이 언어생성과 관계되는 것처럼 에르곤과 에네르게이아 개념 쌍에도 이 통합의 모티브가 있음으로 인해 언어생성질문과 관계가 있음이 명확해 졌다. 그러나 자세히 고찰하면 통합은 언제나 완성된 것이기에 연구되기가 쉽지 않다. 훔볼트가 비록 직접적으로 설명하지는 않았지만 이런 통합에 관련된 여러 가지 사실에서 언어는 선험 철학적으로 생성된다. 그의 업적은 언어생성의 비밀을 통합의 결과로 밝힌 것이고, 또 이런 통합의 전제조건을 언어원형으로 제시한 것이다.

페터 슈미터는 이러한 외적 언어형식과 내적 언어형식 그리고 통합의 관계를 도표로 나타낸 바 있다.[58]

---

57) Humboldt III:418.
58) Schmitter 1987:83 참조.

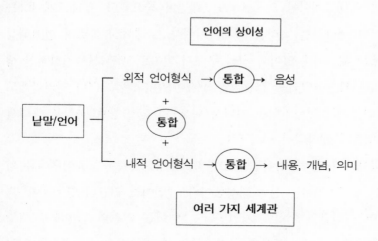

3) 나오는 말

훔볼트에 의하면 언어는 진화론적인 의미에서 점차적으로 발전된 것이 아니다. 단번에 생성되어 선험적으로 존재하는 것이다. 이는 언어의 작은 부분, 즉 단어, 문장, 문법의 일부라도 전체 없이는 생성될 수 없고 존재하지도 않으며 이해가 불가능하기 때문이다. 그래서 그가 제시한 것이 언어의 보편적인 특성인 언어원형(Typus der Sprache)이다. 이것은 모든 언어나 민족에 공통되는 것으로서 선험적으로 존재하고, 이것의 활성화가 바로 언어의 생성이다. 이 생성은 유추(Analogie)를 통해 발전한다. 훔볼트가 제시한 또 하나의 다른 언어생성의 중요한 요인은 통합이다. 언어는 언어 원형을 토대로 통합(Synthesis)이라는 과정을 통해 생성된다는 것이다. 이 통합의 과정에서는 에네르게이아 Energeia라는 개념이 중요하다. 에네르게이아는 언어의 생산적인 특성을 실체화시킨다. 그래서 훔볼트의 언어생성이론은 헤르더에 있어서 전혀 무에서 언어로 발전하는 진화적인 생성이론과는 구별되는 *선험적인 생성이론이다.*[59] 그러나 안타깝게도 그 선험적인 언어원형은 어디서 나오는가는 훔볼트 자신을 통해서도 명확히 해명되어 있지 않다.

훔볼트의 언어생성이론을 고찰함으로써 우리는 중세 이후에 논의되어 왔던 "언어는 신의 하사품이다", "언어는 인간의 창조물이다", "언어는 인간의 이성에 기인한다", "언어는 인간의 감성에 토대를 둔다" 등의 접근과 훔볼트의 접근이 아주 다르다는 것을 알 수 있었다. 즉 최종적으로 언어생성에 대한 답을 헤르더가 1772년에 그의 논문에서 제시했는데 이 헤르더의 결론을 교정한 것이 훔볼트의 언어생성에 대한 접근이었던 것이다. 그래서 훔볼트의 언어생성연구는 "언어가 역사적으로 어디에서 왔는가"에 대한 접근이 아니고 "언어 생성이란 무엇인가"를 답하려고 시도한 것이라고 결론 지을 수 있다.[60]

---

59) 비록 이 둘이 "언어는 인간의 고유한 것이다"라는 견해에서는 유사점을 나타내지만("*die Sprache ist erfunden! ebenso natürlich und dem Menschen notwendig erfunden, als der Mensch ein Mensch war*" Herder 1966(1772):34, "*Der Mensch ist nur Mensch durch Sprache; um aber die Sprache zu erfinden, müsste er schon Mensch syen*" Humboldt III:11) 언어생성론에서는 많은 차이를 나타낸다.

60) Trabant 1990:97 참조.

4) 참고문헌

Arens, H: 1955. Sprachwissenschaft. Karl Alber:München.

Flitner, A/Giel, K (Hg.): 1988. W.v.Humboldt. Werke in Fünf Bänden. Wiss. Buchgesellschaft:Darmstadt.

Gipper, H.: 1992. W.v.Humboldts Bedeutung für Theorie und Praxis moderner Sprachforschung. Nodus:Münster.

Herder, J.G: 1966(1772) Abhandlung über den Ursprung der Sprache. Reclam:Stuttgart.

Humboldt, W.v.: 1797-1816 Einleitung zum Agamemnon. In: Flitner,A/Giel,K (Hg.): 1988. W.v.Humboldt. Werke in Fünf Bänden. Wiss. Buchgesellschaft:Darmstadt. V: S.137-145.

Humboldt, W.v.: 1812 Ankündigung einer Schrift über die Vaskische Sprache und Nation, nebst Angabe des Gesichtspunktes und Inhalts derselben. In: Flitner,A/Giel,K (Hg.): 1988. W.v.Humboldt. Werke in Fünf Bänden. Wiss. Buchgesellschaft:Darmstadt. V: S.113-126.

Humboldt, W.v.: 1820 Über das vergleichende Sprachstudium in Beziehung auf die verschiedenen Epochen der Sprachentwicklung. In: Flitner,A/Giel,K (Hg.): 1988. W.v.Humboldt Werke in Fünf Bänden. Wiss. Buchgesellschaft: Darmstadt. III: S.1-25.

Humboldt, W.v.: 1827-1829 Über die Verschiedenheiten des menschlichen Sprachbaues. In: Flitner,A/Giel,K (Hg.): 1988. W.v.Humboldt. Werke in Fünf Bänden. Wiss. Buchgesellschaft: Darmstadt. III: S.144-367.

Humboldt, W.v.: 1830-1835 Ueber die Verschiedenheit des menschlichen Sprachbaues und ihren Einfluß auf die geistige Entwicklung des

Menschengeschlechts. In: Flitner,A/Giel,K (Hg.): 1988. W.v.Humboldt. Werke in Fünf Bänden. Wiss. Buchgesellschaft: Darmstadt. III: S.368-756.

Trabant, J: 1990. Traditionen Humboldts. Suhrkamp:Frankfurt am Main.

Weisgerber, L: 1962. Grundzüge der inhaltbezogenen Grammatik. Schwann :Düsseldorf.

Weisgerber, L.: 1964. Das Menschheitsgesetz der Sprache. Quelle & Meyer :Heidelberg

3. 언어는 상징이다 - 기호관

"언어를 찾는 인간은 기호를 찾는다. 이 기호 속에서 인
간은 사고하면서 만들어 내는 단편들로부터 전체를 통
합체로 모을 수 있다. 그와 같은 기호는 시간 속에서 파
악되는 현상들이지 공간 속에서 파악되는 현상들은 아
니다."

GS VII:582.

 찰스 샌더스 퍼스는 기호를 세 가지로 나누어 분류하고 있다: 도
상, 지표, 상징. 이 분류는 기호와 대상체의 관계를 고찰하여 나눈
것인데 도상은 기호와 대상체가 거의 유사한 경우이고, 지표는 어느
정도 유사한 경우며 인과관계에 있는 것이고, 상징은 기호와 대상체
의 관계가 전혀 무관한 경우를 말한다. 그래서 퍼스에 의하면 언어
는 상징이다.
 하지만 훔볼트가 사용하는 기호와 상징이라는 개념은 전통적인
개념이다. 훔볼트가 말하는 상징은 오히려 퍼스의 개념에서는 도상

이고 기호는 상징이다.

훔볼트는 언어의 가장 기본현상인 기호의 특성에 대해서 의외로 많은 언급을 하고 있다. 그가 사용하는 전문적인 용어 에네르게이아와 에르곤, 내적 언어형식 그리고 세계관 같은 개념도 기호에 관계되며 특별히 세계관이라는 개념은 기호의 기호로 해석되고 이것을 기호의 맥락에서 살필 때 나머지의 개념들도 서로 연관되어 투명해질 수 있다. 그래서 언어학과 기호학을 제대로 방향 설정하기 위해서는 훔볼트의 기호관을 먼저 살피어 보아야 하는데 훔볼트의 기호관을 이해하기 위해서는 역사적인 고찰이 우선적이다.

1) 플라톤이 말하는 기호

기호의 본질에 대해 언급하는 역사상 첫 번째 문헌은 플라톤이 서술한 『크라틸로스』(Kratylos)이다. 이 책에는 세 명의 대화자가 등장하는데 주인공 헤르모게네스와 크라틸로스 그리고 설명자이자 결론을 제시하는 소크라테스가 그들이다.

여기서 이 세 사람은 기호의 의미가 무엇인가, 즉 기호란 기호가 지니는 것의 본성에 의해 결정되는지 아니면 사람들이 설정하는 역사상의 관습에 의해 결정되는가에 대해서 논의한다. 첫 번째로 크라틸로스는 "모든 사물은 천부적으로 그것에 해당하는 올바른 자기의 이름을 가진다, 〔…〕 낱말이란 자연적인 정확성이 있다. 즉 그리이스인과 야만인을 위해 각각에 적합한 이름이 있다"[1]라고 말한다. 이는 명명행위를 통한 명칭이 고유한 개별성이 있고 그 <u>명칭의 자연적인 정확성</u>을 옹호하는 발언이다.

그러나 크라틸로스의 반대자인 헤르모게네스는 "소크라테스여 […] 낱말들이 협약과 계약 위에 만들어졌다라는 것 이외의 다른 낱말의 정확성이 있다고 확신할 수 없습니다"[2]라고 말함으로써 기호의 <u>임의성</u> 테제를 대변한다.

결론을 제시하는 소크라테스는 이들과는 반대로 언어의 기원에 대한 질문을 갑자기 설정한다. 즉 천성적으로 인간은 언어를 가지는지, 혹은 기호가 자연스럽게 의미를 가지는지, 아니면 인간에 의해 기호의 의미가 부여되는지를 질문을 한다.

진화론적인 사고 방식으로 볼 때 사물의 명명이 인간에 의해 만들어졌다는 사실은 확실하다. 그래서 이것을 전제로 한다면 그 명명행위가 옳은지 아니면 그른지만을 구분하는 것이 더 중요하다. 이런 질문을 크라틸로스는 당연한 것으로 인정하지만 헤르모게네스는 전혀 의미 없는 질문이라고 언급한다. 크라틸로스는 기호란 자연적이고 정확성이 내재해 있다고 생각하기 때문이고—즉 기호와 대상 사이에 필연성을 전제한다—헤르모게네스는 기호에 임의성을 가정하기 때문이다. 그러나 소크라테스는 이들과는 달리 두 가지의 특이한 태도를 취하는데 헤르모게네스가 말하는 언어기호의 임의성테제를

---

1) Platon 1957:126 참조, 특히 383b.
2) Platon 1957:126 참조, 특히 384d.

의심하고 또 크라틸로스가 주장하는 낱말의 정확성의 소재를 불분명하다고 주장한다.

언어에는 세 가지 기능이 있다고 소크라테스는 생각한다. 의사소통, 분류 그리고 대표. 우리가 옷감을 짜는 데는 직조기가 필요한 것처럼, 또한 밥을 먹기 위해서 젓가락이 필요한 것처럼 우리는 명명하려면 낱말이 필요하다. 그래서 낱말은 명명을 위한 도구가 된다. 소크라테스는 명명이란 자연적 정확성이 있다고 생각하기 때문에 임의성의 테제를 다음과 같이 반박한다.

- 기호에는 절대적 임의성은 존재치 않는다.
- 참된 문장과 거짓된 문장이 있다면, 역시 참된 낱말과 거짓된 낱말도 있어야 한다.
- 낱말이 도구라면 이것들은 특수한 목적에 적합하게 만들어져 있음에 틀림없다.[3]

플라톤은 『크라틸로스』에서 기호의 세 가지 측면을 구별했다. 낱말의 측면, 사고의 측면, 사물의 측면.[4] 그러나 이 구별에 그렇게 큰 의미를 준 것 같지는 않다. 오히려 책의 마지막 부분에서 소크라테스는 크라틸로스와 헤르모게네스를 둘 다 위로하는 주장을 제시한다. 즉 낱말의 명명행위에는 임의성도 존재하고 자연성도 존재한다고 그는 주장함으로써 둘을 위로하면서 자기 자신만의 독자적인 통

---

3) Keller 1995 참조.
4) 플라톤은 모든 사물에게는 사물의 이상인 "이데아"가 부여되어 있다고 생각한다.(Platon 1957:133. 389b-e, 390a참조)

합적인 이론을 제시한다. 의성의태어 같은 낱말부류를 생각해 보면 기호의 자연성, 정확성으로 우리는 경도될 수 있고 언어비교를 통해서 언어의 상이성을 회상해보면 기호의 임의적인 성질이 더 강한 것으로 이해된다.

플라톤의 제자인 아리스토텔레스는 모든 분야에서 스승인 플라톤을 거역하는데 역시 이 기호이론에서도 스승인 플라톤과 반대이론을 제시한다.

2) 아리스토텔레스가 말하는 기호

언어기호에 대해서 플라톤과는 달리 아리스토텔레스는 『**해석에 대하여**』(Peri Hermeneias)에서 다음과 같이 규정한다[5]:

- 음성은 표상의 관습적 기호이다.
- 음성은 언어에만 특수한 것이다.
- 표상은 사물의 모상이다.
- 표상과 사물은 보편성을 지닌다.
- 하나의 명사 의미는 합성되어 있는 것이 아니다.
- 자연적 기호는 명사가 될 수 없다.[6]

아리스토텔레스에 의하면 기호란 표상을 관습적으로 상징화하고

---

5) Aristoteles 1974:75 참조.
6) Keller 1995:38 참조.

표상은 사물을 자연적으로 모사한다. 그래서 이 기호, 표상 그리고 대상이라는 세 가지 사이에는 자연적인 요소는 물론 관습적인 요소도 존재한다.[7] 이는 아리스토텔레스가 사물의 세계는 우리가 그것을 인식하는 것처럼 객관적이다라고 생각하기 때문이다. 즉 인식을 통해서 사물의 내적 형상이 생긴다. 내적 형상은 음성의 수단을 통한 다음 협약을 거쳐서 상징화된다. 이를 다시 정리하면 첫째 표상은 "자연적 정확성"을 가져야 한다. 둘째 언어는 사물의 표상을 단지 상징화하기 때문에 우리가 우리 언어로 행하는 분류는 사물의 성격에 의해서만 주어진 것일 수 있다. 즉 표상의 표시만 임의적이다. 표상 자체와 언어로 행하는 개념적 분류는 그렇지 않다.

우리가 생각하는 범주란 인위적인 것이어서 자연상태에서 그 범주가 생기는 것이 아니라 자연과 우리 자신 사이의 상호작용을 통해서 생기는 것이다.[8] 우리 개념의 체계도 역시 세상의 거울이 아니고 세상과 우리가 만들어 낸 협약의 산물이다. 이런 사실은 나무, 색채어, 친족어, 추상명사, 수사 등이나 문화에만 특수한 낱말들을 살피면 명확해진다. 아리스토텔레스에 있어서 낱말이란 사물의 모사인 표상을 상징화함으로써 사물들을 표시하기 위해 존재한다.[9]

---

7) 안정오 1999:279~307 참조.
8) Aristoteles 1974 참조.
9) 앞에 나온 플라톤의 도구적 기호관은 나중에 비트겐슈타인 L.Wittgenstein의 의미사용이론에 의해서 전수되었고 아리스토텔레스의 표상적 기호파악은 독일의 논리철학자 프레게 G.Frege에 의해서 **의의**(Sinn)와 **의미**(Bedeutung)라는 개념으로 전수되었다.

3) 단테, 발라 그리고 보편문법에서 보는 기호

중세가 끝난 15~6세기 경에는 라틴어 이외에 일반적인 언어들이 시나 문학작품 혹은 의사표현을 할 때 기능의 측면에서나 어휘의 측면에서 충분한가를 검증하는 시기였다. 유럽에서 당시까지만 하더라도 모든 공적인 문서나 문학작품 등은 주로 라틴어를 통해서 표현되었기 때문이다. 라틴어는 인위적인 요소가 강하고 모국어나 자연어는 자연적이고 내적인 요소를 많이 함유하고 있었다. 그래서 당연히 기호적인 측면에서는 자연어가 정당하고 라틴어는 인위적이며 가설적이었다.

최초로 모국어 혹은 자연어로 자기들의 사상들을 나타내는 데 필요한 이론적인 근거를 제시한 것은 단테의 논문 「**통속어로 시쓰기에 대하여** De vulgari eloquentia」(1303~1307)이었다. 이 논문에서 단테는 모국어로 시를 쓰는 것이 정당하다는 것을 강조했으며 자신의 이태리어가 바로 그런 언어임을 강조했다. 이는 모국어의 지위를 향상시킨 반면에 언어들의 위치를 다시금 조사하도록 강요했다. 다시 말하자면 당시에 라틴어는 절대 변하지 않는 기호의 범주이지만 모국어의 등장으로 그 지위를 상실할 위험에 처하게 되었으며 모국어나 자연어는 라틴어보다 더 많은 "자연성"을 가지고 있음을 확인하게 되었다.

하지만 이러한 단테의 민족어에 대한 변론은 당시에는 커다란 반향을 불러일으키지 못했다. 왜냐하면 당시에 인문주의가 발현되어 언어보다는 인간 자체에 더 커다란 관심을 고조시키었기 때문이고, 또 다른 이유로는 고전주의가 부활하여 라틴어의 위치가 이전보다 더 강조되었기 때문이다. 그래서 당시보다는 상당히 세월이 지난 200년 후에 이태리 문학어를 위한 문화정치적 투쟁에서 단테의 텍스트는 재발견되고 논의되기 시작하였다.[10]

이러한 단테의 기호론은 전통적인, 즉 토마스 아퀴나스에 의해 전수된 아리스토텔레스의 기호이론과 유사하다. 그에 따르면 동물은 언어가 없기 때문에 몸을 통해서 의사소통을 하고 천사는 몸이 없기 때문에 영혼에 의해서 서로 의사소통을 한다. 그러나 인간은 동물과 천사의 중간적 지위에 있고 영혼과 몸이 있기 때문에 기호를 사용한다. 여기서 언어 기호는 동물이 하는 직접적인 자연적인 접촉도 아니고 천사의 영혼을 통한 무형적인 것도 아니며 감성적이고 이성적인 기호를 필요로 한다. 그래서 단테는 기호를 아리스토텔레스처럼 임의적이라고 주장하게 된다. 이에 반해서 라틴어가 개신현상을 겪으면서 새로운 기호론이 등장하게 된다.

이와는 달리 발라(Lorenzo Valla)는 언어의 의미는 더 이상 그것을 나타내는 사물과 동일하게 취급될 수 없다라고 생각한다. 그래서 언어는 더 이상 현실적인 실재가 아니라고 주장함으로써 언어는 인간에 의해 만들어진 인위적인 실재라고 주장한다. 그러므로 그에 따르면 말하는 행동이나 쓰는 행위는 세상을 있는 그대로 보는 것이 아

---

10) Apel 1980 참조.

니라 인위적인 언어를 통해서 보는 행위이다. 그렇지만 발라의 주장은 아이러니컬하게도 언어의 상대주의와 관계되는 것이 아니라 라틴어 우위성과 연관되어 있다.

낱말은 귀에 의해 인식된 자연적 음성에 관여할 뿐 아니라, 정신으로 인지되고 인간에 의해 만들어진 인위적 의미에도 관여한다. 그래서 낱말은 귀와 정신이라는 두 가지 현상에 의해 인지된다. 더욱이 질료적 낱말과 인위적 의미 사이의 관계가 바로 어느 정도는 모사관계로서 파악됨으로써 기호의 전통적인 임의성은 어느 정도 제한을 받게 된다. 그래서 발라는 자연적 의미를 가진 임의적이며 질료적인 기호로서 낱말을 간주하는 전통적 이론에 대항해서 의미를 인위적 특징을 가진 것으로 설정했지만 질료적 낱말의 견지에서 낱말의 자연성과 모사성을 강조하는 것도 역시 중요했다.

이러한 기호관들이 16세기에는 새로이 고찰되는데 민족어의 등장 때문이다. 민족어는 민족주의가 대두되면서 문학 글쓰기, 종교적 글쓰기와 토론, 전문적인 학문적인 논저 쓰기 등이 민족어로 서술되게 되었다. 그래서 민족어는 부각되고 라틴어는 몰락을 하게 되는데 이는 사회 - 계층간의 대립을 야기시키었고 더 나가서 언어를 새로이 성찰하도록 하였다.

이러한 상황에서 라틴어 대변자들은 플라톤의 기호이론인 '자연성'을 주장했고 모국어를 주장하는 "비속주의자"들은 아리스토텔레스의 임의적 기호관인 상이한 언어의 낱말들의 '동등성'을 옹호했다. 비속주의자들은 모든 언어는 모든 것을 다 표현할 수 있어서 라틴어

.의 사용은 시대에 뒤떨어진 행위라고 비방을 했다. 그런데 상기의 두 가지 상이한 방향은 서로 잘못된 기호학적 이론을 표방하고 있었다.

이러한 모국어와 라틴어 사이의 투쟁을 겪은 후에 17세기에는 유럽에서 언어의 다양성을 인정하는 운동이 힘을 얻게 되는데 중세의 라틴어적 보편성은 그래도 몇 명의 학자들에 의해서 유지되고 있었다. 그래서 언어적 보편성은 매우 강력하게 동경되고 있었으며, 이것을 위한 여러 가지 시도가 이루어지고 있었다. 이를 위한 보편문법의 첫 번째 시도는 포트 로얄의 『**보편 이성 문법**』(Grammaire generale et raisonnee, 1662~83년)이다. 이 보편문법을 토대로 하는 기호론은 육체와 정신이라는 아우구스투스 – 데카르트적 이원성을 통해서 강화된 아리스토텔레스의 기호론이다. 이것이 바로 포트 로얄의 논리학에 의해 완성되게 된다. 그렇지만 이 기호는 사물과 기호체가 전혀 무관한 연결이므로 임의적인 특징을 지닌다. 그래서 주로 의사소통을 주목적으로 이 기호는 사용된다. 데카르트는 『**방법서설**』(1637년)에서 인간이 말한다는 것은 "자기가 하는 말에 관해서도 생각한다는 것"[11]이고, 인간이 말할 때 앵무새처럼 전혀 생각 없이 말하지 않는다고 주장하지만 이 말하는 행위 첫 번째 유일한 목적은 의사소통이다. 그래서 데카르트에서는 포트 로얄의 이론도 낱말들을 의사소통의 수단으로만 보고 포트 로얄이 주창하는 기호는 아리스토텔레스의 주장처럼 임의성으로 경도된다. 하지만 기호와는 반

---

11) Descartes 1960(1637):96.

대로 관념들은 절대 임의적이지 않다고 포트 로얄-문법은 주장한
다.12)

4) 훔볼트의 기호

훔볼트는 자신의 여러 가지 저서에서 기호라는 말을 자주 그리고
여기 저기서 일정하지 않게 사용한다. 예를 들자면 문자에 대한 기
호인 '문자기호'(Schriftzeichen), 음성에 대한 기호인 '음성기호'
(Lautzeichen), 좀더 큰 의미에서의 '언어기호'(Sprachzeichen), 그리고
'문법적인 기호'(grammatische Zeichen) 등을 언급하고 있으며 더 나가
서 청각적인 현상으로서 '청취가능한 기호'(hoerbare Zeichen), 시각적
인 기호로서의 '공간적인 기호'(rauumliche Zeichen), 그리고 시간과 관
련이 있는 '시간적인 기호'(zeitliche Zeichen) 등을 언급한다. 특히 자
신의 논문 「**사고와 말하기에 대하여**」(1795/96년)에서는 기호를 인간
의 본질과 관련지어 설명하고 있다. 그리고 기호의 종류를 시간과
공간 속에 나타나는 것으로 파악한다:

> "언어를 찾는 인간은 기호를 찾는다. 이 기호 속에서 인간은 사고하
> 면서 만들어 내는 단편들로부터 전체를 통합체로 모을 수 있다. 그와
> 같은 기호는 시간 속에서 파악되는 현상들이지 공간 속에서 파악되
> 는 현상들은 아니다."13)

---

12) Trabant 1990 1장 참조.

이 기호의 규정에서 우리는 훔볼트가 인간을 기호적인 동물로 규정하려고 하면서 기호를 사고와 관련짓고 있음을 알 수 있다. 이는 많은 기호를 주로 인간의 사고를 위한 전제조건으로 이해한다는 말이다. 그래서 그는 기호를 공간적 기호와 시간적인 기호로 구분하고 있으며 여기서 시간적인 기호가 우리가 일반적으로 말하는 언어기호이다. 그리고 이 인용 바로 다음에서 훔볼트는 기호를 더 자세히 규정하는데 '들을 수 있는 기호'는 시라고 했으며 '볼 수 있는 기호'는 몸의 동작이나 행위라고 규정했다. 그의 저서에서 기호는 우리가 지금 가지고 있는 생각인 낱말의 차원을 넘어서 좀더 거대한 생각과 관련이 되는데, 즉 언어라는 체계와 동일시 한 것이다.

훔볼트에서 기호와 낱말의 개념을 명확하게 구별해야 한다. 그가 현대기호학자들이 이해하는 것과는 달리 기호 안에서 낱말을 이해하지 않고 낱말과 기호를 확연하게 나누고 있기 때문이다.

훔볼트는 낱말이란 조음된 음성으로만 구성되어 있고 사고를 생산하는 일종의 관념으로 고찰했다. 이러한 맥락에서 그는 「인간언어 구성의 상이성과 그것이 인류정신 발달에 미치는 영향에 대하여」에서 낱말을 "개별적인 개념의 기호"로 이해한다.[14] 이는 역시 낱말을 하나의 개별적인 것으로 고찰하고 있음으로 전체적인 언어와는 다른 이해임을 알 수 있다. 1820년에 그가 쓴 「언어발달의 상이한 시

---

13) GS VII:582.
14) GS VII:72.

대와 관련된 비교언어연구에 대하여」에서는 언어와 기호를 관련지
어 다음과 같이 서술하고 있다:

> "언어는 서술되어야 할 것의 모사도 아니고 그 자체를 위한 기호도
> 아니다. 언어는 이 둘 다 동시적이어야 한다. 모사로서 언어는 사용
> 의 임의성에게 어떤 여유도 남겨놓지 않는다. 그러므로 기호로서 언
> 어는 그 자체 안에 이러한 임의성을 지닌다."15)

여기서 언어는 모사성과 임의성을 둘 다 가진 것으로 이해되는데
기호는 임의성 하나만을 가진다. 그래서 언어 안에 있는 것은 기호
와 낱말 둘 다이다. 이는 다음의 인용을 통해서 추정될 수 있다. "언
어는 기호이고 동시에 모사이며, 단지 인상의 생산만이 아니고 더
나가서 말하는 자의 임의의 생산물도 아니다".16)

그는 기호를 또한 광범위하게 이해하기도 한다. 즉 기호의 종류는
시간기호, 시각기호, 청각기호가 있고 기호는 임의성을 근거로 만들
어지고 이왕에 만들어지면 그 대상과는 무관하다라고 생각한다. 이
러한 그의 기호관은『크라틸로스』에 나오는 헤르모게네스의 주장과
아리스토텔레스의 표상이론에 접근하는 주장이다. 그래서 그의 언
어사상에서 기호는 낱말과 명백히 다른데 낱말이 음성을 통해서 개
념을 환기시키기 때문에 낱말은 기호의 특성을 지니지만 개념과 낱
말은 불가분의 관계를 지니기 때문에 낱말을 그냥 독자적인 것으로

---

15) GS IV:28.
16) GS IV:29.

보기에는 무리가 있다. 만일에 그러한 추론을 한다면 훔볼트는 언어학의 가장 커다란 오류일 것이라고 경고한다.[17]

그래서 낱말은 일반적인 기호가 아니라 특수한 종류의 기호이다. 낱말이 음성과 결합되는 과정은 조음의 과정을 거치고 그것이 개념을 환기시키는 한에는 기호이다. 그러나 내용을 같이 드러내기 위해서 이는 개념과 결합되므로 훔볼트에 있어서 개념과의 결합은 유연(有緣)한 과정으로 이해된다. 훔볼트에 따르면 낱말이란 개념을 나타내는 음성이다. 즉 낱말 안에는 음성의 단위와 개념의 단위가 존재한다.[18] 낱말과 기호를 언어체계에서 볼 때 다음 같은 도표화할 수 있다.

훔볼트는 『카비어 서문』에서 언어와 낱말의 음성적인 측면과 내용적인 측면을 더 자세히 형식(Form)이라는 개념으로 소개하는데 이 형식은 언어를 만드는 동적인 "형성하는 원리"이다.

---

17) GS V:428 참조.
18) GS V:410 참조.

"이러한 정의에서 언어의 형식은 학문에 의해 형성된 추상개념으로 나타난다. 그러나 형식 그 자체를 단순히 현존재 없는 그런 사고본질로 간주하는 것은 아주 잘못된 일일 것이다. 사실 언어의 형식이란 오히려 어떤 민족이 그들의 언어에서 사고와 감정의 타당성을 찾게 해주는 아주 개별적인 충동이다. 이와 같은 충동을 전체 속에서 보지 않고 단지 그때마다의 개별적인 작용 속에서만 보기 때문에 오로지 충동의 작용이 가지고 있는 동일성을 죽어 있는 보편적 개념으로 요약할 수 밖에 없다."[19]

형식이 내용과 음성을 결정하는데 훔볼트에서 음성은 언어의 외적인 형식이고 내용은 내적인 형식이다. 이 내적인 형식과 외적인 형식은 형성하는 원리에 따라서 형성되는데 음성이라는 재료는 조음으로 만들어지고, 의미영역에서는 독자적인 정신 운동과 감성적인 인상의 총합을 통해서 개념이 형성된다. 외적인 형식이 재료인 음성 혹은 소리와 합해지고, 내적인 형식이 내용이나 개념 혹은 의미와 합해져서 이 두 개가 서로 언어 혹은 낱말을 만들어 낸다. 언어는 음성이라는 외적인 요소와 내용이라는 내적인 요소의 결합체이다. 훔볼트는 이를 다르게 표현하여 통합이라고 한다. 즉 완전히 다른 요소 두 개가 결합하여 제삼의 다른 것을 만들어 내는 과정으로 그는 이 통합을 이해했다. 이 통합은 훔볼트에 있어서 조음의 개념으로 성사되는데 이것이 그에 있어서는 언어의 본질이고 이 과정이 음성을 사고의 담지자로 만들어 준다. 이는 조음과 형식을 상호

---

19) GS VII:47 이하 참조.

관련되는 개념들로 우리를 이해하게 한다. 조음된 음성을 위해서 음성과 사고의 형성에서 조음이 생기는 것처럼 언어의 조성에서 특별한 특성이 조음으로 표시될 수 있기 때문이다. 그래서 우리는 통합을 조음과 형식의 상위 개념으로 해석할 수 있다. 이러한 상위개념인 통합이 형식으로 파악된다면 이것은 어휘를 만드는 구성요소로 파악된다. 즉 낱말의 내적, 외적 형식을 구체적인 낱말로 만드는 형성원리가 된다.

상기에서 언급한 '통합', '조음' 그리고 '형식'이라는 개념은 개별적인 낱말에만 관련이 있는 것이 아니고 언어의 일반적인 처리방식에도 응용되기 때문에 어휘에서 처리된 형식은 언어의 문법적이고 문장적 구조에서도 형성원리로 사용될 수 있다. '조음'이나 '통합'도 역시 마찬가지이다. 이처럼 언어를 만드는 원리인 형식의 개념은 모든 언어층위에 나타나는데 이 형식은 특이하게도 어떤 특정한 관계에서 형식으로 간주될 수 있는 것이 다른 관계에서는 재료로 나타날 수도 있다. 이러한 교체는 내적 형식과 외적 형식이 형식으로 해석된 통합의 재료로서 고찰될 때에만 가능하다.

우리가 일반적으로 생각하는 것과는 달리 사고와 음성의 관계는 훔볼트에서는 어느 정도는 자연적이라고 보여진다. 즉 언어의 내적 형식과 외적 형식의 연결은 어느 정도는 고정되어 있다. 그래서 'wehen', 'Wind', 'wirren'의 'w'는 '돌다' 혹은 '휘다' 등의 의미를 가진다.

소슈르는 시니피앙과 시니피에를 설정하여 이들이 서로 임의적이고 보는 반면에 훔볼트는 시니피앙과 시니피에의 관계를 직접 모방하고 유추적이며 상징적인 것으로 본다. 그는 더 나가서 이러한 형식을 음성적인 측면에는 물론 내용적인 측면에도 설정하고 있다. 그래서 통합이란 그에 있어서는 내적 형식이 음성의 형식을 극복하는 과정으로 고찰한다. 그러나 내적 형식이 언제나 동일하게 이 과정을 수행하지는 못한다. 그래서 동음이의어가 나타나고 많은 언어들의 문법에서도 미래와 접속법이 서로 내적인 형식에서 다른 것이지만 동일한 음성형식을 나타낸다.

훔볼트는 소슈르가 기호를 이해하는 임의성의 특성과는 달리 <u>기호와 대상의 유연성(有緣性)</u>을 기호에서 이해하고 있다. 기호를 임의성으로만 고찰하는 일방적인 이해는 언어연구에 치명적인 결과를 주게 된다고 주장한다.[20]

이와 같은 맥락에서 훔볼트는 기호의 개념을 일반적인 통설과는 다르게 생각한다. 물론 당시에는 소슈르에서 나오는 시니피앙과 시니피에 개념으로부터 도출된 임의성 개념이 알려지지는 않았다. 차라리 『크라틸로스』에 나오는 크라틸로스와 헤르모게네스의 토론이 더 훔볼트에게는 친숙했을 것이다. 그래서 "기호의 임의성"을 주장하는 크라틸로스를 염두에 두고서 그는 다음과 같은 언급을 하게 된다:

"낱말은 분명 그것이 어떤 사물과 개념을 위해서 사용되는 한에는

20) GS III:167 참조.

기호이다. 그러나 그것의 형성과 작용의 방식에 따라서 기호는 고유
하고 독자적인 본질이고 일종의 개별자이다. 모든 낱말의 총합인 언
어는 우리 외부에 나타나는 것과 우리 내부에서 작용하는 것 사이의
중간에 놓여있는 세계이다."21)

낱말은 개념이나 사물을 위해 사용되기 때문에 일반적인 의미에
서 기호이다. 그러나 이 낱말이 지시하는 개념과 특정한 유연(有緣)성
이 있으므로 무연(無緣)적인 기호와는 다른 차원이다. 그러나 낱말의
총합의 단위인 언어는 하나의 기호의 집합인데 이것은 우리의 사고
와 외부의 자연과 중간에 있는 또 다른 세계이다. 그래서 사물과 개
념에 사용되는 낱말은 훔볼트에 의하면 분명히 기호이지만 형성하
는 방식을 고찰해 보면 낱말과 언어는 <u>기호 이상</u>의 것이다. 그에 의
하면 지시객체는 한편으로는 사물이고 다른 한편으로는 개념이다.
즉 감성적으로 파악 가능한 것은 지시객체이고 생각으로만 가능한
것은 개념이다. 그래서 기호 이상의 어떤 특징이 낱말과 낱말의 지
시 사이에는 존재한다고 본다. 이러한 이유로 인해서 우리는 훔볼트
의 언어기호를 **"기호 이상"** 혹은 **"초기호적"**이라고 한다.22)

낱말은 대상으로부터 모사된 것이 아니고 영혼에 의한 대상으로
부터 생산된 영상의 모사이다. 즉 낱말이 하나의 직접적인 모사이기
는 하지만 영혼을 통해서 인간답게 걸러진 영상의 모사이기 때문에

---

21) GS III:167.
22) 이 부분은 페터 쉬미터 교수가 쓴 『언어 기호 Das sprachliche Zeichen』(1987)에
    들어 있는 「훔볼트에서 기호이론적인 논의들 Zeichentheoretische Erörterungen
    bei W.v.Humboldt」를 읽고 첨삭을 가한 것이다.

언어란 명칭목록이 아니고 대상에 대한 인간의 주관적 인지의 일종이다. 그렇기 때문에 모든 세계 언어들이 상이한데 이는 음성만이 상이한 것이 아니고 내용 자체도 완전히 다르다고 본다. 즉 음성이 다른 동의어가 아니라는 말이다. 그래서 예를 들어 독일어의 'Fleisch'는 사람의 '살'과 동물의 '고기'를 뜻하고, 'Glück'은 '행운', '축복', '복' 등을 의미한다.[23)]

개념에서는 사고와 언어가 완전하게 분리될 수 없고 오히려 지시되어야 하는 것의 생성을 정신 이전에 완성시키기 때문에 세계란 현상은 정신에서 시작된 대상인 '개념'에서 커다란 역할을 한다.[24)] 그래서 여기서 훔볼트가 언급하고 있는 '낱말'이란 감성적으로 인지되는 지시대상체와는 다르고 소슈르나 다른 학자들이 말하는 기호의 일반적인 개념과는 거리가 있다. 낱말에서 개념이 완성되기 때문이다. 다른 곳에서 훔볼트는 언어외적 개념의 존재도 인정하기는 하지만, 단순한 구성을 통해서 만들어지고 혹은 순수히 이성을 통해서 만들어진 그런 개념으로만 제한한다.

이러한 과정을 거쳐서 세계관 사상은 언어적인 중간세계를 만들

---

23) 이러한 여러 가지 증명들은 '낱말밭'이라는 이론을 근거로 언어들을 어휘측면에서 비교해 보면 확실하다. 그래서 레오 바이스게르버는 시대별로 다른 세계상을 비교하여 보인 바 있고 안정오는 '온도어'를 중심으로 한국어와 독일어의 세계상 차이를 비교하여 서술한 바 있다. An, Cheung-O 『외부관점에서 본 문법과 내부관점에서 본 문법 Grammatik aus der Fremd- und Eigenperspektive』, 1994 참조.

24) Weisgerber, Leo, 「모국어, 사고 그리고 행위 사이의 관련성 Die Zusammenhänge zwischen Muttersprache, Denken und Handeln」. 1930, in: Zur Grundlegung der ganzheitlichen Sprachauffassung S.175-208 참조.

어 낸다. 이 중간세계는 실제적이고 외적인 현상과 우리 안에 있는 내적인 것 사이에 있다. 이 언어적인 중간세계는 레오 바이스게르버 (성적표, 친족어 등의 예를 통해서)에 의해서 구체화된 바 있으며 **사피어-워프** 가설(호피 인디언족의 시간개념)[25])에서도 증명된 바 있다.

세계상 개념을 통한 훔볼트의 기호 이해는 언어의 전반적인 이해에 해당한다고 본다면 "낱말은 전체의 일부분이다"라고 한 언급은 언어의 어휘에 해당하는 기호의 구조화된 전체를 암시한다. 이는 요스트 트리어와 레오 바이스게르버 등에 의해서 **"낱말밭 이론"**으로 구체화된 바 있다.[26])

훔볼트는 이러한 기호를 세로적으로만 (파라디그마) 보지 않고 가로적으로도 (신타그마) 본다. 그래서 낱말들은 상호적으로 연관이 있으며[27]) 낱말이란 연결을 통해서만 하나의 완전한 모습을 지닌다라고 말한다.[28]) 이는 훔볼트가 기호를 단순히 하나의 낱말로만 보지 않고 보다 큰 단위인 문장 그리고 텍스트까지로 확대시키고 있음을 알 수 있다. 그래서 텍스트언어학의 기본 이상은 기호를 이해하는 관점에서 그 특성을 언급한 훔볼트의 논저들에서 유래한다고 볼 수 있다.

이러한 고찰방식은 낱말의 내적 언어 관계를 통해서 언어 전체를

---

25) Whorf 1956 참조.
26) Weisgerber 1963 및 Trier 1973 참조.
27) GS VII:108 참조.
28) GS VII:173 참조.

하나의 구조화된 것으로 보는 데서 나오는데 이러한 사실들은 훔볼트에 있어서 **'유기체'**(Organismus) 혹은 **'체계'**(System)로 전문 용어화된다. 오늘날 언어를 하나의 전체적인 기호체계로 보는 소슈르와 같은 언어학의 기본사상은 훔볼트로부터 유래하고 있음을 확인할 수 있다.[29]

5) 나오는 말

훔볼트의 사상을 간추리자면 그는 언어를 의사소통에 사용되는 임의적 기호로 보지 않고 관념의 형성을 하는 능동적인 것으로 간주한다. 그래서 언어의 상이성은 "기호와 음성의 상이성이 아니라, 세계관 자체의 상이성이다"[30]. 이런 맥락에서는 아리스토텔레스의 전통적인 기호관이 아니라 크라틸로스의 사상이 오히려 타당성을 찾게 된다.

비베스(Vives)가 이해한 언어의 독특성, 로크(Locke)의 단순관념과 복합관념 중 특히 여러 가지 인위적인 요소의 결합체인 혼합 양태, 콩디악(Condillac)의 언어창의력 등의 생각들은 언어란 개별적이고 상이하다는 생각들의 다른 표현들인데 이는 훔볼트에서는 세계관이라

---

29) 소슈르는 언어를 하나의 체계로 보았다. 이는 직접 훔볼트의 영향을 받은 것이라고 자신이 직접 서술을 하고 있지는 않지만 당시의 프랑스에서 훔볼트의 사상이 많이 알려진 것을 감안하면 훔볼트 사상에 직접 혹은 간접적으로 많은 영향을 받은 것으로 이해된다.
30) GS IV:27.

는 직관으로 이해되고 있다. 그래서 세계상을 통해서 언어들은 서로 구별된다.[31]

이러한 언어들을 세계관으로 보고자 하는 생각은 낱말을 기호의 개념으로 생각하게 한다. 하지만 낱말에서는 표현과 내용이 분리될 수 없는 단위이지만 기호는 그렇지 않다. 기호에서는 관념과 지시체가 합해져 있지만 낱말에서는 관념과 지시체가 구별될 수 있다. 음성적 분절이란 생각될 수 있는 것을 각 부분으로 나누는 것에 대한 구조적 모사인데, 훔볼트는 이를 자신의 용어인 '성찰'로 명명한다. 이런 맥락에서 낱말의 생산은 **성찰**(Reflexion)과 **분절**(Artikulation)의 통합적 생산이다.[32]

6) 참고문헌

An, Cheung-O 1993: Grammatik aus der Fremd- und Eigenperspektive, Peter Lang:New York/Paris.

Apel, Karl-Otto 1980: Die Idee der Sprache in der Tradition des Humanismus von Dante bis Vico. [3]Bonn:Bouvier.

Aristoteles 1974: Kategorien, Lehre vom Satz, Felix Meiner Verlag.

Behler, Constantin 1989: Humboldts »radikale Reflexion über die Sprache« im Lichte der Foucaultschen Diskursanalyes. In: Deutsche Vierteljahrsschrift

---

31) Trabant, J. Traditionen Humboldts(1990). 한국어판 『훔볼트의 상상력과 언어』 (1998년, 안정오 외 역) 참조.
32) Behler 1989 참조.

63: 1-24.

Borsche, Tilman 1981: Sprachansichten. Der Begriff der menschlichen Rede in der Sprachphilosophie Wilhelm von Humboldts. Stuttgart:Klett-Cotta..

Haym, Rudolf 1856: Wilhelm von Humboldt. Lebensbild und Charakteristik. (Nachdruck Osnabrück: Zeller 1965).

Heeschen, Volker 1972: Die Sprachphilosophie Wilhelm von Humboldts. (Diss. Bochum).

Humboldt, Wilhelm von 1836-39: Über die Kawi-Sprache auf der Insel Java. 3 Bde. Berlin:Druckkerei der königl. Akademie.

Humboldt, Wilhelm von 1876-80: Über die Verschiedenheit des menschlichen Sprachbaues und ihren Einfluß auf die geistige Entwicklung des Menschengeschlechts (Hrsg. August Friedrich Pott). 2 Bde. Berlin: Calvary.

Humboldt, Wilhelm von 1883/84: Die sprachphilosophischen Werke Wilhelm's von Humboldt (Hrsg. Heymann Steinthal). Berlin:Dümmler.

Humboldt, Wilhelm von 1903-36: Gesammelte Schriften. 17 Bde. (Hrsg. Albert Leitzmann u.a.). Berlin:Behr.

Humboldt, Wilhelm von 1960-81: Werke in fünf Bänden (Hrsg. Andreas Flitner und Klaus Giel). Darmstadt:Wiss. Buchgesellschaft.

Keller,R. 1995: Zeichentheorie.

Menze, Clemens 1965: Wilhelm von Humboldts Lehre und Bild vom Menschen. Ratingen:Henn.

Platon 1957: Kratylos. Rowohlt:Klassiker.

Saussure, F. De 1967: Grundfragen der allgemeinen Sprachwissenschaft. Gruyter: Berlin.

Scharf, Hans-Werner 1977: Chomskys Humboldt-Interpretation. Ein Beitrag zur Diskontinuität der Sprachtheorie in der Geschichte der neueren

Linguistik (Diss.Düsseldorf).

Schmitter, Peter 1986: Humboldt, Wilhelm von (1767-1835). In: Thomas A. Sebeok (Hrsg.): Encyclopedic Dictionary of Semiotics. Bd.I. Berlin/New York/ Amsterdam: Mouton/de Gruyter: 317-323.

Schmitter, Peter 1987: Das sprachliche Zeichen. Nodus:Münster.

Steinthal, Heymann 1848: Die Sprachwissenschaft Wilhelm von Humboldt's und die Hegel'sche Philosophie. Berlin (Nachdruck Hildesheim/New York: Olms 1971).

Schmitter, Peter 1851/1877: Der Ursprung der Sprache im Zusammenhang mit den letzten Fragen des Wissens. Eine Darstellung der Ansicht Wilhelm von Humboldts verglichen mit denen Herders und Hamanns. Berlin:Dümmler (³Berlin 1877: Der Ursprung der Sprache im Zusammenhang mit den letzten Fragen alles Wissens).

Schmitter, Peter 1985: Humboldt zum Ursprung der Sprache. Ein Nachtrag zum Problem des Sprachursprung in der Geschichte der Akademie. In: Zeitschrift für Phonetik, Sprachwissenschaft und Kommunikationsforschung 38: 576-589.

Trabant, Jürgen 1986: Apeliotes oder Der Sinn der Sprache. Wilhelm von Humboldts Sprach-Bild. München: Fink.

Trabant, Jürgen 1990: Traditionen Humboldt. Frankfurt:Suhrkamp.

Weisgerber, Leo 1948: Die Entdeckung der Muttersprache im europäischen Denken. Lüneburg: Heiland Verlag.

Weisgerber, Leo 1963: Grundzüge der inhlatbezogenen Grammatik. Schwann: Düsseldorf.

Weisgerber, Leo 1964: Zur Grundlegung der ganzheitlichen Sprachauffassung, Schwann:Düsseldorf.

Whorf, Benjamin Lee 1956: Language, Thought, and Reality. Cambridge, Mass.:

M.I.T.Press.

Wohlfart, Günther 1984: Denken der Sprache. Sprache und Kunst bei Vico, Hamann, Humboldt und Hegel. Freiburg/München:Alber.

안정오 1995: 훔볼트의 언어생성연구. 독일문학 56.

안정오 1999: 기호의 언어철학적 고찰. 한국어와 세계관, 한국어 내용론 6 호. 279~307쪽.

안정오/김남기(공역) 1998: 훔볼트의 상상력과 언어. 인간사랑.

4. 이원성이 언어의 근본적인 본질이다 - 화용론

> "특별히 언어를 위해 결정적인 것은 언어 안에 이원성이
> 어느 다른 곳보다도 중요한 자리를 차지한다는 것이다.
> 모든 말은 상호대화에 기인한다. 그 상호대화에서 말하
> 는 자는 대화상대자들을 언제나 단위로서 마주해 설정한
> 다."
>
> Humboldt III:137.

에네르게이아(Energeia)-언어학은 홈볼트의 언어관을 중심으로 연
구하는 모든 접근방식의 언어학을 지칭한다. 이 언어학에서는 홈볼
트의 "언어는 에르곤이 아니라 에네르게이아이다"[1]라는 주장이 중
요하며[2] 내적 언어형식과 세계관 개념이 중요하다. 홈볼트에 의하
면 언어란 사물이나 세상에 직접 1:1로 대응되는 것이 아니라 인간
정신의 형성물[3]로서 이해된다. 그래서 언어의 외적 형태보다 정신

---

1) Humboldt III:418.
2) 에네르게이아에 대해 다음에 나오는 항목 2)를 참조.
3) Humboldt III:418 이하 참조.

작업의 일정한 규칙인 내적 형태가 중요하고, 우선적으로 연구되어야 할 것은 음성이나 형태의 변화가 아니라 각 언어의 세계관을 형성하는 내용이고 언어가 발휘하는 성능이며 실제로 언어가 시행되는 데서 나타나는 결과이었다. 이런 언어관을 바이스게르버가 언어내용중심학파라는 범주 하에서 체계화시키고 집대성하였다. 그래서 홈볼트와 바이스게르버의 접근방식에 동조하는 모든 언어연구방향을 에네르게이아-언어학이라 할 수 있겠다.

본고에서는 이런 에네르게이아-언어학을 위한 방법론을 새로이 제시한다거나 그것에 의거한 새로운 연구결과를 발표하는 것이 아니고, 에네르게이아-언어학에서 어떤 점이 현재 활발히 연구되는 **화용언어학**(Pragmalinguistik)과 연관성이 있는가를 묻는 것이다.

화용언어학 하면 일반적으로 언어의 체계에 관심을 가진다거나, 보편타당한 것에 중점을 두기보다는 실제로 행해지는 모든 언어의 사용상태를 다루는 것을 말한다. 그래서 거기서는 "의사소통 Kommunikation"과 화자와 청자의 관계가 중요하며 그 대화에서 나타나는 작용도 연구의 대상이 되는데 이것을 체계화시키면 다음 같다.

a) 언어적으로 발화된 것과 이것으로 세상에 대해 말해지는 것 사이의 관계연구.

b) 언어적으로 발화된 것과 어느 화자가 그것으로 어느 대화 상대자에 대해 일반적으로 의도할 수 있는 것의 관계연구.

c) 대화하는 사람이 그들의 언어적 교환을 어떻게 구성하는가하는 방식연구.[4]

이것으로부터 화용언어학은 대화를 시행하는 발화, 화자의 의도, 발화의 작용 등을 다룬다는 것을 알 수 있다. 에네르게이아-언어학도 이런 측면에 관심이 있지만 완전히 일치하지는 않는다.

이런 맥락에서 먼저 훔볼트의 언어관에서 얼마나 화용적인 요소가 나타나며 바이스게르버의 언어연구방식이 어떻게 이에 연관되는가를 고찰해 나갈 것이다.

1) 언어기능

흔히 훔볼트는 많은 문제를 광범위하게 제기한 사람으로 알려져 있다. 이런 이유로 인해 그의 여러 가지 수많은 주장은 마치 이곳에도 걸리고 저곳에도 해당되는 것같이 보이며 더 나가서 자기의 주장 안에서 서로 상충되는 것같이 보이기도 한다. 예를 들면 언어의 보편성(Universalität)과 상이성(Verschiedenheit)문제가 서로 상충되는 것같이 보이며 **내적 언어형식**(Innere Sprachform)과 **세계관**(Weltansicht)이 서로 맞물리며 상충되는 것 같기도 하다. 위의 문제들은 여러가지의 많은 논문을 통하여 다소의 해답을 제시하고 있는 듯하다.[5]

---

4) A.Linke et al. 1991:171. 이에 더 나가 다음 것도 물어질 수 있다: a) 화자가 그들의 대화상대자에 대해 언어적으로 구성할 수 있는 것으로 그들의 의도를 어떻게 나타내는가 ? b) 그들은 언어를 가지고 어떻게 행동하는가? c) 그 대화상대자를 향해 이런 저런 것을 말함으로써 화자는 무엇을 의미하고 목적하는가? A.Linke et al. 1991:179-180 참조.

그러나 훔볼트의 언어관에서 실용적인 측면이 있는가 없는가는 정확히 규명되지 못했다. 그래서 이것의 실마리가 될 수 있는 그의 언어관의 언어기능을 다음에서 고찰함으로 이 문제에 접근해 보고 자 한다. 훔볼트에 의하면 언어의 기능은 다음 두 가지로 압축된다:

  (1) 언어는 <u>정신을 형성하는 기관</u>이다.
  (2) 언어는 <u>이해의 전달도구</u>로 작용한다.

(1) 정신형성 기관으로서 언어

훔볼트는 언어를 정신을 형성하는 기관으로 보았다. 그래서 그의 많은 논문에서 이런 기록은 반복적으로 나타난다. 1795/96년에 쓴 「사고하기와 말하기에 대하여 Über Denken und Sprechen」이라는 논 문에서 그는 언어가 사고 혹은 정신과 무슨 관계가 있고 그것을 위 해 무슨 역할을 하는가를 16가지로 요약하였는데 그중 중요한 일곱 가지를 정리해 보면 다음 같다:

---

5) 예를 들면 바이스게르버와 헬무트 기퍼 H.Gipper 교수와 훔볼트 연구가들의 여러 가지 논문은 이에 대한 해답을 주는데 그들의 저서목록은 다음 같다: Gipper,H: 1992. Wilhelm von Humboldt als Begründer moderner Sprachforschung. In: Wilhelm von Humboldts Bedeutung für Theorie und Praxis moderner Sprachforschung. Münster. Nodus. S.15-39. Gipper,H: 1992. Wilhelm von Humboldts Bedeutung für Theorie und Praxis moderner Sprachforschung. Münster. Nodus. Jost,L: 1960. Die Auffassung der Sprache als Energeia. Weisgerber,L: 1953/54. Zum Energeia-Begriff in Humboldts Sprachbetrachtung. 1956/57. Die Erforschung der Sprach "zugriffe" I. 1962. Grundzüge der inhaltbezogenen Grammatik. 1963. Die vier Stufen in der Erforschung der Sprachen. 1964. Das Menschheitsgesetz der Sprache. Werlen,I.: 1989. Sprache, Mensch und Welt.

① 사고의 본질은 성찰에서 생긴다. 즉 생각하는 사람과 생각된 것을 구별하는 데서 생긴다.

② 성찰하기 위해 정신은 정신 자신의 계속 진행하는 행위에서 잠깐 동안 정지해서 방금 생각된 것을 하나의 단위로 파악해야 한다. 그리고 이런 식으로 그것을 대상으로 설정해야 한다.

③ 정신은 이 과정에서 더 많은 것을 형성할 수 있는 단위들을 다시 서로 비교하고, 나누고, 그리고 그것들을 필요에 따라서 연결한다.

④ 사고의 본질은 여러 범주들을 정신의 독자적인 활동으로 만드는 것이다; 그것을 통해서 정신행위의 일정한 부분에서 전체를 형성하는 것이다. 이런 형성들은 사고하는 주체에 대면해 있는 객체로서 서로 나누어지고 또 함께 모아지기도 한다.

⑤ 어떤 사고도 우리 감성(感性, Sinnlichkeit)의 일반적인 형태들의 도움을 받지 않고는 다른 방식으로 생길 수 없다; 감성의 일반적인 형태들 안에서만 우리는 사고를 파악할 수 있고 확정할 수 있다.

⑥ 주체에 대한 객체로서 대조되기 위해 일정한 양의 사고가 단위들로 모아지는데 이 단위들의 감성적인 표시가 언어라고 한다.

⑦ 언어는 그래서 성찰의 최초 행위와 함께 직접 시작한다. 주체가 객체를 삼키는 탐욕의 감정탐익에서부터 인간이 자의식에 눈을 뜨는 것처럼 단어도 거기에 존재하는데 ─ 인간자신이 갑자기 조용히 있다가, 주변을 둘러보고 방향을 설정하는 데 몰두하는 최초의 그 충동이 있는 곳에 존재한다.[6]

여기서 훔볼트는 사고를 성찰과의 관계에서 이해하고 그것을 유

---

6) Humboldt V:97-98. 훔볼트의 이런 방식의 사유는 헤르더 J.G.Herder의 논문 『언어기원에 대한 논문 Abhandlung über den Ursprung der Sprache』(1772)에서도 찾을 수 있다. 특히 헤르더 Herder의 책 32쪽.

지해 주는 것은 감성적인 단위들인데 이것이 바로 언어라고 말한다. 그래서 언어와 사고의 불가분의 관계를 강조한다. 훔볼트에 의하면 언어를 통해서만 사고(思考)가 가능하고 언어가 사고하는 정신을 형성한다는 것이다. 이외에 다른 논문에서도 언어와 사고를 관계지어 다음같이 설명한다.

> "언어는 발음된 음을 사고의 표현으로 가능하게 해 주는 영원히 반복하는 정신의 작업이다."7)
> "정신의 작업으로서 언어들을 나타내는 것은 완전히 옳고 정확한 표현이다. 정신의 존재는 주로 행위 안에서만, 그리고 행위로서 생각될 수 있기 때문이다."8)
> "언어는 사고를 형성하는 기관이다. 지적인 행위는 아주 정신적이고 내적이며 흔적이 없는 찰라적인 것인데 그것은 말함에서 음을 통해서 표출되고 감성적으로 인식된다. 언어와 지적 행위는 그래서 하나이고 서로 나눌 수 없다."9)

이런 여러 가지 인용들을 통하여 그의 언어관에서 언어의 기능은 일차적으로 사고(思考)나 정신형성에 있음을 알 수 있다. 그는 일반적으로 알려진 언어의 기능인 통화의 기능보다는 더 원초적인 언어의 사유의 기능을 문제삼고 있는 것이다. 그의 이러한 언어의 일차적인 기능인 사유의 기능을 강조하는 것 때문에 언어의 이차기능인 통화나 이해의 기능은 그에게서 강조되는 것이 아닌 것처럼 보인다. 그

---

7) Humboldt III:418.
8) Humboldt III:419.
9) Humboldt III:426.

러나 역시 그는 <u>언어의 대화</u> 혹은 <u>이해의 측면</u>을 강조했다. 그는 논문『인간언어구조의 상이성과 인간언어구조가 인류정신발달에 미치는 영향에 대하여 Ueber die Verschiedenheit des menschlichen Sprachbaues und ihren Einfluss auf die geistige Entwicklung des Menschengeschlechts』(1830~35)에서 언어는 당연히 사고를 위해 우선 존재하지만 그 사고를 구체화하는 것은 <u>말하기</u>(Sprechen)라고 강조한다:

> "주체적 행위는 사고에서 객체를 형성한다. 표상의 어떤 범주도 이미 있는 대상을 단순히 수용하는 조망으로 고찰될 수 없기 때문이다. 그 감성들의 행위는 정신의 내적 행위와 종합적으로 연결되어야 한다. 그리고 이런 연결에서 개념이 나타나고 그 개념은 주관적인 힘에 대하여 객체가 되고 새로이 인지된 그런 것으로서 다시 주관으로 돌아온다. 이것을 위해 언어는 필수불가결하다. 왜냐하면 언어 안에서 그 정신적인 노력이 입술을 통해서 길을 트고 그것의 생산이 자신의 귀로 다시 돌아오기 때문이다. 즉 개념은 그런 것을 위해 주체에서 취하지 않고, 실제적인 객체로 전이된다. 언어만이 이것을 할 수 있다. [⋯] 그래서 인간과 인간 사이의 어떤 의사소통을 고려하지 않을 때도 말함은 폐쇄된 고독 속에 있는 개개인의 사고에서의 필수적인 조건이다. 그러나 언어의 출현방식은 사회적으로만 발전한다. 그리고 인간은 그의 단어를 다른 사람이 이해하는가를 시험적으로 조사하면서 스스로를 이해한다."10)

이 인용문으로 우리는 훔볼트에서 언어의 화용적인 측면에 대한

---

10) Humboldt III:428-429.

접근의 계기를 만들 수 있겠다. 즉 언어는 사고의 수단이지만 그 언어가 실현되고 발화될 때 사고가 가능하다는 말이다. 그래서 주체가 언어를 통해 객체가 되고 다시 그것은 다른 주체를 만드는 전거가 된다. 훔볼트에 있어서 언어는 인간의 사유수단으로 뿐 아니라 사회 안에서 주체가 객체가 되는 수단이며 인간의 사회적 성품을 위해 필수불가결한 수단이다.

다음 장에서는 이런 훔볼트의 생각이 어떻게 일차적인 언어의 기능인 사유에서 이차적인 언어의 기능인 대화나 이해로, 즉 화용적인 측면으로 넘어가고 있는가를 살펴어 보고 그 상호 관계를 고찰해 보겠다.

(2) 이해전달로서 언어

훔볼트는 「인류언어구성의 상이성에 대하여 Über die Verschiedenheiten des menschlichen Sprachbaues」(1827~1829)에서 "언어는 연결된 말에만 존재한다. 문법과 사전은 죽은 해골과 같은 것이다"[11]라 했다. 훔볼트는 이 말을 통하여 언어의 화용성을 강조하고 싶었던 것이다. 문법이나 사전이 언어를 보존한다거나 설명한다는 차원에서는 도움이 되는 것이지만, 그에게서 문자로서 보존된 언어는 미이라와 같은 보존일 뿐 언어의 실체는 아니고, 언제나 그것은 실제로 실현이 되어야만 언어가 되는 것이었다. 그래서 "언어는 지속적인 것이고 매순

---

11) Humboldt III:186.

간마다 변하는 것이다"12). 이는 언어의 동적인 측면과 대화적인 측면을 강조하는 것이다. 그래서 그에게서 '담화'(Rede)는 이러한 언어의 기능을 강조하는 과정에서 중요한 역할을 하게 된다.

이런 맥락에서 그는 「쌍수에 대하여 Über den Dualis」(1827)라는 논문에서 주로 언어에서 대화의 중요함과 이해를 돕는 언어의 기능을 강조한다. 그래서 훔볼트에 있어서 언어는 사회성이 중요하고 '나'(Ich)와 '너'(Du)라는 인칭대명사가 언어원시모형으로 작용을 하며 이에 따르는 **이원성**(Zweiheit)이 중요한 역할을 한다.

> "특별히 언어를 위해 결정적인 것은 언어 안에 이원성이 어느 다른 곳보다도 중요한 자리를 차지한다는 것이다. 모든 말은 상호대화에 기인한다. 이런 상호대화에서 말하는 자는 대화상대자들을 언제나 단위로서 마주해 설정한다∝"13)

이런 기본적인 언어의 이원성을 서술하고 또 동일한 논문에서 훔볼트는 언어의 본질인 이원성과 관련하여 언어의 사회성에 대해 언급한다.

> "언어의 근본적인 본질에는 바뀔 수 없는 이원성이 있다. 그리고 그 말함의 가능성 자체도 말을 거는 것과 그 대답을 통해 좌우된다. 근본적으로 사고란 사회적인 존재로 가는 경향에서 유도된다. 그리고 인간은 모든 육체적인 통각 관계와는 무관하게 그의 단순한 사고를

---

12) Humboldt III:418.
13) Humboldt III:137.

위해 나에 해당하는 너를 동경한다. 개념은 어느 낯선 사고력에서 나온 반사를 통해서 비로서 그것의 규정과 확신에 도달하는 것처럼 보인다. 그 개념은 움직이는 많은 표상에서부터 분리되면서, 그리고 주체에 대하여 객체로 되면서 그 개념은 생성된다. 그러나 이 분리가 주관에서만 출발하는 것이 아니라, 그 상상하는 사람이 바로 그 자신에게 상상되고 생각되어지는 본질이 단지 다른 사람에게서도 가능하다는 생각을 무의식적으로 인식할 때 그 객관성은 더 완벽한 것처럼 보인다."14)

"단어가 개인에게서만 만들어졌다면, 그 단어는 단지 어떤 거짓객체에 비유된다. 언어는 개인으로부터 나올 수 없다. 그 언어는 한 새로운 시도가 어떤 행해진 시도에 연결되면서 사회적으로만 실현될 수 있다."15)

이와는 약간 다르게 『카비어 서문 Einleitung zum Kawi-Werk』에서 훔볼트는 객체에 대한 주체를 역으로 강조한다:

"언어는 주관적으로 작용하고 주관에 종속적일 때 한에서 바로 객관적으로 작용하고 자립적이 된다. 언어는 문자가 아닌 어떤 체류하는 장소를 갖기 때문이다. 언어의 죽은 부분은 언제나 사고에서 새로이 생산되어야 하고 말이나 이해에서 활성화되고 이어서 주체로 완전히 넘어가야 한다; 그러나 사고를 객체로 만드는 것은 이런 생산의 행위에 있다."16)

---

14) Humboldt III:138-139.
15) Humboldt III:139.
16) Humboldt III:438.

이는 주관과 객관의 상호의존성을 강조하는 것이며 주체와 객체의 보완적인 역할을 설명하는 것이다. 사고는 한번은 주체가 되고 (언어를 통해) 또 언어를 통해 객체로 가서 다시 반사되며, 결국은 객체적 주체로 된다는 말이다. 이러한 역할을 처리하는 것이 바로 언어이다.

이처럼 훔볼트는 여러 곳에서 언어의 화용성을 강조했고 언어의 사회성과 객관성을 언어의 기본원리 중 하나로 제시했다. 그래서 그에게서 언어는 우선 "무한성과 유한성을 연결해 주는 중재자이고 어느 개인과 다른 개인을 연결해 주는 중재자"[17]이다.

이런 그의 근본적인 궁극목표는 그러나 언어의 사회성이나 실행성을 강조하는 것에 있는 것이 아니라, 말함에서 사회적인 혹은 화용적인 언어형성의 측면을 통한 하나의 지적 행위가 드러난다는 것을 강조하고자 하는 데에 있다. 그래서 비록 훔볼트가 언어의 많은 사회성을 주장하기는 하지만 그에게서 언어는 "완전히 단순한 이해의 수단이 아니고, 말하는 사람의 세계상과 정신의 모사체이다. 그 사회성은 언어의 발전을 위해 필요한 보조수단이지만, 그 사회성만을 위해 일하는 것이 언어의 유일한 목적은 아니다. 오히려 언어는 개개인들이 인류로부터 분리될 수 있는 한은 그 종착점을 개인에게서 찾는다."[18] 이는 바로 조음된 음을 가지고 사유를 표현하는 지적

---

17) GS III:296.
18) Humboldt III:135.

행위가 결국은 개인에게서 출발하기 때문이다. 그래서 인간은 이 언어의 말함을 통해 사유하고, 사유의 강화를 위해 언어를 말하며, 그것이 들려지는 너와 말해지는 장소인 언어공동체가 필요한 것이다. 이렇게 계속 어느 사회에서 말해진다는 것은 언어의 상이성을 자아내고 여러 상이한 **민족**(Nation)을 결과적으로 만들게 된다.

> "인간은 더욱이 사고 안에서 다른 사람과 말하거나 혹은 다른 사람과 말하는 것처럼 자기 자신과 말한다. 그리고 나서 그의 정신적인 친족성의 원을 그리고 자기처럼 말하는 자들을 다르게 말하는 자들로부터 구별한다. 인류를 낯선 사람과 고향사람으로 나누는 이러한 구별은 모든 원래 사회적인 연결의 기본원리이다."[19]

이런 맥락에서 훔볼트에게 있어서 인간(개인), 사회(언어공동체) 그리고 사유(思惟)는 구어체언어의 필수불가결한 요소이다. 이를 요약 정리하면 인류가 정신을 형성해 내는 수단은 언어이고, 사회는 바로 언어가 발전되는 장소이며, 각 개인은 이 모든 요소들에 의해 지배되고 이 요소들을 사용한다는 것이다. 그러나 이런 세 가지 요소중 훔볼트는 개인(인간)의 역할을 가장 중시했다. 그래서 언어의 실용성은 훔볼트에게서 결국 개인의 사유를 위한 것이었다.[20]

---

19) Humboldt III:138.
20) 언어와 사유의 관계를 규명하기 위해 대화는 물론 텍스트에도 훔볼트는 관심을 갖는다. 그는 언어연구를 언어구조연구(Sprachbau)와 언어양생연구 (Ausbildung der Sprache)로 구별했는데 이중 두번째 것을 언어학에서 실용성연구라 볼 수 있다. 언어의 목적은 말함이다. 이 말함이 쓰여진 것이 텍스트인데 이를 연구하였던 과거의 분과는 문헌학(Philologie)이었다. 이 문헌학의 한

이 언어의 화용성과 관련하여 꼭 규명되어야 할 개념이 하나 있는데 이는 훔볼트의 에네르게이아라는 개념이다. 지금까지 고찰에 의하면 이것이 단순히 '작용하는 힘'이라는 추상성에만 머물러 있어야 하는가 아니면 '동적'(dynamisch)으로, '화용적인 그 어떤 요소'로 이해될 가능성도 있는가를 재고해 볼 여지가 있다. 다음 장에서는 훔볼트의 에네르게이아 개념을 고찰해 보고 그것의 실체가 무엇인가를 여러 학자들의 주장을 통해 규명해 보겠다.

2) 에네르게이아

에네르게이아는 훔볼트의 "언어는 작품이 아니고 행위이다, Sie [Sprache] selbst ist kein Werk(Ergon), sondern eine Taetigkeit(Energeia)" 21)에서 나온 개념 쌍 중에 하나이다. 이곳에서 에르곤은 작품으로 에네르게이아는 행위로 이해된다. 일반적으로 작품은 체계로 이해되고 행위는 '말하기'(Sprechen, 말하는 행위)로 이해될 수 있다. 그러

방식을 훔볼트는 말함의 한 방식인 텍스트를 연구하기 위해 언어학에 원용해야 한다고 주장했다. 그래서 그는 텍스트가 사유하는 측면에서 어떻게 개개인과 민족에게 영향을 미치는가를 연구해보고자 했다.(그 언어를 사용하는 민족과 개개인에 대한 언어구조의 영향, 개개 언어에 대한 언어의 힘, 언어구조에 대한 인간의 영향 등등) 이런 연구를 통해 궁극적으로 훔볼트는 언어와 사고의 관계를 규명하려 했다. 그 후 이러한 연구들은 주로 독일과 이태리에서 19세기 말과 20세기 초에 진행되는데 포슬러 Vossler, 크로체 Croce, 딜타이 Dilthey 등이 그들이다. 이들은 살아있는 말함과 작가들의 언어사용(텍스트형태로)에서 언어를 연구했다.

21) Humboldt III:418.

나 이에 대한 많은 전통적인 가르침은 '말하는 행위'만 제시하지 않고 '말하기(Sprechen)의 전체'로 가르친다. 이는 이 에네르게이아를 언어의 빠롤(Parole) 측면으로보다는 랑그(Langue) 측면으로 이해하기를 요구하고 있음을 알 수 있다. 다음에서 우리는 이런 전통적인 에네르게이아에 대한 가르침들은 무엇인가, 그리고 이와 반대되는 가르침은 어떤 것인가를 대표적인 연구가들의 의견을 중심으로 살펴어 보겠다.

홈볼트의 언어관을 가장 잘 이해한 사람은 이중 언어지역에서 성장한 일반언어학자인 레오 바이스게르버이다.22) 물론 그전에 하임 Rudolf Haym(1821~1901), 슈타인탈 Heyman Steinthal(1823~1899), 파울 Hermann Paul(1846~1921) 그리고 핑크 F.N.Finck(1867~1910)같은 사람들이 홈볼트를 이해하려고 시도하였지만 이들의 노력은 바이스게르버에 필적하지는 못하고 있다. 바이스게르버는 에네르게이아를 작용하는 힘(Wirkende Kraft)이라 이해한다. 그래서 에네르게이아는 인류전체에서 볼 때 언어능력으로, 언어공동체에서는 모국어로서, 각 개인에게서는 언어행위로서의 작용하는 힘이라는 것이다.23) 이 에네르게이아를 더 명확히 이해하기 위해 바이스게르버는 홈볼트의 주요개념인 세계관(Weltansicht)과 언어의 내적 형식(innere Sprachform)과의 상호관계를 알아야 한다고 했다.24) 그는 세계상을 에네르게이

---

22) 그래서 바이스게르버는 홈볼트를 너무 잘 이해했기에 '홈볼트의 부활'이라고 까지 불리운다. Gipper und Schmitter 1979 참조.
23) L.Weisgerber 1964:33 이하.
24) L.Weisgerber 1971:153-155.

아에서는 '지속적인 현실'(dauernde Wirklichkeit)로 이해한다. 우리가 어느 도시를 조망할 때 여러 각도에서 다르게 그림이 나올 수 있는 데 바로 이 다른 각도에서의 조망이 인식차원에서 볼 때 언어의 세계상25)이라는 말이다. 이 세계상은 "단순한 사물의 거울이나 반영이 아니고, 인간의 형성하는 힘을 포함하는 정신적인 형성의 현상이다"26). 바이스게르버에 있어서 내적 언어형식은 "형성원리, 즉 세상을 정신의 소유물로 개조하는 정신적인 총체"27)이고 "세계의 언어적 변형의 모양"(Stil sprachlicher Anverwandlung der Welt)28)인데 이것에서 세계상이 형성된다. 이런 맥락에서 언어재가 언어에 정적으로 (*statisch*) 있으면 세계상으로 이해되고 동적으로(*energetisch*) 작용하면 내적 언어형식이라 이해될 수 있다. 에네르게이아는 바이스게르버에 있어서 어떤 실제적인 실체라기보다는 언어의 작용하는 형식을 동적으로 파악하는 현상을 말함이다.

요스트 Leonhard Siegfried Jost는 에네르게이아로서 언어를 파악한 모든 언어연구역사와 연구가들을 그의 책에 잘 정리해 놓았는데, 그에 의하면 "에네르게이아는 훔볼트에게 있어서 언어의 힘인데, 그것은 인간의 심리물리적인 성품에 놓여 있는 가능성을, 즉 대상적 의식내용과 그것의 정신적 사용을 나와 세계사이의 주체에 적합한 논

---

25) 훔볼트의 "Weltansicjt"는 세계관으로, 바스게르버의 "Weltbild"는 세계상으로 전환시키는데 그는 Welt를(세계) 'bilden'(만들다) 하는 것이 언어다라는 생각으로부터 Weltbild란 개념을 만들어 냈다.
26) L.Weisgerber 1962:17.
27) L.Weisgerber 1962:17.
28) L.Weisgerber 1962:17.

의에서 다른 언어기호적인 고정화의 도움을 받아 현실로"29) 가져 오는 것이다. 이런 맥락에서 요스트는 "언어적 에네르게이아는 세계 상을 만든다"30)라고 이해했다. 그는 더 나가서 "말하는 것과 이해하는 것은 하나의 에네르게이아이며 그것은 언제나 새로이 수행되고 계속 형성되는 하나의 정신작업이다"31)라 했다. 이로써 요스트는 바이스게르버보다 에네르게이아를 더 활성화된 것으로 이해했음을 알수 있다.

멘체 Clemens Menze는 에르곤과 함께 이 에네르게이아를 다음과 같이 설명한다:

> "인간이 생산하는 언어는 그 앞에 이미 형성된 재료로서 놓여 있다. 인간 안에 있는 에네르기는 언어행위에 잠재해 있고, 각 개별적인 방식으로 말하는 자를 이런 언어의 재생산에서 다시 나타나는 것과 연결한다. 이런 연결에서 인간은 역시 그의 미래의 구성을 제한하고 규정하는 속박을 경험한다. 그래서 에네르게이아는 말함의 총체로서 에르곤은 언어적 객체형성물로서 언어의 상이한 측면이 아니라, 단지 서로에 대한 직접적인 연결에서만 존재한다. 하나는 다른 것을 통해서만 존재한다. 그들 자체는 사물에 따라서가 아니라 개념에 따라서만 나누어 질 수 있다. 언어는-훔볼트가 항상 강조하는 것처럼-그 언어가 주체이고 종속적인 한에서만 객체이고 독자적일 수 있다."32)

---

29 Jost 1960:55.
30) Jost 1960:56.
31) Jost 1960:57.
32) Menze 1985:231.

여기서 멘체는 언어는 에르곤과 에네르게이아라 이해했고 이는 서로 주체와 객체의 상호관계에서 언어가 존재하고 독자성을 찾는 것처럼 에르곤이 에네르게이아의 존재로 인하여 빛을 발하고 에네르게이아는 에르곤으로 인하여 활성화된다는 말이다. 그럼에도 멘체는 "인간의 삶과 인식은 의사소통에서만 존재하고, 그것은 대화로서만 가능하다. 그 대화는 그래서 문답체적 반사이다"[33]라고 말함으로써 에르곤보다 에네르게이아의 우위를 강조하고 에네르게이아는 언어의 화용적인 측면의 개념인 것을 확인해 주고 있다.

이러한 여러 가지 가르침에 의하면 훔볼트의 에네르게이아는 한편으로는 언어의 랑그적인 특성으로 이해되었고 다른 한편으로는 빠롤적인 특성인 대화와 화용으로서 이해되었음을 알 수 있다. 따라서 에네르게이아는 이것이다라고 단정지을 수 없음을 확인하게 되는 것이다. 그러나 최근에 훔볼트의 언어관을 총체적으로 정리하려고 시도한 트라반트 Jürgen Trabant의 연구를 보면 에네르게이아가 무엇인지에 대한 입장을 명확하게 해 준다.

트라반트에 의하면 훔볼트가 "[…] 언어의 구술성에 가장 큰 비중을 두는 한은, 즉 그의 언어개념을 목소리와 음으로 구성하는 한은, 바로 전형적인 음중심적인 학자로 간주된다."[34] 여기서 트라반트는 단정적으로 훔볼트를 화용주의자로 간주한다. 그래서 훔볼트

---

33) Menze 1985:248.
34) Trabant 1990:202.

의 에네르게이아라는 개념은 그전 연구가들의 에네르게이아를 어떻게 해석할 것인가에 대한 망설림이나 주저함이 트라반트에서는 사라지고, 화용적인 대화에서 나오는 어떤 것으로 이해되고 언어의 대화를 위한 중요한 근거로 제시된다.

> "에네르게이아로서의 언어, 그때마다의 말함, 즉 상호대화의 유명한 규정은 비유로 말하자면 하나의 음악적 행위로서, […] 주로 음성적인 행위로서 나타난다. 훔볼트의 철학적 경로는 바로 '그림'에서 '음성'의 경로로서, 상상력(Ein-Bildungs-Kraft)에서 조음력(Ein-Stimmungs-Kraft) 및 일치력(Überein-Stimmungs-Kraft)으로의 전이를 나타낸다. 훔볼트의 언어이론은 전통적인 시각적, 자기중심적 언어이론에서 청각적인 대화적 인식이론의 중요한 단계 중에 하나이다. […] 훔볼트는 <u>대화적인 통합의 사상가이다</u>."[35]

이 트라반트의 언급으로 훔볼트는 언어의 대화, 실제적 언어운용, 의사소통 등을 중시했음을 다시 한번 확인할 수 있다. 다르게 말하면 훔볼트는 대화에서 인식의 실체를 찾으려 하고 있다는 것을 트라반트는 명확히 밝혀주고 있다. 트라반트는 이에 더 나가서 헤르더의 음론(音論)을 예로 들어 훔볼트의 음론을 다음 같이 설명하고 해설한다.

> "헤르더에서 언어기원의 출발점은 음(Ton) 그리고 음을 듣는 것이다. 그 음(Ton)은 주체의 소리가 아니고 객체의 소리이다. […] 그래서

---

35) Trabant 1990:203.

헤르더 입장은 귀 중심주의이다. 귀가 객체를 듣기 때문에 – 다른 주체를 듣는 것이 아니라 – 이런 입장은 의미적 객관적인 귀 중심주의로 나타날 수 있다" 반대로 훔볼트는 어떤 내적인 (동물)소리로 만족하지 않는다. "실제로 어느 것이 말해져야 하고, 올바른 음(Ton)이, 즉 조음된 음(phoné)이 나타나야 한다. 이것이 다음 단계인 청각적 반향과 결합되는 언어의 첫째 단계이다. 그 음은 화자에 의해 들려지는데 화자는 그의 단어 안에서 자기 자신을 인식한다. 그러나 세 번 째 단계인 화용적인 수용, 즉 상호관계도 언어 본질적이다. 다른 사람이 듣는 것과 내가 다른 사람의 소리를 듣는 것에서 비로소 사고의 언어적 종합이, 즉 청취적 종합이 충족된다. 소리가 열어주는 모든 가능성을 훔볼트는 철저히 검토한다. 그는 다시 말해서 가장 인상적인 <u>음 중심주의자</u>이다."36)

위의 여러 가지 논고를 통해 우리는 훔볼트가 언어의 실행성을 강조했고 에네르게이아를 통해 언어의 실천적인 면에 더 관심이 있었음을 확인했다. 위의 고찰에 나타난 사유와 언어 사용의 관계를 통해 알 수 있는 것은 훔볼트의 사유방식은 두 가지 상이한 개념을 하나의 쌍으로 설정하고 그것을 상호 대치가 아니라 상호 보완으로 이용하고 있다는 것이다. 즉 그는 보편성과 독자성은 독자성을 토대로 보편성으로 간다고 풀이했고, 언어의 사유기능과 언어의 대화기능의 관계는 사유를 위한 필수적인 과정이 대화이고 주체를 강화, 생성하기 위한 과정이 그에게는 대화를 통한 객체라고 설명하고 있다. 그래서 언어의 발화에 사고가 내재해 있고 사고가 인간에 의해

---

36) Trabant 1990: 182-184 참조.

소원되지 않았다면 대화는 없었을 것이라는 생각이 훔볼트의 언어관이다. 훔볼트에서 언어의 사유기능이 때에 따라서는 대화를 품고 대화의 기능은 상황에 따라서 사유를 위한 과정이 되고 있다. 훔볼트의 에네르게이아는 한편으로는 언어의 정신작업에서 작용하는 힘37)을 말하기도 하지만 다른 한편으로는 언어의 사고를 위한 말함과 들음의 실행을 말하기도 한다.

3) 바이스게르버의 작용

이런 훔볼트에 있어 언어의 화용성에 대한 관심을 바이스게르버는 구체적으로 용어화하고 자세한 예들을 들어 연구한다. 그것이 "작용중심문법"(Wirkungbezogene Grammatik)이다. 이 작용중심문법은 바이스게르버의 언어연구 4단계(형태, 내용, 성능 그리고 작용)중 하나의 연구방식인데 이 연구에서 그는 언어의 작용에 대해 관심을 갖는다. 언어의 '작용'이라는 것은 언어를 고립되고 독자적인 대상체로 본다면 전혀 이해가 안 되는 층위이다. 바이스게르버는 이미 1929년에 다음같이 이런 언어연구의 사회적인 접근에 대해 언급한다.

---

37) 이 에네르게이아가 정신에서 언어를 활성화하는 힘이 되므로 언어는 훔볼트에서 "Verrichtung 실행", "geistiger Prozeß 정신적 과정", "lebendiges Wirken 생생한 작용", "die sich ewig wiederholende Arbeit des Geistes 정신의 영원히 반복되는 작업"으로 언급된다.

"인류를 위한 언어의 성능 주변에 공전하는 이 질문에 답하기 위해
우리는 일련의 학문들을 추인해야 한다. 근본적으로 언어철학적 문
제가 중요하다. 그러나 그들의 해결을 위해 비교-역사언어연구의 결
과들이 필수불가결하다. 그리고 우리는 사회적, 언어심리학적 숙고를
인도해 내야 한다. 그 모든 것에서부터 결국 언어학은 생겨난다. 언
어학은 모든 언어적 현상을 인간언어가 도달하는 만큼 멀리 찾아내
고 추적한다."[38]

그는 언어를 훔볼트의 영향에 힘입어 작용하는 힘으로 파악하고
"언어능력, 모국어, 언어습득, 언어사용은 우리가 연구, 조사해야 할
중심문제들이다"라 했고, "그 해석은 개개인과 각 민족들의 모국어
와 사고, 행위 사이에 있는 맥락들이 명확해 준다"[39]라고 했다.
이런 입장에서 바이스게르버를 관찰해 보면 훔볼트에 의거한 에
네르게이아－언어학을 실현하기 위해 위에 언급한 동일한 논문에서
언어의 **성능**과 **작용**의 고찰을 시사하고 있다는 것을 알 수 있다:

"언어적 사실에서 특히 성능에 대한 질문을 하는 고찰방식이 당연하
다. 여기에서 민족들의 언어들이 그 언어공동체를 위해 무엇을 기능
하는가를 질문하고, 자기 자신의 언어를 소유하는 각 개인은 이 언어
소유가 인간의 삶 안으로, 즉 사고와 행동 안으로 어떻게 작용해 들
어 가는가를 질문하게 된다. 여기서도 언어의 사실을 이해하려는 그
목적은 그러나 그것의 존재에 있지 않고 그것의 작용과 존재를 위한

---

38) L.Weisgerber 1930:177.
39) L.Weisgerber 1930:178.

전재조건인 성능에 있다."[40]

이것으로 인해 바이스게르버도 언어의 실행적 측면을 연구의 한 대상으로 보았음을 알 수 있겠다. 그런데 실제로 그의 실행적 측면의 작용은 화용론의 창시자인 모리스 C.Morris의 기호와 기호사용자 간의 작용과는 다르다. 이 둘이 비록 언어의 실행적인 측면에서 동일한 개념 '작용'을 사용했지만 실제로는 다른 의도를 가지고 있었다. 모리스가 1938년에 출간한 『기호이론의 기초 Foundation of the theory of signs』를 보면 그의 연구방향을 감지할 수 있다:

> "거의 모든 기호들은 그들의 해석자로서 살아있는 유기체들이다. 그 래서 'pragmatics'란 기호의 생생한 측면을, 즉 기호의 기능화가 일어 나는 심리적, 생리적, <u>사회적 현상</u> 모두를 다룬다고 특징 지울 수 있 다."[41]

이로써 우리는 바이스게르버와 모리스가 한번은 작용을 다룬다는 점에서 그리고 또 한번은 언어의 사회적인 측면에 관심이 있다는 점에서 공통점이 있음을 알게 된다. 이 둘은 동일한 개념의 사용과 상호 유사한 접근방식으로 동일하게 취급될 수도 있다. 그러나 자세히 고찰해 보면 이들은 차이를 보인다. 먼저 바이스게르버가 어떤 작용에 관심을 두었는가를 살펴보 보자. 그는 "인간의 전체 지적 행동에

---

40) L.Weisgerber 1930:177.
41) Morris 1938:30.

서는 이 지적 행동을 바탕으로 구성된 행위와 언어사용에 우리 언어 소유가 영향을 미치고, 관련된다는 것을 고려해야 한다"[42]라고 말함으로써 언어의 규모가(그것이 어휘건 문장이건 관계없이) 지적 행동에 영향을 미친다라고 한다. 이는 언어의 랑그적인 영향임을 알 수 있다. 바이스게르버는 "모국어적 세계상이 각 개인들을 통해 각각의 사고와 행위를 어떻게 지속적으로 영향력을 발휘하고 있는가?"[43]라고 질문함으로써 자신의 언어연구를 랑그측면으로 정하고 있음을 알 수 있다.

모리스에게는 이와는 반대로 개인과 사회에 대한 기호사용의 작용이 문제가 되고, 또 그 기호의 사용과 그 기호를 사용하는 자에 대한 기호의 작용이 문제가 된다. 위와 같은 것을 바탕으로 바이스게르버와 모리스의 작용을 종합적으로 비교해 보면 다음 같이 구별할 수 있다.

	바이스게르버	모리스
작용 층위	*Langue*	*Parole*
작용 장소	*Sprache* = 체계	*Kommunikation* = 실행
작용 힘의 특성	잠재적	실재적

---

42) L.Weisgerber 1930:203.
43) L.Weisgerber 1930:206.

이로써 바이스게르버와 모리스의 작용은 서로 다른 층위임을 확인할 수 있다. 모리스와는 다르게 바이스게르버는 "행위에 대한 언어의 직접적인 작용의 연구"가 중요하지는 않다고 주장하는 것을 다음을 통해 확실히 확인할 수 있다.

> "〔…〕 마치 모국어적 현상이 이미 개인적 문제의 해결을 사전 규정하는 것처럼 언어의 작용이 이해될 수 없다. 그러나 그 모국어는 개인의 경험을 파악하고 그의 결정을 준비하기 위해서, 사용될 수 있고, 조언적이며, 필요한 관점을 소유하도록 각 개인을 인도한다."44)

다음 예는 위의 인용을 잘 이해하도록 도와주고, 바이스게르버의 작용이 실제상황에서 어떻게 일어 나는가를 보여줄 것이다.

노르웨이어로 "fjeldfross"(bergkater)는 인기좋은 털을 가진 *담비종류*의 동물이다. 이것이 독일어로 전이될 때 "vielfrass"로 되었다. 그래서 사람들이 이 단어를 말할 때 이를 듣는 사람은 이 동물이 매우 많이 먹을 것이라고 생각하도록 작용한다. 반대로 이 동물을 우리가 "Bergkater"라 했었다면 이는 산에 살 것이라고 생각했을 것이다.45) 언어의 각 단어는 판단의 척도와 어떤 것을 결정하는 관점을 제공한다. 그래서 이 둘의 단어 중 어느 것을 이 동물에 쓰느냐에 따라서 그 동물에 "대식"(大食)이나 "산"(山)이 떠오르게 된다. 이것이 바로 바이스게르버에 의하면 랑그로써 숨어 있는 작용잠재력이다.46) 이런

---

44) L.Weisgerber 1963:130.
45) 이와 비슷한 예로 "Unkraut"(잡초)를 우리는 생각할 수 있을 것이다.
46) Ingendahl 1978:7 이하 참조.

작용잠재력을 통하여 의사소통적 작용이 결정된다. 그래서 이 작용은 언어형성에서는 화자의 결정과정에 의해 결정되고 이해에서는 청자의 결정과정에 의해 결정된다. 이 동물이 대식동물로 잘못 인식되는 것은 언어에 있는 것이 아니라 그의 말을 가지고 생산해 낸 화자에 있다. 왜냐하면 그는 다른 것을 생산해 낼 수도 있었기 때문이다. 언어적 작용은 언제나 언어를 형성할 때의 결정과정과 그것의 이해의 결정과정까지만 미친다. 그것이 결정되면 그 발화는 그것이 등장하는 상황적 상태와 함께 작용한다. 그래서 우리는 매일 이 작용을 경험한다. 바이스게르버는 이를 아주 확실하게 다음에서 언급하고 있다.

> "모국어적 단어재는 인간의 타당한 포착에 따라서 파악가능성과 판단가능성을 준비하는데 인간은 그것에 적합하게 조작하고 판단하고 해석한다. 이것이 바로 완전한 의미에서 언어적 작용들이 아니겠는가?"47)

이런 작용을 연구하는 데는 어려움이 많이 있다. 왜냐하면 언어요소들의 작용되는 현상이 직접적으로 읽혀져야 하기 때문이다. 또 언어는 개인이 사용하지만 개인의 전유물이 아니고 개념과 문장들이 사회에서 배워지고 사용방법이 사회에서 실체화되기 때문이다. 이 작용연구가 바이스게르버에게서는 언어의 성능과 같이 연구된다. 홈볼트의 "에네르게이아로써 언어파악"을 바이스게르버는 "언어공

---

47) L.Weisgerber 1963:129.

동체를 통한 세계의 낱말화 과정으로써 모국어"라 파악함으로 언어
는 성능차원이 부각된다. 언어의 성능이 무엇인가에 대하여 다음 같
은 질문을 던질 수 있다.

    a) 현실의 단면이 무엇으로서 언어수단에 구성되어 있는가?
    b) 그 언어수단은 이 현실단면을 어떻게 나타내 보이는가?
    c) 이 안에서는 무엇이 강조되는가?

    작용중심적 고찰은 이 성능과 연결지어서 타당한 성능의 결과를
언어공동체의 행위 안에서 연구하는 것이다. 이런 작용을 고찰하는
에네르게이아-언어학은 언어형성을 시도하는 국면에서 문제가 되
는 언어수단의 잠재적인 작용에 대해 질문한다. 그것을 통하여 연구
된 특별한 그 성능과 작용을 에네르게이아-언어학은 에네르게이아
적 견지에서 "랑그"로 이해할 수 있다.

4) 나오는 말

    지금까지의 연구를 통하여 본고는 홈볼트의 언어관, 작용중심문
법 그리고 실용언어학을 서로 비교해 보았다. 이를 통해서 얻은 결
론은 다음과 같다.

    1) 홈볼트의 언어관에서는 에네르게이아를 중심으로 언어의 행위와

언어의 실행에 비중이 있었으며 언어의 여러 층위 중 "의사소통"이
사고작용과 함께 전면에 부각되었다.

2) 작용중심문법에서는 언어의 실제적인 사용에 중점을 두기보다는
언어의 사용에서 나타나는 현상을 사회와 문화 그리고 역사에서의
맥락으로 설명하고 랑그 측면에서 거기에 대한 진단을 하려는 데
있다.

3) 화용언어학은 기호와 언어사용자간의 관계를 연구하고 또 언어의
실제적인 사용에서의 나타나는 의미를 파악하려고 시도한다. 그래
서 일반적으로 우리가 아는 화용언어학은 파롤 측면의 작용연구라
면 작용중심문법은 랑그측면에서의 작용연구라 할 수 있겠다.

본 연구는 학문적인 상호 연계성을 밝혀 보려 한 것인데, 그 상호
관계를 중요한 개념을 통해 종합적으로 구성해 본다면, 훔볼트의 언
어관이 에네르게이아라는 개념으로 바이스게르버로 이어지고 바이
스게르버는 비록 다른 범주이지만 "작용, Wirkung"이라는 개념으로
"화용론, Pragmatik"과 관계된다고 결론지을 수 있겠다.

5) 참고문헌

Flinter,A. und Giel,K.(Hg.): 1988. Humboldt Werke Bd. 1-5. Darmstadt
:Wissenschafltiche Buchgesellschaft.

Gipper,H.: 1964. Zur Grundlegung der ganzheitlichen Sprachauffassung:
Aufsätze 1925-1933, Zur Vollendung des 65. Lebensjahre Leo
Weisgerbers. Düsseldorf:Schwann.

————: 1992. Wilhelm von Humboldt als Begründer moderner

Sprachforschung. In:Wilhelm von Humboldts Bedeutung für Theorie und Praxis moderner Sprachforschung. Münster:Nodus. S.15-39.

————: 1992. Wilhelm von Humboldts Bedeutung für Theorie und Praxis moderner Sprachforschung. Münster:Nodus.

————: und Schmitter,P.: 1979. Sprachwissenschaft und Sprachphilosophie im Zeitalter der Romantik. Tübingen:Narr.

Herder,J.G.: 1772(1966). Abhandlung ueber den Ursprung der Sprache. Stuttgart: Reclam.

Ingendahl,W: 1978. Das wirkende Wort und die wirkende Äusserung. In: Wirkendes Wort. 1/1978. S.3-18.

Jost,L.: 1960. Die Auffassung der Sprache als Energeia. Bern:Paul Haupt.

Leitzmann,A.(Hg.): 1903-1936. Gesammelten Schriften Humboldts (Akademie Ausgabe). Berlin:Behr.

Linke,A.,Nussbaumer,M. und Portmann,P-R: 1991 Studienbuch Linguistik. Tübingen:Niemeyer.

Maas,U./Wunderlich.,D.: 1972. Pragmatik und sprachliches Handeln. Frankfurt am Main: Athnäum.

Menze,C. (Hg.): 1985. Wilhelm von Humboldt (Bildung und Sprache). Paderborn:Schöningh.

Trabant,J.: 1990. Traditionen Humboldts. Frankfurt am Main. Suhrkamp.

Weisgerber,L.: 1930. Die Zusammenhänge zwischen Muttersprache, Denken und Handeln. In: Gipper,H.(Hg.) 1964. S.175-208.

————: 1953/54. Zum Energeia-Begriff in Humboldts Sprachbetrachtung. In: Wirkendes Wort 4. S.374-77.

————: 1956/57. Die Erforschung der Sprach"zugriffe" I. In: Wirkendes Wort 7. S.65-73.

————: 1962. Grundzüge der inhaltbezogenen Grammatik. Düsseldorf:

Schwann.

―――――: 1963. Die vier Stufen in der Erforschung der Sprachen. Düsseldorf:Schwann.

―――――: 1964. Das Menschheitsgesetz der Sprache. Heidelberg:Quelle & Meyer.

―――――: 1971. Die geistige Seite der Sprache und ihre Erforschung. Düsseldorf:Schwann.

Werlen,I.: 1989. Sprache, Mensch und Welt. Darmstadt:Wi-Bu.

5. 언어는 '나'와 '너'를 위해 필수적이다 – 의사소통론

"모든 인간적인 힘은 사회적으로만 완전하게 발전된다. 전 인류에게는 공통적인 것이 있는데, 이것으로부터 각 개인은 다른 사람을 통해서 완전히 이해하도록 규정되어 있다."

GS V: 380

홈볼트에서 철학적이고 언어학적 문제제기는 여러 각도에서 등장하고 있다. 언어 자체만의 문제, 인간 교육측면에서 인간적인 문제, 사회와 정치문제 등이 그것이다. 그러나 <u>언어</u>, <u>사회</u> 그리고 <u>인간</u>이 함께 문제로 제기되어 접근되지는 못 했다. 하지만 이 세 가지 문제는 홈볼트에게 있어서 공동으로 이해되어야 한다. 왜냐하면 홈볼트는 이 세 가지를 서로 연관성 있게 다루기 때문이다. 이는 이해의 과정을 단순히 언어적인 구성물에서만 존재하는 것으로 설명하지 않고 문화와 사회의 환경까지를 고려해서만이 가능한 과정으로 이

해하는 시각과도 연관성이 있어 보인다. 이는 인간이 언어적인 존재
이어야만 가능한 시각이다. 그래서 여기서는 "의사소통"과정을 통해
서 위의 세 가지 대상이 어떻게 동일한 시각에서 이해되었는가를 밝
혀보고자 한다.

1) 인간의 존재

18세기 후반에 헤르더 J.G.Herder(1744-1803)에 의해 이해된 <u>언어적</u>
<u>인 피조물로서 인간을</u> 이해하는 것과 훔볼트의 인간을 보는 시각은
일맥상통하는 점이 있다. 18세기 이전까지는 종교적으로 인간관이
설명되었는데, 헤르더를 시발로 훔볼트에서는 언어적인 인간관으로
전환되기 때문이다.

훔볼트에 있어서는 **인간**과 **인간존재** 그리고 **언어**는 불가분의 관
계이다. 언어를 이해하면 인간이 이해되고 인간이 이해되려면 언어
가 분석되어야 한다는 말이다. 인간은 동물과 비교하여 볼 때 결함
투성이의 피조물이다. 선천적인 본능이 결여되어 있고 발전상의 진
도는 매우 느리다. 그래서 헤르더는 동물과 비교한 인간을 결함 투
성이의 존재로 본다. 겔렌 A.Gehlen은 그의 유명한 저서 『인간 Der
Mensch』에서 다음과 같이 동물의 특징을 규정하고 있다[1]:

a) 동물들도 배우는데 본능적인 반응에 결부된 외부자극을 신호로써

---

1) Gehlen 1986:28-31.

배운다. 그러나 이 신호는 인간언어의 의미와는 다른 개념이다.

b) 이런 습득 행동은 동물의 욕망행동에 기인한다. 그래서 고기조각으로 써커스 단의 사자를 훈련시킬 수 있다. 이는 보상 개념이라는 수단으로 진행된다.

c) 동물의 호기심과 인간의 호기심은 유사하지만 인간의 호기심에서 비롯된 탐구는 보다 높은 지적인 능력이고 객관적인 사실을 다른 사실과 연결시키는 기능을 한다.

배우는 능력에서 보면 동물들이 본능과 연결되어 있기 때문에 인간보다 우월한 것처럼 보인다. 그러나 인간은 정신이라는 단위를 소유하고 있어 동물과의 비교에서 형평의 상태를 유지할 수 있다. 이 정신이 헤르더에 있어서는 이성이고 이것을 근거로 인간은 언어를 만든다.[2] 그래서 이런 사상적인 배경을 근거로 훔볼트는 인간을 "말하는 존재"라고 규정한다. 그러므로 "언어가 비로소 인간을 인간으로" 만들 수 있다.[3] 그래서 이 언어가 인간의 결함을 보충해 주고 동물이 가지는 본능적 무기에 비교된다. 헤르더가 언어를 사고의 대상으로 이해한 이래로 언어는 더 이상 전통적인 기호체계나 의사소통만을 위한 수단이 아니었다. 그래서 언어는 헤르더나 훔볼트에 있어서는 인간의 본질이고 인간존재의 유일한 증명수단이었다. 이 훔볼트의 명제가 이해되기 위해서는 먼저 그에 의한 <u>언어(Sprache)</u>와 <u>말하기(Sprechen)</u>에서 그가 무엇을 이해했는지가 밝혀져야 한다.

언어란 우리가 이해하기는 주로 소슈르의 개념에서 보면 인간의

---

2) Herder 1966(1772):31 이하 참조.
3) Humboldt III:95.

보편적인 언어 능력인 랑가쥐, 각 언어공동체가 가지는 체계로서의 언어인 랑그 그리고 각 개인이 랑그를 근거로 말하는 빠롤 중에서 주로 특별히 랑그로 이해되고 있다. 하지만 훔볼트에 있어서는 언어가 실제로 매번 출현하는 그 행위들을 지칭하는 것이었다. 그래서 언어는 "순간마다 만들어지는 생산물이다"[4]. 이렇게 언어가 순간마다 창조되는 과정에서 언어는 영원한 창조의 연속선상에 있게 된다. 이 창조행위는 우리의 정신을 통하여 가능하게 되므로 언어가 정신적인 과정으로 이해된다. 그래서 이 언어를 우리는 단순히 주어진 것으로 이해하면 안 되고 또 인간에게 단순히 객관화된 대상으로 이해해도 안 된다. 언어는 "죽은 작품이 아니라 언어 자체로부터 출현하는 살아있는 창조물"[5]이다. 언어가 출현되는 행위에서만 언어는 언어이고 정신을 창조하는 기관이다. 즉 어디에 저장되어 있는 상태의 언어는 언어가 이미 아니고 그 저장된 언어는 정신을 창조하는 기관으로 볼 수 없다. 그래서 언어는 말하기 행위 그 자체로 이해된다. 그렇다고 말하는 행위의 전체 모음집이 언어는 아니다. 즉 사전에서 우리가 낱말을 찾아 사용하는 것 같은 어떤 테두리 안에서만 그 말하기가 진행되는 것이 아니라 그 말하기 행위 각각에서 우리는 창조적인 요소를 본다는 말이다. 그래서 세상에는 완전히 완성된 언어는 하나도 없고 언어란 언제나 발전되는 것이다. 이런 이유로 언어는 각 개인의 독자적인 창조물이라 할 수 있는데 언어는 각 개인에게서만 생산될 수 있기 때문이다. 이러한 개인의 전유물인 언어는

---

4) Humboldt III:556.
5) Humboldt III:723.

사고를 유발하고 발전시키기 때문에 더욱 개인적이라고 말할 수 있다.

2) 언어와 사고의 관계

인간은 언어를 통해서 사고한다. 언어 없이는 사고가 불가능하고 사고하지 않으면 언어도 불가능하다. 그래서 비트겐슈타인은 "언어의 경계가 나의(思考의) 경계"라고 했다.[6] 언어는 사고를 형성하고 그 형성된 사고가 바로 지식의 경계가 된다는 말인데, 언어로 파악하고 인지하는 것만이 실체로 다가오고 그렇지 않은 것은 파악되지 않는다는 말이다. 그래서 '3' 이상의 숫자를 가지지 않는 언어를 사용하는 민족은 '3' 이상은 단지 '많다'라고만 파악할 수밖에 없을 것이다. 훔볼트는 이런 맥락에서 언어는 사고의 수단이라고 다음과 같은 여러 곳에서 말하고 있다:

> "언어는 이해를 위한 수단이 아니고, 사고의 수단이다."[7]
> "언어는 사고와 감정을 대상으로서 표현한다".[8]
> "사람은 언어 내에서만 사고하고 느끼고 살아간다."[9]
> "언어는 사고와 감정의 진정한 거울이다."[10]

---

6) Wittgenstein 1963:89.
7) Humboldt III:76.
8) Humboldt III:77.
9) Humboldt III:77.
10) Humboldt III:253.

"언어는 생각을 구성하는 기관이다."[11]

사고와 언어는 상호 교환적이다. 하나는 다른 하나를 설명하기 위해 필요하고 또 다른 하나는 다른 것 없이 존재할 수 없다. 그래서 훔볼트는 이 사고의 조건으로서 말하기를, 또 역으로 말하기의 조건으로서 사고를 다음과 같이 파악했다:

"주관적인 행위는 사고에서 객관이 된다. 왜냐하면 표상의 어떤 범주도 이미 있는 대상을 단순히 수용하는 명상으로서 고찰될 수 없기 때문이다. 의의의 행위는 정신의 내적인 행동과 함께 통합적으로 연결되어야 한다. 그리고 이러한 연결로부터 표상이 표출되고 주관적인 힘에 대하여서는 객관이 되며, 새로이 인식된 그런 것으로서 그 주관에 다시 돌아온다. 그러나 이를 위해서 언어는 필수적이다. 왜냐하면 그 언어 내에서 정신적인 노력이 입술을 통해서 길을 틈으로써 동일한 자의 생산물이 다시 자신의 귀로 돌아오기 때문이다. 즉 그 표상은 그런 것을 위해 주체에게서 취하지 않고 실제적인 객체로 전이된다. 언어만이 이것을 할 수 있다."[12]

인용으로부터 중요한 과정을 도표로 나타내자면 다음과 같이 그려 볼 수 있을 것이다:

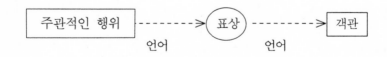

11) Humboldt III:191.
12) Humboldt III:428-429.

언어가 사고를 구성하는 기관이라고 이해하는 것은 훔볼트의 의미에서는 언어가 매순간마다 생성되고 있음을 확인시켜 주고 있다. 그래서 그에게 언어의 에르곤이 중요하지 않고 에네르게이아가 중요하다.[13] 인간에게서 사고를 구성하는 과정은 인간의 감성을 통해서 가능한데, 활동하는 주체가 피동적으로 이를 수용하는 것이 아니라 능동적으로 활동하여 다시 이를 객체로 만들기 때문이다. 감성을 통해서 인간에게 접근된 객체는 인간적 정신력을 규정하는 행위를 야기시키지만 인간에게 반대하는 객체는 정신의 행위를 통해서도 규정된다. 그러나 통각을 통해서 객체가 단순하게 모방되는 것이 아니라, 인간에게만 있는 형성능력이 대상의 모습을 계속 규정해 나간다. 이는 인식이 대상에 따르는 것이 아니라 대상이 인식에 따르기 때문이다. 그래서 '상징'이라는 구상 아래서 여러 가지가 함유될 수 있다. 예를 들면 색채어에서 수천가지의 푸른색이 'blau'라는 낱말로 상징화된다. 그러나 훔볼트는 표상이 어떤 방식으로 추출되는가를 명확히 설명하지는 않았다. 그는 영혼이 전체 힘을 모으고 생산적 형성능력을 갖는다라고 주장하는데, 이는 음성을 통해서 사고를 표현한다는 말인데 다르게 표현하면 음성이 표상의 도출방식이라는 것이 그의 주장이다.[14]

객체와 주체적인 힘으로부터 형성된 표상은 주관적인 힘에 대하

---

13) 에네르게이아의 개념에 대하여, 안정오 1995: 412-417 참고.
14) "언어는 분절된 음을 사고로 나타내도록 하는 영원히 반복되는 정신활동이다
   Sie[Sprache] ist nemlich die ewig wiederholende Arbeit des Geistes, den articulirten Laut zum Ausdruck des Gedanken fähig zu machen." Humboldt III:418.

여 새로운 객체가 되고 다른 객체에 의해 인지되고 파악될 수 있다. 그래서 표상은 주체인 동시에 객체이기도 하다. 훔볼트는 정신의 객체성과 주체성을 다음과 같이 언급하고 있다. "정신은 창조를 한다. 그러나 그 창조된 것은 동일한 행위를 통해서 대조되고 그 창조된 것을 객체로서 자기에게 다시 역작용하게 한다."15)

이런 주관에서, 또 객관에서 주관으로 가는 데는 수단이 필요한데 그 표상의 객관화 수단이 훔볼트에게는 언어이다. 이 객관화는 개념 형성을 의미하는데 이런 과정에서 보이는 것이 언어의 개념과 사고에 대한 참여증거가 된다. 언어를 통해서 사고가 출현한다는 것은 실현을 말한다. 정신은 스스로 정신으로서 파악될 수 없고 스스로 대상이 될 수 없기 때문이다. 사고가 비록 정신의 본질적인 표현성으로서 계속 증명되기는 하지만 언어만이 사고의 사고를, 사고의 의식을 실행한다. 그래서 언어도 일반적인 인식처럼 주어진 것의 객체를 통해 규정하는 것이 쉽지 않다. 언어를 생산하는 인간의 사고와 느낌이 존재하는 방식은 주관적이 아니고 객관적이다. 그래서 통각적으로 인지 가능한 대상들의 경우를 보더라도 그것은 감성에만 아른거리는 대상물이 아니고 언어생성순간에야, 즉 낱말을 통해서야 파악 가능한 것으로 이해해야 한다. 이런 설명에서부터 왜 언어가 생기었고 사고와 무슨 관계가 있는가가 설명될 수 있다. 언어가 사고의 재현을 위한 필수적인 조건인 한에는, 또 어떤 사고도 언어 없이 존재할 수 없는 한에는, 언어는 인간이 존재하는 필수조건이다. 인간에게 언어가 없다면 인간은 세상에 있는 대상 중 한 존재로서만

15) Humboldt III:607.

존재할 뿐 스스로를 인식하지 못했을 것이다. 그래서 인간적으로 존재한다는 것은 말을 하는 것을 의미한다. 말하지 않는 인간은 헤르더의 말대로 자기 자신에 대해 가장 큰 모순인 것이다. 그래서 언어의 생성은 인류 전체의 내적 요구이며 더 나가 대화를 위한 외적인 공동의 교류를 위해서뿐만 아니라 인간의 성품 자체에 놓여있는 그어떤 것이다.16) 이런 접근방식은 인간 정신적인 힘의 발전을 위해 인간이 도달할 수 있는 세계관의 획득을 위해 필수적인 요소이다. 그러므로 언어는 인간의 존재 자체이기도 하며 인간적 존재를 표현하는 행위이기도 하다. 이 표현행위는 바로 의사소통행위이다.

3) 의사소통

의사소통은 인간들의 가장 기본적인 행위이다. 이를 바츠라빅 Watzlawick은 <u>다섯 개의 공리</u>로 요약해 주고 있다17):

  a) 의사소통을 하지 않는다는 것은 불가능하다 : 의사소통은 하나의 필연적인 행위이고 침묵도 일종의 의사소통의 예비행위이거나 의사소통의 다른 모습이라는 것이 첫 번 째 공리이다.
  b) 모든 의사소통은 내용측면과 관계측면을 갖는다 : 의사소통 행위에는 언제나 화자가 원하는 내용이 들어 있고 그와 더불어 상대방과의 관계가 설정된다. 이 내용과 관계가 정립이 안 될 때 자주 의사

---

16) 언어생성에 대해서는 안정오 1995 를 참조하시오.
17) Watzlawick 1969:51〜70 참조.

소통은 실행이 안 된다.

c) 어떤 관계의 성격은 상대방들의 의사소통 진행의 상호관계를 통해서 제약된다 : 예를 들어서 학교에서의 의사소통은 선생과 학생의 관계이므로 주로 선생이 말하고 학생은 듣는 방향으로 그 관계는 진행된다.

d) 인간적인 의사소통은 두개의 채널, 즉 직접적인 채널은 물론 유추적인 채널을 통해서도 진행된다 : .낱말이 직접 지시하는 것과 함께 몸짓이나 상황에 따르는 여러 가지 것들이 의사소통의 진행을 결정한다는 말이다.

e) 인간들의 의사소통은 대칭적으로 혹은 보충적으로 진행된다 : 의사소통은 평등하게 진행되기도 하고 한쪽이 다른 쪽을 보조한다라는 느낌으로 진행되기도 한다.

위와 같은 일반적인 의사소통의 공리에 보충적인 의미로 훔볼트는 다음과 같은 질문과 관계 지어 의사소통을 이해하고 있다:

a) 인간은 어떻게 인간적인 존재를 언어로 표현하는가?

b) 어떻게 "나"(Ich)라는 존재는 다른 사람과 언어를 통해 관계되는가?

c) 왜 인간은 자신의 생각을 다른 사람과 함께 생각함으로써만 확증할 수 있는가?

이런 모든 질문은 훔볼트에 의하면 의사소통으로써 해결된다고 보았다. 일반적으로 개념이란 주관에 대한 객관화로부터 생긴다. 객관성은 상상하는 사람이 그 생각을 자신 이외에 다른 사람에게서 느낄 때, 즉 어떤 다른 사람이 자신과 동일하게 상상하고 생각하는 방식에서만 그 객관화는 완성된다. 그러나 어떤 개인의 사고력과 다른 개인의 사고력 사이의 유일한 중재자는 언어이다. 그러므로 사고를 위해서는 물론 객관화의 확보를 위해서도 언어의 필연성이 생긴다. 이 객관화를 확보하는 행위가 의사소통이다. 말함으로써 사고는 표현되는데 이 행위가 제삼자를 이미 필요로 하기 때문에 사고에서와 같이 의사소통에서도 자기중심으로 언어가 사용되는 것은 마찬가지다. 이러한 언어를 통한 자기회귀 행위에서는 다른 사람은 이미 처음부터 주어져 있고 공동으로 설정되어져 있다. 그래서 사고는 본질적으로 사회적 존재로 되어가는 경향으로부터 도출되고 있음을 알 수 있다. 인간이란 모든 육체적인 통각관계와 무관하게 자신의 단순한 사고를 위해서도 "나"(Ich)에 해당하는 "너"(Du)를 동경한다.[18]

인간에 있어서 사고는 원래 사회적인 존재와 연결되어져 있다. 그래서 훔볼트에 의하면 언어의 본질적인 존재에는 변할 수 없는 이중성이 있다. 말을 한다는 것은 이미 다른 사람과의 대답을 전제로 한다. 다른 이에게 말하는 것은 인간의 사고측면에서 당연한 행동이고 인간의 사회적인 성향은 결국 의사소통을 통한 자신의 사고구축에 그 목적이 있다. 다시 말해서 다른 사람과 말을 한다는 것은 다른 이에 대한 존재의 인정인 동시에, 또 역으로 그 다른 사람은 "나"(Ich)의 존재에 필수적인 대상이 된다. 이로써 인간적 존재는 자신 스스로로부터 독자적인 자유에서 규정되는 것이 아니라 공동으로 존재하므로 같이 규정되어야 한다. 즉 인간은 훔볼트의 기본적인 원리에 따르면 필수적으로 "너"(Du)에 관계된 존재이다. 인간을 언어창조자로서 간주하고 더 나가서 언어 내에서는 다른 사람의 필연

---

18) Humboldt III:201.

적인 존재를 인정한다면, 인간의 "말하기"는 단지 "이해하기"이다. 인간이 무인도에 혼자 있어도 자기 자신에게 대답은 해야 함으로 위의 논거대로 자기와 자기가 아닌 대답하는 나 혹은 다른 사람이 언제나 공동으로 전제된다. 그러므로 훔볼트에 의하면 이해는 말하기의 필수적인 조건이다. 동시에 말하기는 어떤 것에 대해 그리고 다른 사람에 대해 말하는 것을 의미한다. 그리고 주변세계와 환경에 대한 인간의 관계를 나타내 준다. 인간적 존재의 결정적인 구성소인 언어 안에서 인간은 "너"(Du)에 대면해서는 언제나 열려 있다. 인간의 세계는 단지 언어적 세계로서의 세계일뿐이다. 언어란 "나"(Ich)와 세계의 상호작용이 발생되는 유일한 장소이고 다른 사람을 이해하기 위한 결정적인 전제조건이다. "인간 전체에게서 일어나는 깊고 순수한 모든 감정은 언어를 통해서 일어나는 '나'(Ich)와 다른 이의 연결을 통해서야 생긴다."[19] 그러나 이러한 "나"(Ich)와 "너"(Du)의 연결인 이해는 언제나 어떤 공통적인 언어를 전제로 한다. 만일 어떤 그런 공통적인 언어가 없다면 이는 언어와 정신이 없이 서로 말하는 것이 될 것이다. 다른 사람을 "이해한다"는 것은 어떤 민족 언어 안에 존재하는 여러 가지 각 개인의 개별언어를 종합하고 있는 세계상에서 이해하는 것을 의미한다. 왜냐하면 다른 사람에게 말을 할 수 있다는 것은 둘 다 함께 있게 되는 언어를 통해서만 가능하기 때문이다.

　그러나 다른 사람을 이해한다는 것은 오해의 가능성도 포함한다. 왜냐하면 다른 사람을 이해한다는 것은 다른 사람에 의해 말해진 것

---

19) Humboldt 1827~29. III:139.

의 단순한 흡수를 의미하는 것이 아니라, 이해하는 것을 통해서 말해진 것의 재생산을 의미하기 때문이다. 만일 어떤 언어의 순수한 개별성이 그때 그때 말하는 행위 자체에 놓여 있다면, 그 언어는 역시 개인에게서 최종적으로 규정된다고 할 수 있을 것이다. 그러나 아무도 낱말로부터 바로 생각해 내지 않는다. 그리고 정확히 다른 사람이 생각하는 것을 생각한다고 볼 수 없다. 작지만 어떤 상이성이 전체 언어를 통해서 계속된다. 그래서 "이해한다"는 행위 자체는 한편으로는 이해하고 다른 한편으로는 사고와 감정에서 일어나는 현상이라고 볼 수 있다. 말하는 사람과 듣는 사람 사이의 오해는 언어의 개인적인 시각에서 생겨나기 때문에 급진적이지 않고 제거되기에 어려운 것은 아니다. 그렇지만 일상적인 삶에서는 여러 가지의 다양한 측면들로부터 발화가 도출되므로 일차적으로 이해한다는 것은 어렵다. 인간은 생각하고 느끼는 존재이기 때문에 각 인간이 느끼는 세계에 대해서 필수적으로 발생하는 개인적인 견해에서 다른 사람을 오해할 기본적인 가능성이 예견된다. 그래서 인간들 사이의 말해진 것은 언어 내에서 명확하게 결정될 수 없다. 어떤 낱말, 즉 이를 통해 생기는 개념은 완전히 동일한 방식으로 두 사람을 연결할 수 없다. 그래서 훔볼트는 말하기를 "파악하는 기분의 상이성은 상이한 방식으로 파악된 타당성을 동일한 음성에게 준다. 이는 그 음성을 통해 나온 어떤 것이 모든 표현에서 절대적으로 규정된 것을 확정하지 않는 것과 같다."[20]

그러나 발화에서 오해는 언제나 상존하는데 어떻게 서로 이해가

---

20) Humboldt III:566.

가능하단 말인가? 만일 언어가 그 본질상 에네르게이아이고 이해를 들리는 것 안에서 들려진 것의 생산으로서 파악하는 것이라면 개인과 개인 사이의 이해전달이 불가능한 것같이 보인다. 왜냐하면 각각 그들의 독자적인 언어가 각 개인의 주관성에서 "나"(Ich)를 표현하는 것 이외에 아무 것도 아니기 때문이다. 그러나 인간은 한편으로 자신 안에 폐쇄된 개성이면서 자신으로부터 규정된 개성인 동시에, 다른 한편으로 인류의 아주 일반적인 성품에 필수적으로 참여하는 존재이다. 개별성은 인간적인 성격을 모든 개개 인간에게 유지시켜주는 단위의 특별한 인상 이외에 아무 것도 아니다. 그것이 그런 개성으로서 모든 다른 것과 다르고 반복되는 것이 아니며 유일한 것이라고 하지만 종족적인 본질로서 그것은 모든 인간에게 공통되는 본질이다. 그래서 훔볼트는 이런 맥락에서 이해를 다음과 같이 설명한다.

> "인간은 그들이 사물의 기호를 정말로 제시하는 것을 통해서 서로 이해하는 것도 아니고, 그들이 그들의 감성적 상상과 내적 개념 상상의 연쇄체의 동일한 분지 안에서 서로를 접촉하고, 그들 정신적 도구의 동일한 촉수를 대고, 그리하여 그것을 토대로 각각에 상응하지만 동일하지는 않은 개념 안으로 들어 가는 것을 통해서 서로를 이해한다. 단지 이런 울타리 안에서만 그리고 이런 분출을 통해서만 이들은 동일한 낱말로 모여진다."[21]

인간이 말하는 모든 행위는 개인적으로 느낀 것을 인류의 일반적

---

21) Humboldt III:559.

인 성품에 연결짓는 것을 의미한다. 그래서 인간이란 필연적으로 이해를 해야 한다. 왜냐하면 말하기와 이해하기는 언어의 힘의 단지 상이한 방식으로 작용하는 것이기 때문이다. 이해는 내적인 자기 행위에서만 기인될 수 없고, 만일 각자의 개성으로만 나누이는 인간 성품의 단위가 각 개인의 상이성에 놓여있는 것이 아니라면 함께 말한다는 것은 듣고 있는 자의 언어능력을 단순히 환기시키는 행위 이상이어야 할 것이다. 이리하여 모든 인간적 개성에게 주어진 인간 성품의 단위는 이해 가능성을 위한 원인과 조건이다. 왜냐하면 언어는 타인의 언어로 넘어가면서 전체 인류의 공통적인 것이 되기 때문이다.

말하는 사람으로부터 말해진 것을 이해한다는 것은, 즉 동일한 생각을 구성하는 과정이란 개인이 인간적인 성품의 일반성에 참여함으로 듣는 사람과 동일한 인간적 특성을 소유하는 것을 말한다. 이렇게 계속 동일한 방식으로 파악된 것을 각 개인들은 다시 생산하고 습득할 수 있다. 훔볼트는 또 다른 곳에서 이와 비슷한 생각을 언급하고 있다.

> "개별적으로만 그리고 상호 적응성을 위해 분리된 동일한 존재가 청자와 화자에게 존재하지 않는다면, 그래서 그렇게 순수하지만 조음된 음성과 동일하게 아주 가장 깊고 본질적인 기호로부터 만들어진 기호가 그 청자와 화자를 일치된 방식으로 전달하면서 자극하기에 충분하다면, 어떻게 청자는 화자로부터 떨어져서 발전되는 자신의 고유한 힘의 성장을 통해서만 말해진 것을 습득할 수 있단 말인가?"[22]

비록 개인적인 변형이 있을 수 있지만 이로 인해 이해가 불가능하게 되지는 않는다. 오히려 어떤 인간의 가장 개인적인 발화가 말하고 있는 개인의 언어에 있는 각 개별적 세계상의 유일성을 토대로 화자의 발화는 청자에 의해 파악되는 것이다. 이런 식으로 모든 것이 다 이해되지만 화자가 말하는 것을 청자가 정확히 이해하는 것은 불가능하다. 그래서 청자가 낱말의 명확한 의미 안에서 화자를 이해하는 것이 아니라, 화자와 청자가 "의사소통"하는 것이다. 그러나 이런 의사소통은 어떤 사람의 언어에서 다른 사람의 언어로 번역함으로써 가능하다. 즉 이해한다는 것은 이해의 행위에서 다른 사람에 의해 말해진 것이 자신의 언어로 번역되고 수용되는 것을 말한다. 그러므로 청자는 단순히 소여적인 상태에 있으면 안 되고 듣는 자, 이해하는 자, 대답하는 자가 동시에 되어야 한다. 청자는 이해를 위해 노력해야 하고 말하는 자의 말하기를 동조하려고 시도해야 한다. 화자에 대한 청자의 동조가 많으면 많을수록 그는 보다 빨리 보다 잘 이해한다.

이런 측면에서 훔볼트는 다른 사람이 이해되기가 어렵다고 보지 않고 오히려 개인적 상상방식의 자유는 필연적으로 화자의 이해를 보다 높여 준다라고 보고 있다. 이러한 상상의 자유는 이해의 창조적 행위를 창출한다. 왜냐하면 이해한다는 것은 어느 불일치점에서 상상방식이 함께 만나는 것이 아니고 일반적인 것은 덮이고 개인적인 것이 부각되는 사고영역들이 만나는 것이다. 이를 통해서 사고의

---

22) Humboldt III:432.

확대가 다른 사람으로 넘어감으로써 인간종족의 정신적 진보가 가능하게 된다. 그래서 이해의 창조적 과정은 다른 사람이 의도한 것을 고정시키지 않는 데서 생긴다. "나"(Ich)는 자유로이 파악된 것을 사용할 자유를 지닌다. 또 그것을 "나"(Ich)의 방식대로 습득하고 확장할 자유도 지닌다. 이해한다는 것은 다른 사람 안으로 들어가는 것을 의미하는데, 이는 대답을 위한 전제조건이다. "대답한다"는 것은 "너"(Du)가 말하는 것을 "나"(Ich)가 말하는 것으로 바꾸는 것이다. 이런 "너"(Du)의 말함은 임의적이어서는 안 된다. 이것은 조건으로서 "나"(Ich)의 말함을 지니고 있는데, 다시 말하자면 이것은 대답이다. "나"(Ich)와 "너"(Du)의 말하기가 상응하고 서로 관계되며 이해가 주도될 때, 그 대화는 "너"(Du)의 말함과 "나"(Ich)의 말함의 상호 교환적으로 진행되는 놀이로 발전된다. 그러므로 담화에서 이해하는 "너"(Du)는 "나"(Ich)의 동반자이고 사고의 발전을 위해 그런 동반자는 필수적인 조건이다. 그래서 담화 –의사소통– 란 화자와 청자의 경쟁관계가 아니라 서로에 대한 조화로 가는 행위이다. 이런 조화에서 개념은 "어떤 낯선 사고력으로부터 반사를 통해서 비로소 그의 명확성과 규정성을 얻게 된다."[23)

훔볼트에 따르면 인간은 자신이 변화할 수 있는 제한성 내에서는 진리를 제한 없이 열어 놓는다. 이 진리에 가까이 가는 강력한 수단은 각 개인들 간의 사회적 일치이다. 그래서 대화는 점점 서로를 가까이 인도하고, 일치되는 각 개인들의 인식의 진행된 비교로 규정된다. 그러나 대화에서 개인적 시각의 접근과정은 끝없는 과정이다.

___

23) Humboldt III:201.

그래서 이런 접근방식에서부터 전체 인간적인 삶이 끝없는 대화로서 파악될 수 있다. 대화는 동일하게 느끼는 자들과의 공존인데 어떤 동반자가 대화에서 아주 타당한 요구를 함으로써 다른 반대하는 논거를 진행하는 것은 생각될 수 없다. 그래서 순수한 인간적 삶과 인식은 의사소통적 대화로서만 가능하다.

이런 맥락에서 훔볼트가 인류학적 차원에서 사회성을 얼마나 강하게 강조했나를 알 수 있다. 그러므로 이 <u>사회성은 인간존재를 위한 조건과 언어교육에서 필수적</u>이다. 왜냐하면 훔볼트는 인간을 생각하는 존재로 규정하고, 다른 사람과 같이 있기 위한 필수적인 것으로 그 사고를 생각하면서 인간 공존을 위한 원초적인 질서로서의 사회성에 대한 개념은 사고의 간단한 행위의 분화에서 생긴다고 보기 때문이다. 이러한 사회적 전달은 인간이 다른 인간을 이해하고 그와 대화의 동기를 준다. 또한 사고력은 대화를 통해 촉진된다. 다시 말하자면 사고력은 유사한 것을 통해서 구별되고 다른 것을 통해서는 내적 생산의 본질적인 기준을 획득한다. 이는 다음을 말한다고 볼 수 있다.

> "모든 인간적인 힘은 사회적으로만 완전하게 발전된다. 전 인류에게는 공통적인 것이 있는데, 이것으로부터 각 개인은 다른 사람을 통해서 완전히 이해하도록 규정되어 있다."[24]

훔볼트에 의하면 인간은 자신에게 언어를 전해주는 "너"(Du)를 경

---

24) GS V:380.

험한 후에야 비로소 인간이다. "너"(Du)는 그를 경계 짓고 그를 규정한다. "너"는 그에 반응하고 그를 "나"로 만든다. "나는 대답하는 "너"(Du)에 종속적이기 때문에 "나"(Ich)이다. 말하기를 통한 자기이해에서 자각화는 언제나 다른 사람을 고려함으로써 자기 자신을 이해하려는 시도이고 또 다른 사람으로부터 스스로로서 자신을 이해하려는 시도이다. 그래서 인간의 사회성은 스스로 만드는 것이 아니고 인간이 필요해서 만든 작품도 아니다. 사회성이란 훔볼트에게 있어서 천성적으로 인간에게 해당하는 사회적인 본능에서부터 나오는 인간 자체의 근본적인 구조에 존재해 있다. 거대한 고독 안에서도 언어를 통해서 인간이 인간인 것처럼 그는 동시에 언제나 사회성에 놓인 사회성을 통해 존재하는 존재이다. 각 개인에게 고유한 사회지향성은 역시 언어능력에 놓여 있다.

4) 나오는 말

훔볼트의 언어철학과 언어인류학에서 나온 개별성이란 절대 혼자 생성될 수 없고 동시대인의 존재와 도움으로만 가능하다고 밝히고 있다. 그래서 동시대인의 의미는 훔볼트의 언어철학에서 매우 큰 의미를 지니고 있으며, 그의 모든 언어철학에서 중심개념이다. "나"(Ich)에 마주해 있는 "너"(Du)는 이제 더 이상 자신의 교육을 위해서만 필요한 것이 아니고, 개인과 사회를 위해 필수적이다. "나"(Ich)와 "너"(Du)는 개별적인 어떤 대상이라기보다는 통일된 하나이고 분리될 수 없는 본질이다. 비록 인간의 인식은 "나"(Ich)와 "너"(Du)의 구별에서 생기지만 그 인식을 위해서는 하나의 제삼의 통합물로 접근해야 이 "나"(Ich)와 "너"(Du)가 이해될 것이다. 이를 위해서 의사소통이 중요하다. 이처럼 개인의 의사소통에 대한 종속성과 그 개인이 의사소통에 존재하는 조건들은 훔볼트 언어철학에 있어서 모든 것의 접근점이고 출발점이다.

5) 참고문헌

Gehlen,A.: 1986. Der Mensch. Wiesbaden:Aula.

Herder,J.G.: 1966(1772). Abhandlung über den Ursprung der Sprache. Stuttgart:Reclam.

Humboldt,W.v.: 1822. Ueber den Nationalcharakter der Sprachen. In: Humboldts Werke III. S.64-81.

Humboldt,W.v.: 1824. Ueber die Buchstabenschrift und ihren Zusammenhang mit dem Sprachbau. In: Humboldts Werke III. S.82-112.

Humboldt,W.v.: 1827-29. Ueber die Verschiedenheiten des menschlichen Sprachbaues. In: Humboldts Werke III. S.144-367.

Humboldt,W.v.: 1830-35. Ueber die Verschiedenheit des menschlichen Sprachbau und ihren Einfluß auf die geistige Entwicklung des Menschengeschlechts. In: Humboldts Werke III. S.368-756.

Watzlawick,P: 1969. Menschliche Kommunikation. Formen, Störungen, Paradoxien. Bern.

Wittgenstein,L.: 1963. Tractatus Logico-philosophicus Logisch-philosophische Abhandlung. Franbkfurt a.M.:Suhrkamp.

안정오: 1995. Energeia-언어학의 실용적 요소. 텍스트언어학 2집. 402-423
　　　쪽.

안정오: 1995. W.v.Humboldt의 언어생성연구. 독일문학 56집. 333-352쪽

6. 개별성과 보편성은 종이의 앞뒷면과 같다 - 보편성 문제

> "인식의 총합은 인간정신에 의해 작업되는 것인데 모든 언어들 사이에 놓여 있다. 하지만 그들 언어와 무관하게 언어의 가운데 있다. 인간은 자신의 인식과 감정방식으로만 이런 순수한 객관적인 영역에 주관적인 방식으로 가까이 다가갈 수 있다."
>
> Humboldt 1988 III:20

훔볼트는 자신의 여러 논문에서 언어란 무엇인가를 매우 관심 있게 관찰하였고 언어의 상이성과 보편성에 대하여 많은 언급을 하였다. 그는 언어의 상이성이란 언어의 내적언어형식과 언어적 세계관을 통하여 나타나는 현상이라고 주장하고 있다. 하지만 일반적으로 언어적 세계관이라는 개념이 너무나 강하게 훔볼트를 대표하기 때문에 우리는 마치 그가 언어의 상이성과 개별성만을 강조하고 언어의 보편성이나 유사성은 전혀 주장하지 않고 있는 것처럼 보인다. 그럼에도 그의 작품을 자세히 읽어 보면 그는 언어의 개별성을 넘어

언어의 보편성과 언어의 유사성 그리고 비교가능성까지도 많은 관심을 가지고 있음을 알 수 있다. 예를 들어 그는 언어생성이론에서 언어원형이라는 개념을 통해서 언어의 보편성을 주장하고 있으며 이 언어원형을 통해 많은 언어들은 보편적인 성품을 가지고 있다고 언급하고 있다. 그래서 세계관 개념과 언어원형 개념은 서로 상충되는 것 같지만 실은 보완적인 개념이고 하나 없이는 다른 하나는 불완전한 개념이다. 이 두 개념을 보다 자세히 고찰할 때 그의 언어 보편개념과 상대개념이 명확해 질 것이다.

그에 의하면 언어란 죽어 있는 만들어진 사물이 아니고 계속 만들어가는 것이다. 그래서 내적인 정신행위와 깊은 관련을 맺고 있으며 서로 상호작용을 하는 것이다.[1] 그에 의하면 언어는 의사소통기능을 넘어서 정신의 끝없이 반복되는 작업이다.

> "언어는 그 본질상 어떤 지속적인 것이고 매순간 지나가는 것이다. 문자를 통해 그것을 보존한다 해도 언제나 불완전한 미이라 같은 보존인데, 이것은 다시 사람들이 실제로 말을 할 때 잠적되기 마련이다. 언어는 작품이 아니고 행위이다. 그래서 언어를 제대로 규정한다는 것은 태생적으로만 가능하다. 언어는 조음된 음성을 사고로 표현할 수 있게 해주는 정신의 영원히 반복하는 작업이다."[2]

언어란 문법이나 사전에 들어있는 체계가 아니라 내적인 정신행위가 참여하여 동적으로 변하는 현상이다. 『**상이한 연구에 대하여**

---

1) GS VII:44 참조.
2) GS VII:1 45 이하.

Ueber das vergleichende Studium』(1820)에서 언어란 한번에 만들어진 것이 아니고 언어가 실행되는 매 순간마다 전체에 대하여 어떤 것을 행하고 있는 것이다.3) 이러한 언어의 본질과 더불어 언어의 기능을 언급하는데 그는 언어란 의사소통과 사고를 위해 기능한다고 주장한다.

대상의 지시기능과 더불어 언어의 기능이란 "무한한 자연과 유한한 자연 사이의 중재자이고, 한 개인과 다른 개인의 중재자"4)이다. 그래서 언어는 의사소통을 위해 중요한 도구이다. 결국 이러한 의사소통은 사고와 관련이 있게 된다. 훔볼트는 「쌍수에 관하여 Ueber den Dualis」에서 다음과 같이 언급한다.

> "사람에 있어서 사고는 본질적으로 사회적인 본성과 연관되어져 있고 사람은 간단한 생각을 하기 위해서 나에 해당하는 너를 필요로 한다. 개념은 낯선 사고력에서부터 나온 반사를 통해서 비로소 사고의 명증성과 규정성에 도달한다. 개념은 수많은 상상하기에서 분리되고 주체에 대해 객체로 만들어짐으로써 생성되는 것이다. 그러나 이러한 분리는 주체에서만 진행되는 것으로는 충분하지 않고 상상하는 사람이 다른 사람, 즉 그와 유사하게 생각하는 사람에서만 가능한 사고를 자기 이외에서 조망할 때 비로소 완성되고 사고력과 사고력 사이의 유일한 중재자는 언어이다."5)

언어는 궁극적으로 사고를 위한 수단인데 "언어와 지적 행위는

---

3) GS IV:3 참조.
4) GS III:296.
5) GS V:380.

하나이고 불가분의 관계이다. 우리는 단순히 지적행위를 생산하는 것으로 볼 수 없고, 언어를 생산된 것으로 볼 수 없다."[6] 언어는 그에게 있어서 사고를 생산하는 기관이다.

이러한 언어관을 토대로 훔볼트에게서 먼저 화두로 떠오르는 것은 어떤 언어공동체에서 행해지는 언어습관이고 그 습관으로부터 고착되어진 관점이었다. 이는 언어들의 개별상황에서 일어나는 결과이고 이를 전문용어로 그는 세계관이라고 불렀다.

1) 세계관

훔볼트는 원래 언어보다 인간 보편과 그들의 분화된 민족에 지대한 관심을 가졌다. 그래서 어떤 민족들이 사용하는 언어를 연구하게 된다. 훔볼트에서 언어와 민족(Nation)은 이런 맥락에서 하나라고 보아도 된다. 그는 수많은 민족들이 말하는 여러 가지 언어들을 연구하였다. 그는『보고와 부록 Berichtigungen und Zusaetzen』(1811)이라는 논문에서 개별언어들이란 "어떤 특정한 민족의 특성형식이 개별적으로 고착된 표현"[7]이라고 말하고 있다.

언어구성의 독특함은 민족의 독특함을 나타내는 것이고 민족이란 일종의 개인과 같은 것이다.[8] 훔볼트는『**인간언어구조의 상이성에**

---

6) GS V:374.
7) GS III:296.
8) GS V:15 참조, V:32 참조.

대하여 Ueber die Verschiedenheit des menschlichen Sprachbaues』라는 논문에서 "민족이란 어떤 특정한 언어를 통해 특성화된 인간의 정신적 형식이다"9)라고 언급하고 있다. 그에 의하면 민족적 사고의 방식이 언어적 세계관이다.

> "모든 객관적인 인지에는 어쩔 수 없이 주관성이 혼재되어 있기 때문에 언어가 아니더라도 모든 인간적 개별성은 세계관의 고유한 입장이다. 그래서 인간적 개별성은 오히려 언어를 통해서 객관적인 인지에 이르게 된다. 낱말이 영혼에 대하여서도 고유한 의미를 부가함으로써 자신을 객체로 만들고 어떤 새로운 독특성을 추가하기 때문이다. 이러한 새로운 독특성에서 볼 때, 언어음성의 독특성에서와 같이 동일한 언어에서는 계속적인 유추가 필연적으로 지배한다; 그리고 동일한 주관성이 동일한 민족의 언어에도 작용을 하기 때문에 모든 언어에는 독특한 세계관이 존재한다. 대상과 인간 사이의 개별 음성처럼 전체언어는 내적으로 그리고 외적으로 인간에게 작용하는 자연과 인간 사이에 등장한다."10)

언어란 단순히 대상을 모방하는 것이 아니고 세계가 언어 안에서 새롭게 만들어진다.11) 언어는 인간과 인간 사이를 중재하고 인간과 세계를 중재하므로 세계로 나가는 출구가 바로 언어이다. 하지만 민족마다 언어를 통하여 이 세계를 보는 시각이 다르다. 그래서 언어의 상이성이 생겨난다. 이 언어의 상이성을 통해 우리는 세계를 다

---

9) GS VI:1, 125.
10) GS VII:1, 60.
11) Werlen 1989:55 이하 참조.

르게 본다. 이것이 바로 훔볼트가 말하는 세계관이다. 그러나 언어의 상이성은 그에 의하면 "음성과 기호의 상이성이 아니고 세계관의 상이성"(IV:27)이다. 그는 이 세계관의 개념을 다음과 같이 규정한다:

> "세계관은 언어이다. 언어는 세계의 규모와 동일해야 하기 때문이고, 대상에 가하는 변환이 정신으로 하여금 세계의 개념과 분리될 수 없는 맥락관계를 볼 수 있도록 해주기 때문이다."12)

다시 말하자면 세계관은 그에게 있어서 재료를 언어형식으로 변환하는 방식이다. 모든 언어가 모든 것을 나타낸다 할지라도 그 표현하는 방식은 언어마다 다르다. 모든 언어는 문법을 다르게 다루고 문법은 또한 사고의 처리방식의 언어화이고 표현의 상이한 방식은 상이한 문법적 견해이다.13)

훔볼트에 있어서 모든 언어들은 동일한 가치를 가진다. 그래서 이러한 상이성은 세계관의 상이성이다: "문법은 민족들의 정신적인 독특성이다."14) 훔볼트에 의하면 세계관은 형식(Form)과 재료(Stoff)를 통해서 만들어진다. 세계관은 형식 안에 있고 형식은 다시 말하면 언어이다. 그러나 형식은 단순히 문법과 어휘가 아니고 언어가 가지고 있는 모든 것이다. 예를 들어 음운 체계, 어휘 그리고 문법 등을

---

12) GS V:387.
13) Werlen 1989: 57 참조.
14) GS VI:2, 338.

형식이라고 말할 수 있다.[15]

언어는 영원히 반복하는 정신의 작업인데 그 언어 안에 형식과 재료로 되어 있는 체계가 존재한다.[16] 형식이란 어떤 심리적인 것인데 재료와 상반되는 개념이다. 재료는 형식을 통해서 비로소 실현되는 것인데 이 재료는 정확히 규정할 수 없는 것이다. 형식은 어떤 것을 실현시키는 내적인 원리이다. 이 형식은 언어 내에서 상이한 세계관을 만들어 낸다. 그에 의하면 언어의 차이는 언어의 형식에 기인한다. 이 형식은 민족들의 정신적인 기질과 깊은 관련을 맺고 있다.[17]

훔볼트는 재료와 형식을 구별하고 있지만 실은 이들을 구별할 수 없다. 재료와 형식은 언제나 언어 안에서 함께 나타나기 때문이다. 그래서 샤프 H-W. Scharf는 재료는 형식으로부터 나눌 수 없다고 언급한다.[18] 슈나이더 F. Schneider도 훔볼트에서 재료는 논리적으로만 추출해 낼 수 있다고 주장한다.[19] 재료는 훔볼트에 이어서 매우 선험적인 것이다. 이것은 귀납적으로만 생각될 수 있다. 재료는 이미 만들어진 언어를 통해서만 감지될 수 있기 때문이다. 훔볼트에서 인간이란 단지 분절의 능력을 통해서만 동물과 구분된다. 동물도 소리를 만들어 낼 수 있지만 그들은 소리에서 의미와 의의를 분절해 내

---

15) GS VII:49 참조.
16) GS VII:1, 45f, 50ff 참조.
17) GS VII:52 참조.
18) Scharf 1994:123 참조.
19) Schneider 1995:234 참조.

는 능력은 없다. 그래서 언어의 분절은 가장 최초의 본질이다. 이러한 분절을 행할 때 인간은 형식을 필요로 한다. 그러나 형식은 재료를 요구하고 재료를 통해서 형식은 고정될 수 있다. 훔볼트는 언어적인 형식에서 외적인 형식과 내적인 형식을 구분한다. 외적인 형식은 음성적인 재료이고 내적인 형식은 지적이고 이념적인 처리방식이다.

비록 훔볼트가 내적인 언어형식을 명확하게 규정하지는 않았지만 그가 의도하는 것이 무엇인지를 우리는 알 수 있다. 내적인 형식은 언어를 통해 사고를 객관화시키는 방식이다. 이는 사고의 범주를 언어재로의 형식과 연결짓는 방식이다. 이러한 내적인 형식은 어떤 민족의 정신을 나타낸다. 즉 내적인 언어형식은 사고 그물망과 언어 그물망 사이를 중재한다. 훔볼트에서 언어는 질료적인 측면과 이념적인 측면이 통합을 통해서 만들어지는 일종의 통합적인 과정이다.

2) 세계관과 에네르게이아의 상관성

훔볼트는 언어를 설명하기 위해 에르곤과 에네르게이아를 분리된 개념으로 설명한다. 에르곤은 특정한 어떤 "현실을 의도하거나 만들어내는 말"[20]이라고 했다. 훔볼트에 의하면 언어는 에르곤, 즉 작품이 아니고 인간의 머리 속에 있는 이상적인 현존재일 뿐이다.[21]

---

20) Jost 1960:17.
21) GS VII:160 참조.

에르곤과 반대로 에네르게이아는 보다 더 논란의 중심에 있고 규정하기가 힘들다. 그러나 확실히 말할 수 있는 것은 에네르게이아는 단순히 파롤이나 말하기 능력이 아니라는 말이다. 훔볼트는 이를 위해 다음과 같이 언급하고 있다:

> "언어의 참 규정은 단지 생성적일 수 밖에 없다. 즉 언어는 조음된 음을 사유로 표현할 수 있게 해주는 정신의 반복적인 작업이다. 엄격하게 말해서 이것은 매번 말하기라고 할 수 있다. 그러나 진정한 의미에서 우리는 이 모든 말하기를 언어로 간주할 수도 있다."[22]

그래서 언어는 죽은 생산물이 아니고 생산하는 것이다. 이런 맥락에서 레오 바이스게르버 언어를 네 개의 영역으로 구분한다[23]:

a) 말하기 혹은 언어수단의 일반적인 사용.
b) 개별 인간의 언어 상태.
c) 어떤 공동체의 문화재로서 한 민족의 언어.
d) 인간의 언어능력.

여기서 세 번째 규정이 바로 바이스게르버에 있어서 모국어이다. 그는 주로 이 모국어를 연구의 대상으로 삼았다. 그래서 그에 있어서 언어는 바로 모국어이고 에네르게이아는 모국어의 나타나는 방식일 뿐이다. 바이스게르버는 훔볼트가 말하는 언어의 규정을 단지

---

22) GS VII:46.
23) Weisgerber 1930 참조.

모국어에 한정해서만 이해하려 한다.

> "언어란 일종의 집행이고 과정이며 행위인데 이는 훔볼트가 에네르게이아를 언급함으로 인해 우리가 오해할 수 있게 한 바 있다. 모국어라는 현존형식에 명백하게 맞을 수 있는 적당한 낱말은 아직 공식적으로 없다."[24]

이 언어적인 에네르게이아가 세계상을 만들어 낸다. 본래 견해란 세계를 의식에 맞게 파악할 때 언어가 작용하고 함께 만들어가는 바로 그런 것이고, 세계에 대한 우리의 그림이 사고와 함께 규정하고, 만들고, 범주화하고, 정리하는 그런 것이다. 그래서 훔볼트는 사고를 이미 1801년에 세계관의 결과로 파악하였다.[25]

그래서 보다 많은 언어들은 세상에 있는 사태만큼 그렇게 많은 명사를 가지고 있지 않으며 그런 것에 대한 상이한 견해를 나타낸다. 1800년 9월 10일에 훔볼트는 프리드리히 쉴러에게 편지를 쓴 적이 있는데 다음과 같이 네 개의 테제로 요약할 수 있다[26]:

> a) 언어는 나와 세계를 중재해 준다. 세계는 언어 주관적으로 만들어진다.
> b) 언어는 사고를 형성하는 기관이다. 그리고 정신적인 행위에 지대한 영향을 준다.
> c) 말하기와 이해하기는 에네르게이아인데 이것은 언제나 새로이 정신

---

24) Weisgerber 1971:153, Borsche 1981:61 이하 참조.
25) GS VII:604, III:375 이하 참조.
26) Jost 1960: 57 이하 참조.

을 수행하고 계속 만들어가는 작업이다.

d) 언어는 인간을 만들어 가는 어떤 것이다. 언어를 통해서 그의 존재를 이해할 수 있다.

홈볼트에서 말하기와 이해하기는 언어의 현상인데 이것이 에네르게이아이다. 이 에네르게이아 행위를 통해서 정신이 언제나 새로이 수행되고 세상을 보는 눈이 각 언어공동체마다 생겨난다. 그래서 언어의 개별성이 등장한다.27)

3) 언어원형

홈볼트는 원형(Typus)이라는 개념을 「**비교인류학의 계획** Plan einer vergleichenden Anthropologie」28)에서 처음 사용한다. 그리고 40년 후에 다시 『카비어 서문』에서 그 말을 사용한다.29) 이 용어는 그리고 「**일반적인 언어원형의 기본원리** Grundzuege des allgemeinen Sprachtypus」 (1824~26)에서 중심개념으로 사용되었다. 「**바스크 인에 대한 고찰단편** Fragmenten der Monographie ueber die Basken」에서 원형이라는 말은 말하는 모든 사람의 성품에 맞는 언어형식으로 나타난다.

---

27) 홈볼트의 언어적 세계관은 바이스게르버가 **세계상**이라는 개념으로 계승시키고 발전시킨다. Weisgerber, 1954:34-49, Weisgerber, 1962, Schmitt 1973 참조.
28) GS I:378.
29) GS VII:149.

"말하는 사람이 언어에 많이 참여하면 할수록 언어는 보다 일반적인 원형을 더 많이 얻고, 언어는 임의적인 것을 더 많이 버리게 되고 모든 말하는 사람들의 성품에 보다 잘 적용되는 것이다."[30]

원형이라는 개념은 보편적인 특성을 의미한다. 언어원형은 언어의 독자적인 형식이다. 훔볼트는 이미 「**멕시코언어의 분석시도** Versuch einer Analyse der Mexicanischen Sprache」(1821)에서 언어의 일반적인 원형을 인간 언어의 체계로 이해했다. 원형은 개별성을 형성하는 이념이 아니고 언어를 결정하는 모형이다. 언어원형은 「**일반적 언어원형의 기본원리** Grundzuege des allgemeinen Sprachtypus」에서 가장 명백하게 드러난다:

"우리가 개별 언어를 서술하려고 한다면 그 과정의 일반적인 원형으로부터 출발해야 하고 다시 그곳으로 돌아가야 한다. 그렇지 않으면 필요한 비교점이 없어지기 때문이다. 이러한 원형의 일반성이란 언어의 순수한 개념을 통해서만 제한되고 그 밖의 인간적 기질과 그것에 영향을 주는 상황으로부터 분출함으로써 현실에서 일반적인 원형을 개별화시키는 모든 다른 상황은 무시한다."[31]

이 인용은 언어의 본질이 원형임을 말해 주고 있다. 더 나가서 이것은 개별 언어들의 비교 모형이다. 훔볼트는 『**카비어 작품**』에서도 이 전문용어 '원형'을 매우 명백하게 규정하고 있다:

---

30) GS VII:597.
31) GS V:373.

"언어는 이미 놓여있는 [⋯] 재료로서가 아니라 영원히 생산하는 재료로서 간주되어야 한다. 여기서 생산의 법칙은 규정되어 있지만 그 생산의 규모와 방식은 전혀 규정되어 있지 않기 때문이다."[32]

홈볼트에 있어서 언어원형은 언어능력이다. 왜냐하면 인간이 말할 수 있다는 것은 언어의 원형을 인간이 소유하고 있음을 말하기 때문이다. 홈볼트는 「일반 언어원형의 기본원리」라는 논문에서 어떻게 언어의 개별성과 보편성이 구별되는가를 설명하는데 그에 따르면 보편성과 개별성은 생각으로만 단지 나눌 수 있다고 한다.[33] 개별적인 것은 어떤 직접적인 것으로 나타나고 보편적인 어떤 것을 전제하기 때문이다. 그는 원형을 언어의 개별화 이전에 나타나는 언어의 개념으로 이해한다. 모든 언어는 항상 언어원형을 가지고 있지만 그것이 각 언어에서 다르게 실현된다.

언어원형개념은 언어의 보편성으로 보아질 수 있다. 그래서 언어원형은 개별적이고 제한된 형식으로 존재하는 일반성이다. 그에 의하면 보편성과 개별성은 서로 제한되어 있는데 모든 언어란 인간의 고유한 보편적인 독자성의 개별화이고 모든 언어는 원초적인 언어자질의 모형이다.[34]

언어의 보편성은 언어의 일반적인 처리방식에 따라서 각각 다르

---

32) GS VII:57.
33) GS V:394 참조.
34) GS VII:256.

게 개별화된다. 이러한 방식은 필연적으로 조음된 음의 분출로 된다. 하지만 민족과 개인마다 각각 다르게 진행된다. 훔볼트에 의하면 모든 인류는 한편으로 언어보편적인 의미에서 단 하나의 언어만을 가지고 있지만, 다른 한편으로 보면 각 개인은 언어의 개별성의 의미에서 각기 다른 특수한 언어를 가진다.[35] 그래서 언어의 개별성은 항상 언어의 보편성을 전제한다.

> "민족이란 분명히 이러한 동일한 언어를 같이 공유하지만 그 민족의 모든 각 개인이 다 그 동일한 언어를 가지는 것이 아니고 좀 더 자세히 말하자면 각 개인은 실제로는 자기 자신만의 언어를 가지고 있다."[36]

모든 민족은 각각 다른 언어를 가지지만 각 개인도 역시 그 언어 안에서 다른 언어를 가진다. 그래서 각 개인은 개인의 주관적인 것을 가진다.

> "언어는 사실 두개의 상반된 특징을 가질 수 있다. 같은 민족이 사용하는 하나의 언어로서 수많은 언어들로 나뉠 수 있고, 여러 가지 특징을 가진 여러 민족의 언어와 반대로 하나의 언어로 통합될 수 있다."[37]

이 인용으로 우리는 언어의 개별성과 언어의 보편성이 얼마나 긴

---

35) GS VII:51 참조.
36) GS VI:182 이하.
37) GS VII:169.

밀하게 연관되어 있는가를 알 수 있다.

4) 언어원형과 세계관의 맥락관계

전체 인류는 단 하나의 언어를 가지고 있는 반면에 또한 모든 인간은 각각 자신만의 언어를 가지고 있다.[38] 이러한 생각은 보편적인 언어원형과 개별 언어적으로 상이한 세계관이 서로 연관되어 있음을 의미한다. 그래서 우리는 원형 개념과 세계관 개념이 언어의 보편성과 개별성의 개념과 다른 것이 아님을 가정해야 한다.[39] 이와 관련지어 슈나이더는 다음과 같이 말하고 있다:

> "한편으로 모든 언어에는 간단한 이성행위과정의 일반적인 원형이 놓여있다. 다른 한편으로 이것은 매우 상이하게 수행되어서 상이한 언어적 세계관이 나타날 수 있다. 즉 일반적인 원형은 단지 과정의 기본 모형을 규정하지만 원형개념의 본질 안에는 원형이 상이하게 실현되고 그로써 개별화되는 그런 수행의 구체적인 방식은 없다."[40]

훔볼트는 언어의 세계관을 낱말창조의 기본토대뿐 아니라 담화 (Rede)의 조합방식으로도 이해한다.

---

38) GS VII:51 참조.
39) Schneider 1995:185~6 참조.
40) Schneider 1995:186.

"언어구성의 연구와 언어의 분석에서 구성의 원형을 먼저 언급하고 개별언어부분의 창조성을 그것으로부터 도출하는 것이 중요하다. 왜냐하면 우리가 성품 자체의 과정을 추적함으로써만 각 개별 언어의 특별한 독특성을 인식하기 때문이다. 구성의 원형과 말 요소들의 나누기는 중요치 않은 문법적인 개별성만을 규정하기 때문이다."41)

여기서 훔볼트는 담화(Rede) 구성의 개별적인 형식을 각 언어의 "구성원형"으로 부른다. 구성원형은 두개의 모양을 가지는데 한편으로는 일반적인 언어원형의 특수화이고 다른 한편으로는 각 개별언어의 독특성이다. 그래서 구성원형은 보편성과 개별성이 만나는 개념이다.

하지만 훔볼트에서 언어들의 개별성이 어디에 근거하는지 질문을 하지 않고 있다. 민족적 상이성이 언어의 상이성과 관련이 있지만 훔볼트는 정신적인 자질의 상이성의 원인에 대해서는 명백하게 언급하고 있지 않다.42):

"이러한 상이성이 내가 믿는 바대로 원천적인 것인지 아니면 영향들의 전체를 통해서 처음부터 영향을 받은 상이성인지는 우리에게 문제가 크게 될 것이 없다."43)

훔볼트는 민족적 정신기질과 그로 인한 언어의 상이성이 여러 가

---

41) GS V:449.
42) Schneider 1995:186~7 참조.
43) GS VI:126.

지 상황에서 일어난 것이 아니라 이미 인간 안에 기원적으로 내재해 있다고 믿는다. 그는 언어발명 안에서 민족적 기질과 민족적 정서를 본다.[44] 심지어 언어와 생리적인 기원도 긴밀한 관련이 있다고 본다.

훔볼트는 인간은 언어로 무장되어 있다고 주장한다.[45] 하지만 그는 언어의 개별성과 보편성을 연결지어 생각한다. 그는 언어의 상이성에 관심이 있는 것이 아니고 그에게서 언어의 상이성은 인간의 세계관이고 인간을 위한 장점이다. 원형은 인간들의 연관성을 우리에게 보여준다. 세계관 개념은 그러한 독특성을 추출해 낸다. 훔볼트는 언어 특별성이 서로 연관되어 있음을 통해 인류의 공통성을 본다. 원형개념은 세 가지 언어적인 측면에서 드러날 수 있다. 언어의 유기체 특성, 문법의 일반적인 원형 그리고 언어요소인 대명사와 동사.

이보 H. Ivo는 원형으로 파악된 보편적인 언어의 특성을 "대명사성, 동사성, 텍스트성"[46]으로 생각한다. 모든 언어의 유기체적 특성은 다시 하나의 일반적인 유기체적 특성이다.[47]

---

44) GS V:17.
45) GS VI:178 참조.
46) Ivo 1986:86.
47) GS VI:121, IV: 252 참조.

5) 상이한 언어는 상이한 세계관

민족과 언어는 훔볼트에서 매우 밀접한 관련을 가지고 있다. 여러 민족에 의해 말해지는 언어를 그는 인류학적인 측면에서 연구한다. 그는 『보고와 부록』(1811)에서 개별 언어를 "민족의 특성을 나타내는 개별적인 표현"48)이라고 말한다. 언어의 구성특징은 바로 민족의 특징이다.49) 그는 민족을 하나의 개인으로 이해한다. 그래서 「인간 언어구조의 상이성에 대하여」에서 다음과 같이 쓰고 있다. "이런 의미에서 민족은 어떤 특정한 언어를 통해서 특징화되어 있는 정신적인 형식이다."50)

민족적인 사상의 방식이 바로 언어적 세계관이다. 언어는 단순히 대상을 모방하는 것이 아니고 세계를 언어에 옮겨놓은 것이다. 언어는 인간과 인간을 중재하고 인간과 자연을 중재한다. 언어는 세계로 나가는 출구이다. 그러나 이 출구가 언어공동체마다 다르다. 그래서 언어의 상이성이 생기고 언어의 상이성으로 인해 민족마다 세계를 다르게 본다. 이것이 바로 훔볼트에 있어서 세계관이다.

이러한 세계관이 어떻게 언어에 상재되었나를 그는 형식과 재료라는 개념으로 설명한다. 그에게서 세계관은 형식이고 형식은 언어이다. 그러나 형식은 문법이나 어휘일 뿐 아니라 언어가 가지고 있

---

48) GS III:296.
49) GS V:15.
50) GS VI:1, 125.

는 음성체계도 포함한다.[51]

언어는 그에게서 영원히 반복되는 정신의 작업이다. 언어는 재료와 형식으로 구성된 하나의 체계이다. 형식은 재료와 상대적인 어떤 심리적인 것이다. 재료는 형식을 통해서 실현되고 어떤 규정 불가한 것이다. 형식은 어떤 것을 실현시키는 내적인 원리이고 이 형식이 언어에서 상이한 세계관을 만들어 낸다. 훔볼트가 형식과 재료를 구분하기는 하지만 실은 언어에서는 함께 나타나므로 구분이 불가하다. 슈나이더는 말하기를 언어에서 재료는 논리적으로만 추출될 수 있다고 주장한다.[52] 재료는 훔볼트에서 선험적이고 단지 귀납적으로만 생각될 수 있다. 재료는 이미 만들어진 언어를 통해서만 감지될 수 있기 때문이다.

훔볼트에서 사람은 동물과 구분되는데 이는 분절이라는 능력을 통해서이다. 동물은 소리를 만들어 내기는 하지만 의미와 의의로 소리를 나누는 분절을 하지는 못한다. 언어의 첫 번째 본질이 바로 분절인데 이 분절에서 우리는 형식을 필요로 한다. 형식은 재료로 고착된다. 훔볼트는 언어적인 형식을 내적인 형식(심리적이고 지적이고 이념적인 처리방식)과 외적인 형식(음성적인 재료)으로 나눈다.

내적인 형식은 언어를 통해서 사고를 객관화시키는 방식이다. 이는 사고의 범주와 언어질료의 형식이 연결되는 모형이다. 이 내적인 형식이 민족의 정신을 나타낸다. 즉 내적인 언어형식은 사고의 조직

---

51) GS VII:49 참조.
52) Schneider 1995:234 참조.

과 언어의 조직을 중재한다. 훔볼트에서 언어는 통합적 과정인데 이 안에서 질료적 측면과 이념적인 측면이 통합을 통해서 형성된다.

훔볼트는 언어현상을 설명하면서 에르곤과 에네르게이아 개념을 자주 사용하는데 에르곤은 문법적인 것이고 가시적인 것이며 구상적인 것이지만 에네르게이아는 단순히 소슈르의 파롤도 아니고 말하기 행위가 아니다. 언어는 음성을 사고로 표현하게 해 주는 정신적인 반복 작업이고 이 언어란 매번 말하기를 말하는 것이다. 그래서 엄격히 말하자면 이런 말하기의 모든 것을 언어로 볼 수 있다.[53] 그렇다면 언어는 죽은 에르곤이 아니고 매번 실행되고 창조되며 만들어져 가는 에네르게이아라고 할 수 있다.

훔볼트는 언어를 모국어와 긴밀하게 연결지어 이해한다. 즉 언어는 다양하게 실재하는 모국어일 뿐이다. 훔볼트에서 이런 언어의 다양성은 부정적인 측면이 아니라 긍정적으로 나타난다. 언어란 보편성 안에서 개별성이 구현된 것으로 보기 때문이다. 그래서 우리가 만나는 모든 언어는 모국어로서의 언어이고 그 각 개별화된 언어는 프리즘을 통해서 빛이 여러 가지 색을 띠는 것처럼 상이하게 나타나는 것이 당연하다. 그는 "언어의 상이성은 음성이나 기호의 상이성이 아니라 세계관 자체의 상이성이다"[54]라고 했다. 그래서 훔볼트에서 개별성과 보편성은 상충되는 개념이 아니고 서로 보완적이며 보충적인 개념이다. 보편성과 개별성 사이의 관계는 다음과 같이 도표

---

53 GS VII:46 참조.
54 GS IV:27.

로 설정될 수 있다:

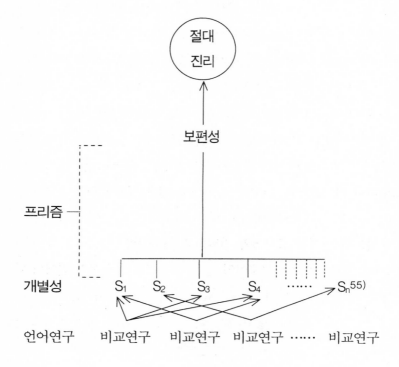

그래서 언어1과 언어2가 서로 비교됨으로써 서로에게 나타나지 않는 상이한 측면을 고찰할 수 있다. 예를 들어서 우리가 흔히 말하는 행운을 뜻하는 독일어 "Glück"이라는 낱말은 한국어에서 "축복"(기독교에서 신이 주는 복), "자비"(불교에서의 복), "행운"(일상적으로 우연히 만나는 복), "복"(한국의 토속적인 복), "운수"(토정비결에

---

55) 언어가 통합되는 특성에 따라서 언어의 유형을 그는 네 가지로 구분한 바 있다. 굴절어, 첨가어, 고립어, 병합어. GS III:653 참조.

의해 나타나는 좋은 징조) 등을 나타낸다. 이는 언어와 언어 사이에 있는 인간인식의 다양함을 맛보는 매우 긍정적인 측면이다.

홈볼트에서 언어연구의 가장 좋은 방식은 지구상에 존재하는 수많은 언어들의 비교연구이다. 이 비교언어연구를 통해서 우리는 개별성 사이에 있는 보편성의 모습을 관찰할 수 있다. 그래서 보편성의 연구를 통해서 우리는 인간 보편적인 인지방식을 인류적으로 이해할 수 있고, 인류 전체는 언어의 개별성을 통해서 보편성을 지향하는데 이 과정에서 우리는 절대진리에 도달할 수 있는 길을 알게 될 것이다.

6) 나오는 말

홈볼트에서 언어원형과 세계관 개념은 매우 중요하다. 이들은 그의 전체 작품에서 자주 등장하고 그의 언어이론을 전적으로 규정하고 있기 때문이다. 하지만 이 두개의 개념은 지금까지 나누어서 고찰되었다. 세계관은 언어의 상이성의 영역에서만 다루어졌고 언어원형은 언어의 창조과정의 토론에서만 다루어 졌다.

하지만 우리는 이 두 가지 개념을 정확한 시각으로 고찰하자면 이들이 매우 긴밀하게 연관되어져 있음을 알아야 한다. 언어원형은 언어에서 보편성이다. 모든 언어는 언어원형의 측면에서 보편성을 보편적으로 지니고 있다.

하지만 언어원형은 에네르게이아 과정이 원형을 실체화시키지 않으면 개별 언어에서 나타날 수 없다. 그 과정의 결과를 훔볼트는 세계관이라고 부른다. 그래서 우리가 일상에서 언어원형을 만나지 못하고 언어의 개별성인 세계관을 만난다. 어떤 언어는 언어원형 없이 생성될 수 없다. 세계관을 보지 않고는 우리는 언어의 원형을 이해할 수 없다. 엄격히 말하자면 모든 사람들은 훔볼트에 따르면 그들 나름대로의 공유한 언어를 가지고 있다. 그래서 모든 사람은 세계를 언어를 통해서 상이하게 이해한다.

> "인식의 총합은 인간정신에 의해 작업되는 것인데 모든 언어들 사이에 놓여 있다. 하지만 그들 언어와 무관하게 언어의 가운데 있다. 인간은 자신의 인식과 감정방식으로만 이러한 순수 객관적인 영역에 주관적인 방식으로 가까이 다가갈 수 있다."[56]

하지만 모든 언어 사이에 인식 가능한 것의 보편성은 놓여 있다. 우리는 그 영역에 자기 고유한 방법으로만 다가갈 수 있다. 즉 우리는 개별성을 통해서만 보편성에 다가갈 수 있다. 언어의 보편성을 정확히 인식하기 위해서 우리는 언어의 개별성을 연구해야 한다. 언어학에서건 인류학에서건 이러한 보편성과 개별성은 중요한 역할을 한다. 그래서 우리는 항상 언어원형과 세계관을 나누어 고찰할 뿐 아니라 결합시켜 연구해야 한다.

---

56) Humboldt 1988 III:20.

7) 참고문헌

Borsche, T.: 1981. Sprachansichten. Klett-Cotta:Stuttgart.

Humboldt, W.v.: 1904ff. Wilhelm von Humboldts Werke. Bd. 1-17. Albert Leitzmann. Berlin:Hg. von d. Koeniglichen Akademie der Wissenschaften.

1801-02 Fragmenten der Monographie ueber die Basken In: Bd.7.

1811 Berichtungen und Zusaetzen. In: Bd.3.

1820 Ueber das vergleichende Studium. In: Bd.4.

1821 Versuch einer Analyse der Mexicanischen Sprache. In: Bd.3.

1824-6 Grundzuege des allgemeinen Sprachtypus. In: Bd.5.

1827 Ueber den Dualis. In: Bd.6.

1827-9 Ueber die Verschiedenheiten des menschlichen Sprachebaues. In: Bd.6.

1827-9 Von dem grammatischen Baue der Sprachen. In: Bd.3.

1830-5 Ueber die Verschiedenheit des menschlichen Sprachbaues und ihren Einfluss auf die geistige Entwicklung des Menschengeschlechts (Kawi Einleitung). In: Bd.7.

Humboldt, W.v.: 1988 Werke in fuenf Baende. Hg. von Andreas Flitner und Klaus Giel. Darmstadt:Wiss. Buchges.

Ivo, H.: 1986. W.v.Humboldts Sprache des Diskurses. Zwischen Weltansichten und allgemeiner Grammatik. In: Kodikas. Ars Semiotica 11. 67-104.

Jost, L-S.: 1960. Die Auffassung der Sprache als Energeia. Paul Haupt:Bern.

Scharf, H-W.: 1994. Das Verfahren der Sprache: Humboldt gegen Chomsky. Paderborn:Schoeningh.

Schmitt, L.: 1973, Wortfeldforschung, Wibu:Darmstadt.

Schneider, F.: 1995. Der Typus der Sprache. Nodus:Muenster.

Weisgerber, L.:

    1930, Neuromantik in der Sprachwissenschaft.

    1954, Die Sprachfelder in der geistigen Erforschung der Welt, Festschrift J. Trier 1954, S.34-49.

    1962. Grundzuege der inhaltbezogenen Grammatik. Schwann:Duesseldorf.

    1971. Die geistige Seite der Sprache und ihre Erforschung. Schwann: Düsseldorf.

Werlen, I.: 1989. Sprache, Mensch und Welt. Wi-Bu:Darmstadt.

7. 번역은 낯설게 하는 것이 좋다 - 번역관

"번역이 낯섬(Fremdheit)의 색채를 지니고 있다는 사실은
이러한 생각(번역은 원문에 충실해야 한다는 생각:역자
주)과 필수적으로 연결되어 있다. 하지만 어떤 것이 확실
히 잘못된 경계선인가는 여기서 쉽게 확정할 수 있다. 낯
섬(Fremdheit)이 아니라 낯선 것(das Fremde)이 느껴지는 한
은 그 번역은 목적을 달성한 것이다. 그러나 낯섬
(Fremdheit)이 나타나고 낯선 것(das Fremde)이 가리워 진다
면 번역자는 자신의 원전에 대하여 충분히 이해되지 않
았음을 드러내는 것이다."

GS VIII:132

번역이란 등가성(Aequivalenz)[1]을 가지며 원전과 동일해야 한다고
주장하는 견해가 있으며[2] 등가성이란 환상이라고[3] 주장하는 학자

1) 이 용어는 "Angemessenheit 적합성", "Adäquatheit 적정성", "Gleichwertigkeit 동가
성" 등으로 이해된다. 이 개념에 대해서는 Snell-Hornby 1994: 14~16쪽, Stolze
1997: 108~110을 참조.
2) Lehmann 1981:288.

도 있다. 번역에서 매우 중요한 개념인 이 등가성에 따라서 번역의
이론들이 등가성을 찬성하는 쪽과 반대하는 쪽 사이에서 스펙트럼
을 형성하면서 퍼져 있는데 이곳에서는 이 등가성에 대해서 다루지
는 않는다. 단지 번역의 가능성과 훔볼트 언어사상과의 상관성을 검
토하기 위해서 우리는 등가성이라는 개념을 인정하고 그에 따라서
어떤 언어에서 다른 언어로의 번역 가능성을 수용하는 입장에서 접
근하고자 한다.

어떤 언어가 다른 언어로 번역이 가능하다고 한다면 거기에는 등
가성이 좁은 의미에서건(어휘, 문법 측면) 넓은 의미에서건(내용, 텍
스트 측면) 존재하는데, 번역이 완성되었을 때 어휘 문법적 등가성
만이 존재하거나 내용적 등가성만이 존재하거나 이 둘 다 존재할 수
있어서 그것의 결과는 다양하다. 그러나 나이다 E. Nida에 따르면
"번역이란 출발언어들을 위한 가장 좋은 대상체를 수용(목표)언어
안에서 만들어 내는 것이다. 우선은 의미에 관한 것이고 다음은 문
체에 관한 것이다."[4]

나이다에 의하면 모든 언어는 그들의 세계상과 연관되어 있어서
번역에서는 그 형식만 바꾸고 내용은 그대로 전하는 것이 최상이다.
"모든 언어진술은 다른 언어로도 가능하다. 왜냐하면 형식이 복음(福
音)을 기본적으로 구성하는 요소가 아니기 때문이다."[5]

번역이란 단지 언어간의 내용 이동이므로 형식을 고려할 때만 등

---

3) Snell-Hornby 1994:14.
4) Nida 1969:12.
5) Nida/Taber 1969:4.

가성의 차이가 있고, 그래서 나이다는 이를 형식적 등가성과 동적 등가성으로 구별한다. 형식적 등가성은 형식과 내용을 고려하면서 메시지 자체에 주목하고, 동적 등가성번역은 표현을 완전히 자연스럽게 하는 데에 주안점을 두며 그 해당 문화맥락 안에서 수용되도록 변형시키는 것이다.[6] 이 동적 등가성은 *"similar significance"*(비슷한 의의)란 의미로 사용되는데 해당 문화적 개념으로 기능적 적응을 하게 하는 것이다.[7] 바로 이 동적 등가성의 원칙에 따라서 번역하는 것이 바람직한 번역이 될 것이다.

이런 번역의 등가성의 견해를 토대로 훔볼트의 번역관을 살피어 보자. 훔볼트는 원래 세계의 언어란 세계관의 차이에서 생겨난 결과로 보는데 그러기 때문에 언어의 번역은 어떻게 보면 어휘, 문법, 텍스트에서 다 불가능하게 보인다. 그러나 그의 세계관은 『아가멤논 서문』에서 나온 번역의 견지에서 "das Fremde"(낯선 것)[8]가 드러날 때 극복될 수 있다. 그래서 여기서는 그의 언어관을 고찰하고 나서 『아가멤논 서문』에 나온 번역관을 살피고 그의 독자적인 번역에 대한 이해를 살펴보려 한다.

---

6) Nida 1969:12.
7) Stolze 1997: 104. 루터의 성경번역은 이 동적 등가성에 근거한 독일어화의 작업이었다. 마틴 루터의 「Sendbrief vom Dolmetschen」참조, in: Störig 1963: 14-32.
8) 이 개념에 대해서는 다음 장을 참조.

1) 언어란?

홈볼트가 언어일반에 관심을 갖기 시작한 것은 1799년 스페인의 마드리드에서부터인데, 그가 그곳에서 아우구스트 볼프(1759-1824)에게 쓴 편지에 자세하게 기술하고 있다. 당시에 그는 스페인과 바스크 나라를 여행하고 있었는데 여행이 끝난 1년 후에 1801년에 「바스크 단편」을 쓴다. 그 때부터 홈볼트는 35년간 지리하게 언어에 대한 일반적인 고찰과 관찰을 거듭한다. 그중 가장 중요한 언어에 대한 홈볼트의 관찰결과는 1820년에 『**여러 시대의 언어발달과 관련 있는 비교 언어연구에 대하여** Ueber das vergleichende Sprachstudium in Beziehung auf die verschiedenen Epochen der Sprachenentwicklung』에 나와 있다. "언어의 상이성은 기호나 음성의 상이성이 아니고 세계관 자체의 상이성이다."⁹⁾

홈볼트가 언어란 상이한데 그 상이성이 세계를 보는 시야의 차이에서 나온다는 견해를 지향하게 된 것은 언어가 단순히 사물을 표시하기 위한 수단이 아니며 또한 단순히 의사소통의 수단도 아니고 보다 본래적인 기능인 인지의 수단이라는 생각에서 비롯된다.

> "인간정신에 의해 작업될 수 있는 영역으로서 모든 인지 가능한 것은 모든 언어들 사이에 놓여 있으며 언어들과 무관하게 한 가운데 놓여 있다; 인간은 이러한 순수한 객관적 영역에 자신의 인식방법과

---

9) GS IV:28.

느낌방식에 따라서만, 즉 주관적 방법으로만 접근할 수 있다."[10]

이 인용을 통해서 우리는 주관적 방식으로 객관적 영역에 접근할 수 있음을 알 수 있다. 이는 언어들이란 주관적 방식을 통해서 객관성에 이른다는 말이다. 이러한 언어의 상대성은 바로 언어의 인지적 기능으로부터 유래하는데 인지는 소리로 구체화되고, 언어가 사고와 소리의 동시적 과정이기 때문에 훔볼트는 언어생산을 성찰과 분절의 통합으로 부르기도 한다.

"사람에게는 두 개의 영역을 동시에 가지고 있는데 이 영역들에 따라서 유한한 수의 구별요소로 나눌 능력이 있고 이 요소들을 무한대로 연결할 능력이 있다. 그리고 이 영역에서 모든 요소는 언제나 그 요소에 속하는 요소에 대한 관계로서 자신의 고유한 성격을 나타낸다. 인간은 정신적으로 성찰을 통해서, 음성적으로[11] 분절을 통해서 이러한 영역들을 나누는 힘을 가지고 있으며 이 부분을 다시금 이성의 통합을 통해서 정신적으로 연결하고, 음절을 낱말로, 낱말을 말로 통합시키는 음성을 통해서 음성적으로 연결하는 힘을 가지고 있다."[12]

언어가 인식적 개념이라는 사실은 19세기에는 그렇게 확고한 생각이 아니었다. 훔볼트는 베이컨, 라이프니츠, 콩디약, 헤르더 이래

---

10) GS IV:28.
11) 훔볼트의 저서에는 '육체적'이라고 써 있는데 이는 넓은 의미에서 발성을 하는 인간 신체기관의 모든 종합작용을 의미하고 있다. 그래서 문맥상 '음성적'이란 말이 더 적합한 것 같아 그렇게 번역한다.
12) GS IV:4.

로 철학에서 성숙되고 있었던 생각들을 자신의 저서에서 재차 확인하였다. 헤르더는 철저한 인지주의자였다. 그는 자신의 언어기원가설에서 언어와 사고는 동일하다고 지적하였지만[13] 이러한 언어를 인지적인 대상으로 보는 구상은 당시에는 그렇게 환영받지 못했다. 왜냐하면 언어의 전통적인 관점이 언어를 의사소통도구로서만 보려는 견해에 경도되어 있었기 때문이다. 그러나 헤르더는 언어의 일차 기능을 의사소통보다는 오히려 인지로 이해했다.[14]

헤르더에 영향을 받은 훔볼트는 "언어는 생각을 만들어내는 기관"[15]이라고 말함으로써 언어의 인지적 기능을 다음과 같이 보다 자세히 서술했다.

> "사상과 낱말의 상호적인 의존성을 통해 언어가 이미 알려진 수단을 타나내는 수단이 아니고, 전에 이미 알려지지 않은 것을 발견하는 수단임이 명백하다."[16]

언어와 사고는 서로 종속적이고 언어는 어떤 것을 독자적으로 나타내는 것이 아니고 사고와 서로 보완적이다. 이 두 가지는 생성적인 과정에 있다. 언어는 진리를 발견한다. 다시 말하면 "정신의 소유물로 세상을 개조"한다.[17]

---

13) Herder 1772:44.
14) Dobbek 1969, 안정오 1996 및 2000 참조.
15) GS VII:53.
16) GS IV:27.
17) GS IV:420.

이것이 훔볼트가 말하는 분절된 음성을 사고의 표현으로 만들 수 있는 정신의 작업이다.[18] 이 분절된 언어를 통해서 언어의 개념과 객관성이 생긴다.

> 주관적인 행위는 사고에서 객체를 형성한다. 왜냐하면 표상의 어떤 종류도 이미 존재하는 대상을 단순히 수용하는 관점으로 고찰될 수 없기 때문이다. 감각의 행위는 정신의 내적 행위와 통합적으로 연결되어야 하며 이러한 연결에서부터 표상이 나오게 되며 주관적 힘에 대면해서 객체가 되고 그런 것으로서 새로이 인지된 채로 주관적인 힘으로 되돌아간다. 이를 위해 언어가 필수적이다. 왜냐하면 언어 안에서 정신적인 노력이 입술을 통해 길을 만듦으로써 그것의 생산이 자기 귀로 되돌아가기 때문이다. 즉 표상은 그래서 주관성에서 추출되지 않고 객관성으로 넘어간다. 이것을 언어만이 할 수 있다.[19]

이것을 가능하게 하는 것은 칸트가 말한 바 있는 인간 오성에 필요한 두 개의 "감성력"인데 육감과 이성이다. 훔볼트의 말대로 나의 낱말이 다른 사람의 입으로부터 재 발성될 때만 언어(그리고 사고)의 객관화는 종결될 것이다.

2) 세계관과 상대성

사고가 언어를 통해서 창조되는 과정은 어디서나 동일하지 않다.

---

18) GS VII:46 참조.
19) GS VII:55.

훔볼트가 말하는 사고로서의 언어의 실현에서 첫 번째 단계는 "인지"라고 한다면 두 번째 단계는 정신의 보편적인 것을 고정시키는 일이다. 그러나 진리의 발견인 이 과정은 세계 어디서나 동일하지 않다. 모든 언어화과정이 상대적이라는 말이다. "사고는 언어 일반에만 종속적이지 않고 어느 정도는 개별 언어에 의해서도 결정되어진다."[20]

이 "어느 정도"란 말이 바로 세계상의 상대성 정도를 답해줄 수 있는 말이다. 이 상대성을 토대로 훔볼트는 "언어의 상이성은 음성과 기호의 상이성이 아니고 세계관 자체의 상이성이다. 여기에 모든 언어연구의 마지막 최후의 목적이 있다."[21]라고 까지 표현한다.

언어는 인지적 과정이면서 진리발견의 과정인데 이러한 과정들이 개별 언어에 따라서 역사적으로 다르게 일어나기 때문에 모든 언어는 나름대로 다른 진리를 발견한다. 그러한 상대적 진리가 훔볼트가 말하는 소위 세계관이다. 언어가 인지적으로 기능한 후 역사적으로 실현되면 세계를 보는 상이한 시야들을 만들어 낸다. 그런 세계를 보는 시야에 대한 연구가 훔볼트에서는 언어학의 최종목표이다. 다시 말하면 세계를 보는 방법의 발견이 순수언어학적 연구의 시작이다.

모든 언어는 각각 나름대로 상대적으로 작업을 하지만 완전히 다른 것은 아니고 어느 정도만 다르다. 이를 훔볼트는 <u>문법적</u>으로나

---

20) GS IV:21.
21) GS VI:27.

어휘적으로 다르다고 말한다. 언어의 문법적인 부분은 물론 어휘적인 부분에서도 "완전히 선험적으로 규정된 그리고 특별한 언어의 모든 조건과 구별될 수 있는 일련의 것들이 있다."[22]

이것들은 언어의 미시적 견해에 속하는 문법요소들인데 세계관은 바로 이곳에서 발견될 수 있지만 일반적으로는 거시적으로 시야를 넓혀서 세계관을 다른 곳에서 찾아 낼 수 있다. 훔볼트는 한편으로는 모든 사람에게 일반적이고 인간 육감을 통해 지각되는 외부 세계가 있다는 사실과, 다른 한편으로 모든 인간에게 일반적인 내적인 세계가 있다는 사실을 인정하고 있다. 그는 칸트의 방식대로 내적 세계가 범주들에 의해 유산처럼 후손들에게 넘겨지기 때문에 사고의 법칙은 인류에게 동일하다는 것이다. 이러한 범주들을 훔볼트는 철학적 보편문법의 범주로 이해한다. 그래서 훔볼트는 이 철학적인 문법을 거부하지는 않고 단지 현존하는 보편문법(예를 들어 포트로얄 문법)을 향해서만 비판적이다. 이 보편문법은 언어의 미비하고 불만족스런 지식에 근거하고 있기 때문이다. 그러나 그는 언어와 사고의 보편적인 범주가 존재함을 인정한다. 예를 들어 그에 의하면 동사나 인칭대명사 같은 범주는 보편범주에 속한다. 그래서 비교언어연구는 실존언어들의 경험적 연구인데 이것들 너머에 철학적 문법이 존재한다. 그렇다고 이 선험적인 한계가 언어들의 상이성을 완전히 제거할 수는 없다. 그래서 훔볼트는 "그와 반대로 그들 언어의 개별성 안에 긴밀하게 얽혀져 있는 수많은 개념들과 문법적 단위들

---

22) GS IV:22.

이 존재한다"[23]라고 말한다.

개별적인 구조와 문법적인 특성이 모든 언어의 세계관을 이룬다. 다시 말하자면 세계관이란 언어의 한 부분이 아니고 전체에 의해 주어진 어떤 것이다. 그래서 세계관에 대한 연구는 하나 혹은 여러 개의 흥미 있는 특징적인 언어현상을 지적하는 것이 아니다. 미국 언어인류학자인 **벤자민 리 워프** Benjamin Lee Whorf 는 몇 개의 언어현상(시간현상)만을 집중적으로 연구했는데[24] 훔볼트에 의하면 이 연구결과는 세계관이 아니다. 그래서 훔볼트는 언어의 내적 연계성을 연구할 것을 요구한다. "그래서 첫 번째 규칙은 언어의 내적 연계성 안에 있는 모든 언어를 연구하고, 그 안에 나타나는 모든 유추를 추적하고 체계적으로 정리하는 것이다."[25]

언어학의 주된 과제는 어떤 언어의 문법과 어휘의 연계성을 나타내 보이는 것이다. 대부분 언어의 문법은 그리스어나 라틴어 문법에 따라서 서술되어져 있는데 이를 통해서 서술된 문법을 각 언어의 특성을 무시한 방식이다. 훔볼트에 의하면 가장 좋은 방식은 언어를 세계상에 따라서 서술하는 것이다.[26]

각 언어들의 특성이란 문법과 어휘로 나타내진다.[27] 그러나 세계

---

23) GS IV:22.
24) Whorf 1956 참조.
25) GS IV:10.
26) 구체적인 예로 헤니히 브링크만은 『독일어, 형성과 성능, Die deutsche Sprache, Gestalt und Leistung』(1962)에서 독일어를 전통문법에 따라서가 아니라, 세계 상을 구성하는 내용에 따라 서술하고 있고, 레오 바이스게르버는 『언어연구의 네 단계, Die vier Stufen in der Erforschung der Sprachen』(1963)에서 이에 대한 구체적인 예를 제시하고 있다.

관으로 언어를 고찰해서 연구하는 것은 언어의 어휘와 문법의 구조적 서술로 끝나지 않는다. 문학에서 언어의 사용에 대한 연구가 계속되어야 한다. 문학적인 용법만이 세계상에 대한 명쾌한 통찰을 할수 있다. 이것을 통해서 우리는 훔볼트를 제대로 이해할 수 있다.

훔볼트가 말하는 언어는 어휘와 문법에만 한정되는 것이 아니다. 그래서 훔볼트는 "문법과 어휘는 학문적인 분석을 통해서 나온 죽은 인조물"[28]이라고 말하고 있으며 "언어는 연결된 언사에만 존재한다. 문법과 사전은 언어의 죽은 해골에 불과하다"[29]라고 말한다.

훔볼트의 "언어" 개념은 보다 넓은 의미에서의 언어인데, 담화나 텍스트를 말한다. 방금 언급한 언어의 세계관은 텍스트에서, 더 정확히 말해서 텍스트를 많이 생산해 냄으로써 잘 발견될 수 있다. 훔볼트에 의하면 전체적으로 짜여진 텍스트에서만 세계관은 제대로 파악될 수 있다. 훔볼트의 견해에 따르면 언어의 구조적 서술만을 한다면 해당 언어를 말하는 민족의 정신에 대하여 말하기는 매우 어려울 것이다. 내용을 담고 있는 텍스트가 세계관을 보다 정확히 말해준다. 훔볼트의 언어연구계획에 의하면 세계관은 문학의 발달을 토대로만 가장 잘 연구될 수 있다. 즉 언어를 민족정신으로 보는 그의 견해는 바로 언어가 문법과 어휘를 넘어서 해당 언어로 쓰여진

---

27) 예를 들어서 어휘측면을 보면 산스크리트어에서 코끼리는 "두 번 마시는 동물, 이를 두 개 가진 동물, 한 손으로 행동하는 동물"(VII:89)로 표현된다. 더 나가서 같은 말을 나타내는 "Pferd, equus, hippos, 말, 馬" 등의 낱말도 주변 상황에 따라서 연상되는 것이 다르고 언제나 동일한 대상을 나타내지 않는다.

28) GS VII:47.

29) GS VI:148.

짜여진 텍스트이기에 가능하다.

언어의 구조에 그 세계관이 내재해 있다는 것은 상당한 무게를 얻었다. 하지만 많은 연구들이 주로 부분적으로 세계관이 나타나는 언어의 "특성"에 집중되고 있는데 담화 혹은 텍스트에 세계관이 보다 많이 나타나므로 이를 더 주목해야 한다. 우리는 각 언어들의 문법, 어휘 그리고 텍스트를 비교해 봄으로써 세계관이 얼마나 상대적이고 상이한가를 알게 될 것이다. 언어마다 다른 상대적인 세계관을 통하여 우리는 보편적인 과제를 특별한 방식으로 그리고 역사적으로 상이한 방식으로 처리한 여러 가지 언어들을 만날 수 있다. 그러므로 언어의 다양성은 훔볼트의 사상에서는 바벨탑의 저주가 아니고 축복이다. 모든 언어는 나름대로 새로운 것을 발견해 내기 때문이다. 그래서 언어가 모든 민족마다 다른 현상을 넘어서 개인적인 상이성으로까지 넘어간다. 훔볼트는 언어의 상대성을 매우 긍정적으로 평가한다:

> "세계에 나타나는 정신이 어떤 주어진 수의 견해를 토대로 다 알려질 수 있는 것이 아니고 새로운 것은 어떤 새로운 것을 항상 발견하기 때문에 지구에 사는 사람들의 수만큼 많은 상이한 언어들을 만들어 내면 오히려 좋을 것이다."[30]

이러한 언어의 다양성은 인지적인 부요함이다. 모든 개인들은 자기 자신의 언어를 가진다. 그래서 "모든 이해는 동시에 이해하지 못

---

30) GS III:167 이하.

함이다."[31] 각 인간들의 인지가 풍부함에 따라서 의사소통이 방해될 수 있다. 그러나 인지적 부요함과 다양성은 의사소통이 일어나야 할 필수적인 조건이다. 우리가 다 동일한 생각을 하고 동일한 언어를 가지고 있다면 의사소통할 필요가 없기 때문이다.

훔볼트의 견해에 따르면 이러한 개인적인 언어와 세계 모든 언어는 나름대로 다 동등한 가치가 있다. 그래서 모든 세계 언어는 상대적이지만 서로 우열을 가릴 수 없다.

> "그러나 가장 원시적 민족의 방언도 자세히 분석해 보면 자연의 매우 순수한 작품이다. 이 방언은 유기체적 특성을 지니고 있다. 그리고 사람들은 이 방언들을 이런 것으로 다루어야 한다."[32]

모든 언어가 동등하다는 이러한 견해는 당시에 주류를 이루고 있었던 언어의 진화론에 반대한 충격적인 발언이었다. 다시 말하자면 가장 진화된 그리스어나 라틴어는 매우 우수한 언어이고 나머지 언어는 그렇지 않다는 생각이 당시에 매우 지배적이었다. 그렇지만 훔볼트의 언어사상은 언어의 다양성과 상이성을 긍정적으로 보는 것이고 이것을 토대로 세계관을 연구하는 것이 언어학의 주된 목적이라 할 수 있다. 이 세계관에 의해 모든 민족과 소속구성원의 생각이 결정될 수 있다. 세계관이 우리의 인지에 매우 결정적이라는 말이다. 언어가 민족정신을 결정한다는 사실은 매우 확실하다. 언어는 사고

---

31) GS VII:64.
32) GS IV:10.

의 사물이므로 특별한 민족의 사고에서 나온 특별한 생산물이다.

언어는 일차적으로는 "말하기 행위"이지만 문법, 어휘의 힘을 극복하는 개인의 창조적 행위이다. 그러나 "언어는 개별인간의 자유로운 생산물이 아니고 언제나 전체 민족에 속한다".[33] 한 언어공동체를 민족이라고 이해할 수 있는데 훔볼트는 언어를 민족의 고유한 것으로 이해한다. 그래서 이 언어는 민족마다 다르게 전해지고 모든 상황과 문화유산을 상이한 방식으로 실어 나른다.

이런 민족과 문화와 결부된 언어를 번역한다는 것은 훔볼트의 사상에서는 어떻게 보면 매우 어려운 일이다. 더구나 시나 은유를 담은 텍스트를 번역할 때는 더욱 그럴 것이다.

3) 『아가멤논 – 서문』에 나타난 번역관

훔볼트는 그리스 고전들을 섭렵하면서 몇몇 작품들에 심취하여 번역하기로 결심하고 아에쉴로스의 『**아가멤논**』이라는 작품을 수년에 걸쳐 번역하였다. 그는 이 작품을 1816년에야 독일어로의 번역을 완성하여 『**아에스킬로스의 아가멤논, 훔볼트에 의해 운율적으로 번역됨** Aeschylos Agamemnon metrisch üuebersetzt von W. v. Humboldt』라는 제목으로 출간하였다. 이 번역에 대한 서문에서 훔볼트는 자신의 구체적인 번역관을 설파하고 있다.

---

33) GS IV:25.

훔볼트의 앞에 소개된 언어관에 의하면 번역은 거의 불가능하다. 이곳에서도 그는 언어의 기본적인 입장을 다음과 같이 밝힌다.

> "모든 언어형식은 상징이다. 언어형식은 사물 자체도 아니고 약속된 기호도 아니다. 언어형식이란 그것이 나타내는 사물과 개념과 함께 그것이(언어형식) 생성된 그리고 계속 생성되는 장소인 정신을 통해서 실질적이고 신비스런 관계 속에 존재하는 소리들이고, 대상들을 현실과 동일하게 이상 안에 용해시켜 함유하고 있으며, 어떤 경계가 생각될 수 없는 방식으로 그 대상들을 바꾸고 규정하고 나누고 연결할 수 있는 소리들이다."[34]

그는 언어란 상징이면서 정신을 통해 사물과 개념이 혼합되어서 생기는 신비스런 관계라고 한다. 여기서 우리는 그의 언어의 초기호적인 성격을 읽을 수 있다.[35] 그래서 정신을 배제하고는 전혀 이해될 수 없는 것이 언어이고 생성방식이 현실이나 상황에 매우 밀접하게 결부되어 있다. 이러한 언어들을 서로 번역해내는 것은 훔볼트의 언어관에서는 불가능한 일이다.

하지만 훔볼트는 번역이란 필요한 일이라고 주장하고 문학작품 번역이 가장 필수적인 작업이라고 주장한다. 왜냐하면 외국의 언어를 잘 알지 못하는 사람들에게 예술을 전하고 인류에게 완전히 알려지지 않은 형식을 알리고 언어의 의미와 표현능력의 확대를 위해 이러한 번역이 꼭 필요하기 때문이다.[36] 이러한 맥락에서 훔볼트에 의

---

34) GS VIII:131.
35) Schmitter 1987 참조.

하면 번역을 제대로 하려면 원문에 충실해야 한다. 왜냐하면 언어는 민족의 정신이기에 원전의 성격에 동떨어져 있다는 것은 원전에 적합한 내용이 될 수 없기 때문이다.

> "번역이 낯섦(Fremdheit)의 색채를 지니고 있다는 사실은 이러한 생각 (번역은 원문에 충실해야 한다는 생각:역자 주)과 필수적으로 연결되어 있다. 하지만 어떤 것이 확실히 잘못된 경계선인가는 여기서 쉽게 확정할 수 있다. 낯섦(Fremdheit)이 아니라 낯선 것(das Fremde)이 느껴지는 한은 그 번역은 목적을 달성한 것이다. 그러나 낯섦(Fremdheit)이 나타나고 낯선 것(das Fremde)이 아마도 가리워 진다면 번역자는 자신의 원전에 대하여 충분히 이해되지 않았음을 드러내는 것이다."[37]

여기서 낯섦(Fremdheit)이란 말 그대로 낯선 어떤 것이다. 사전의 의미대로 사람이나 상황에 대하여 익숙하지 않고 민감하고 어색한 그 무엇이다.[38] 그러나 문맥상 이 "Fremdheit"는 매끄럽지 못한 표현 이라고 할 수 있다. 이 낱말은 다음에 나오는 "das Fremde"(낯선 것) 라는 낱말과 대조되고 있는데 훔볼트의 견해에 따르면 번역에서 이 "Fremdheit"가 나타나면 번역은 실패한 것이고 "das Fremde"가 나타나 면 번역은 소기의 목적을 달성했다고 본다.

문맥상 "das Fremde"는 형용사 "fremd 낯선"(unbekannt 알려지지 않은, nicht vertraut 익숙하지 않은, ungewohnt 습관이 되어 있지 않은,

---

36) GS VIII: 130 참조.
37) GS VIII:132.
38) Duden Wörterbuch 1983:434~435.

einem anderen gehörend 다른 사람에게 속하는, einen anderen betreffend
다른 사람에 해당되는)의 명사형으로서 알려지지 않고 익숙치 않으
며, 다른 사람이나 다른 것에 해당하는 낯선 것을 말한다. 여기에서
는 내용적으로 보아서 일반적으로 이해할 수 없는 어떤 새로운 내용
을 담은 전반적인 텍스트에서 풍겨 나오는 것을 "das Fremde"라고 볼
수 있다. 그래서 번역은 번역판을 읽는 사람들에게는 낯선 표현으로
느껴지는 것이 아니고 "낯선 것"(das Fremde)으로 느껴져야 한다. 즉
번역에 외형적 낯선 느낌이 나타나지 않고 내용적인 낯설음이 느껴
져야 번역자가 번역에서 원전에 충실하였음을 보여주는 것이다.

그러나 어떤 번역자는 가끔 이 낯섬을 버리고, 완전히 독자를 생
각한 용해된 말로 번역하려고 하기도 하는데 이는 너무나 위험할 수
있다. 이를 훔볼트는 다음과 같이 경고한다.

> "만일 이상한 표현이 두려워서 낯선 느낌을 피하려 한다면 다시 말
> 해서 원전을 번역자가 자신의 언어로 쓴 것처럼 그렇게 하려 한다면
> 그 번역은 언어와 민족 간의 관계를 파괴하는 것이다."[39]

훔볼트는 이러한 기본적인 생각을 실현하기 위해서 『아가멤논』을
단순함(Einfachheit)과 **충실함**(Treue)으로 번역을 했다. 즉 군더더기 없
이 원전에 충실해서 번역하려 했다. 모든 텍스트를 번역할 때 그는
언제나 원전에 충실하려 노력했다. 그러나 독일어 같지 않은 표현은

---

39) GS VIII:133.

멀리 했으며 애매한 표현으로부터 탈출하려고 시도했다. 그에 의하면 번역이란 절대 애매한 낱말을 사용해서도 안되고 잘못된 문장구조를 통해 오해를 불러 일으켜도 안 된다. 그렇지만 원전이 명확하게 말하지 않고 은유 같은 것으로 표현되어 있으면 번역가는 텍스트를 명확하게 하기 위해서 부당하지만 그 구조를 약간은 바꿀 수 있을 것이라고 주장한다.[40]

원전에 최대한으로 충실하려고 한 것이 훔볼트의 번역태도이다. 그는 심지어 번역자들이 가끔 감정에 따라서 임의적으로 선택하는 절충적인 방식을 증오하기도 했다. 그러나 고전적인 시를 번역함에 있어서는 어느 정도 자유가 번역가에게 있어야 소기의 목적을 달성한다고 한다:

> "여기서만(즉 고전시가들을 번역하는 자는 자주 많은 자유로움 속에서 번역을 해야 하는데 바로 이런 자유로움 안에서; 역주) 번역가는 자기 자신에 대해 자기 희생과 엄격함이 있어야 한다. 그는 보다 나은 후임자가 나타나기를 희망하면서 약간의 변화를 추구할 수 있다. 왜냐하면 번역은 주어진 시점에서 언어의 상태를 조사하고 규정하고 그 상태에 영향을 미쳐야 하는 작업이고, 지속적인 작업으로서 언제나 새로이 반복되어야 하는 작업이기 때문이다."[41]

번역자는 자신의 의사를 억누르고 희생해야 하며 표현에서 엄격해야 한다. 독자가 좀 더 잘 이해하기를 바라는 견지에서만 약간의

---

40) GS VIII: 134 참조.
41) GS VIII:137.

변화를 추구할 수 있다. 그리고 더 나은 번역은 후임자에게 넘겨야 한다. 번역이란 영원히 반복되는 작업이기 때문이다.

홈볼트 번역관에서 특이한 것은 번역의 유연성이다. 번역은 일단 하나의 작품이지만 "지속적인 작품"(dauernde Werke)으로 이해한다. 즉 번역은 언제나 바뀔 수 있고 개선되어야 한다는 것이다. 왜냐하면 번역이란 어떤 시점에서 언어의 상태를 규정하는 것이기 때문이다. 이는 언어의 유기체적 성품을 그대로 반영한 것이며 번역의 고정된 개념에 반대되는 생각이다.[42]

홈볼트는 시를 번역할 때 그 안에 살아 있는 운율의 번역을 매우 중시했는데 일반적으로 보통사람이 어떤 외래어의 리듬을 느낀다는 것은 매우 어려운 일이기 때문이다. 전문가들의 도움 없이는 보통사람들이 외국어의 리듬을 느끼는 것은 전혀 불가능하다. 그래서 홈볼트는 『아가멤논』 번역에서 그러한 리듬을 충실하게 전하기 위해서 대명사와 전치사들을 축약을 했고, 접속사들, 불변화사들 그리고 접미사들도 상황에 맞게 장단을 조절하였다. 그에 의하면 번역에서 강세가 잘못 주어지면 이 역시 잘못된 번역이기 때문에 강세나 장단까지도 고려하여 『아가멤논』을 번역했다.[43]

이러한 여러 가지 사항을 고려하여 홈볼트는 1796년에서 1804년까지 8년 동안의 긴 시간을 이 번역에 투자했다. 그럼에도 매년 그 작품을 교정하고 다듬는 데 시간을 많이 보냈다. 그래서 홈볼트에서

---

42) GS VII: 46 참조.
43) GS VIII: 146 참조.

번역이란 원전에 충실해야 하는 매우 정교한 작업이지만 새로운 창조이면서 지속적인 작업으로 이해될 것이다.

4) 나오는 말

훔볼트의 언어사상과 번역관은 서로 상충되는 것처럼 보인다. 왜냐하면 그에 의하면 언어 세계관의 상이성 때문에 언어는 전혀 번역이 불가하기 때문이다. 예를 들어 그는 언어는 인지의 수단이므로 각 개인이 다르고 민족이 다르다고 말하는데 민족마다 그 언어는 이해가 불가하고 심지어 개인이 말하는 것도 어떻게 보면 "이해 못 하기"라고 주장한다. 그래서 그에 있어서 "번역"(여기서 번역은 "Dolmetschen"과 "Uebersetzen"을 합친 영어의 "Translation"의 개념에 해당한다)은 전혀 상상할 수 없다.

훔볼트는 예를 들어 어휘에서 각 나라의 어휘마다 위치가치가 있어서 어휘의 정확한 번역은 불가능하다고 주장한다. 문법에서도 쌍수의 예를 들어 그는 수의 개념이 다르다고 한다.[44] 그래서 세계상이 가장 잘 나타난 텍스트의 번역은 더욱 어려울 수 있을 것이다.

훔볼트가 『아가멤논』을 번역한 1794~1804년까지 그의 언어관은

---

44) 나중에 훔볼트의 후계자인 바이스게르버는 자신의 논문(Weisgerber 1929 참조)에서 문법의 상이성을 보여준 바 있다. 워프는 인디언 호피족의 시간개념을 들어 보편유럽언어와 인디언 호피언어의 시간 표현의 차이를 증명해 보여준 바 있다

번역에 대한 생각들과 동시적으로 형성되었다. 그래서 그는 언어관과 번역관을 분리시켜 발전시키지 않았다. 이것들은 서로 상호보완적이고 일치되는 의견 안에 있다.

그는 번역이란 원전에 충실해야 하고 번역된 문장은 단순해야 한다고 주장했다. 이는 번역의 가능성을 제시하는 것인데 아무리 세계관이 달라도 번역할 수 있는 부분이 있다는 말이다. 그래서 어휘에서도 기본 대상 어휘는 1:1 번역이 가능하고 추상어들은 조금 더 깊은 사고를 하면 가능하다고 한다.

그의 번역관은 운문을 번역하는 데에서 명확히 드러나는데 운율을 번역함에 있어서 나이다가 말한 번역의 네 가지 고려 사항 중 세 번째인 "귀에 익숙한 언어형식이 쓰여진 언어 형식보다 중요하다"[45]라고 주장함으로써 번역에 유연한 태도를 보이고 있음을 알 수 있다. 즉 언어는 각기 다른 세계상이므로 절대 1:1 번역이 안 되며 형식적 번역은 더욱 불가하다.

훔볼트의 번역방식은 나이다의 동적 번역의 방식에 가깝다고 볼 수 있다. 나이다의 세 단계 번역모형을 조망해 보면 우리는 훔볼트의 번역관을 보다 잘 이해할 수 있을 것이다. 나이다의 번역모형은 다음과 같다[46]:

---

45) Nida 1969:13.
46) Nida/Taber 1969:32.

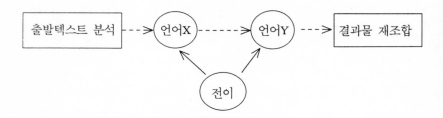

다시 말하자면 목적 언어의 형식을 맞추되 다시 그 해당문화와 정서에 맞게 내용을 재조합해야 한다는 말이다. 훔볼트는 나이다의 출발텍스트 분석에서 <u>운문과 산문을 구별했고</u>, 어떤 언어에서 다른 언어로의 전이과정에서는 <u>원전에 충실하고 번역을 단순하게 전이시킬 것</u>을 주장했으며 결과물들의 재조합 과정에서 "die Fremdheit"(낯섬) 보다 "das Fremde"(낯선 것)를 강조했다.

종합적으로 훔볼트에서 번역관은 거의 대부분 그의 초기 언어관과 그 괘를 같이 한다. 왜냐하면 그가 먼저 그리스 문학작품 원전을 번역하고 그리고 나서 언어라는 대상에 관심을 가졌기 때문이다. 이러한 맥락에서 그의 번역관을 이해할 때 우리는 그의 초기 언어관을 생각해야 하며 (그의 후기 언어관은 언어의 상이성을 극도로 강조한다) 이러한 그의 언어관을 제대로 이해할 때 비로소 아가멤논-서문에 나온 그의 번역관을 쉽게 이해할 수 있다.

결국 최종적으로 진단을 하자면 훔볼트가 이해하는 (문학작품의) 번역이란 기본적으로 <u>원문에 충실해야 하지만</u> 낯섬(die Fremdheit)이 아니라 <u>낯선 것(das Fremde)</u>이 느껴지는 동적 등가성을 드러내야 한다.

5) 참고문헌

Brinkmann, H.: 1962, Die deutsch Sprache, Gestalt und Leistung. Duesseldorf: Schwann.

Dobbek, W.: 1969, Herders Weltbild, Köln/Wien:Böhlau.

Duden Deutsches Universal Wörterbuch : 1983, Hg. G. Drosdowski. Mannheim /Wien/Zürich:Dudenverlag.

Herder, J.G. : 1772, Abhandlung über den Ursprung der Sprache. Stuttgart: Reclam.

Hornby, M.S. : 1994, Übersetzungswissenschaft. Tübingen/Basel:Franke.

Humboldt, Wilhelm von : 1816, Einleitung zu Agamemmnon. In: Störig, H-J. : 1963, Das Problem des Übersetzens. S.71-96.

Humboldt, Wilhelm von : 1820, Über das vergleichende Sprachstudium in Beziehung auf die verschiedenen Sprachentwicklung In: Werke in fünf Bänden (Hrsg. Andreas Flitner und Klaus Giel). Bd.III, S.1-25.

Humboldt, Wilhelm von : 1876-80, Über die Verschiedenheit des menschlichen Sprachbaues und ihren Einfluß auf die geistige Entwicklung des Menschengeschlechts (Hrsg. August Friedrich Pott). 2 Bde. Berlin: Calvary.

Humboldt, Wilhelm von : 1903-36, Gesammelte Schriften. 17 Bde. (Hrsg. Albert Leitzmann u.a.). Berlin:Behr.

Humboldt, Wilhelm von : 1960-81, Werke in fünf Bänden (Hrsg. Andreas Flitner und Klaus Giel). Darmstadt:Wiss. Buchgesellschaft.

Lehmann, D.: 1981, Aspekte der Übersetzungsäquivalenz, in: Kontrastive Linguistik und Übersetzungstheorie. Hg. v. W. Kühlwein/G. Thome/W. Wills. München 258-299.

Luther, M. : 1530, Sendbrief vom Dolmetschen. In : Reclam Univesal/Bibliothek Nr. 1578/78a, Hg. E. Köhler. 1960, Stuttgart.

Nida, E.: 1964, Toward a Science of Translating: With Special Reference to Principles and Procedures Involved in Bible Translating. Leiden:E. J. Brill.

Nida, E/ Taber, C.: 1969, Theorie und Praxis des Übersetzens, unter besonderer Berücksichtigung der Bibelübersetzung. Weltbund der Bibelgesellschaften.

Schmitter, P.: 1987, Das sprachliche Zeichen. Münster:Nodus.

Snell-Hornby, M.: 1994, Übersetzungstheorie, Tübingen:Francke.

Stolze, R. : 1997, Übersetzungstheorien. Tübingen:Gunter Narr Verlag.

Störig, H-J. : 1963, Das Problem des Übersetzens. Darmstadt:Wiss. Buchgesellschaft.

Weisgerber, L.: 1925-33, Zur Grundlegung der ganzheitlichen Sprachauffassung. Düsseldorf:Schwann.

Weisgerber, L.: 1963, Die vier Stufen in der Erforschung der Sprachen. Düsseldorf:Schwann.

Whorf, B. L.: 1956, Language, Thought and Reality. Cambridge:Mass.

안정오 : 1996, J. G. Herder의 언어기원이론. 인문대논집 14집. 고려대학교 인문대. 259-292.

안정오 : 2000, 헤르더의 언어관과 언어교육. 한국학 연구 13집. 고려대학교 한국학 연구소. 219-244.

8. 언어교육이 교육이다 - 교육이론

> "어디서나 언어는 한편으로는 무제한의 자연과 제한의
> 자연 사이를 중재하고 다른 한편으로는 개인과 다른 개
> 인 사이를 중재하는 중재자이다."
>
> Humboldt V:122

빌헬름 폰 훔볼트가 한국에 알려지기로는 주로 레오 바이스게르
버의 내용중심문법에 언급된 용어들(세계관 Weltansicht, 내적 언어형
식 Innere Sprachform 등)을 통해서거나, 교육학자들의 이차적인 인용
을 통해서이다. 훔볼트가 영어권에 게으르게 혹은 잘못 소개된 것처
럼[1] 이런 상황으로 인해 한국어로의 소개도 매우 느리게 진행되었
다. 그래서 1985년에야 겨우 훔볼트의 중요한 저서인 『Ueber die
Verschiedenheit des menschlichen Sprachbaues und ihren Einfluss auf die
geistige Entwicklung des Menschengeschlechts 인간 언어구성의 상이성

---

1) Trabant 1990년 10장 참조.

과 이것이 인류정신발전에 미치는 영향에 대하여』의 1-13장까지가 신익성에 의해 번역된 바 있다.[2] 이러한 미미한 훔볼트에 대한 연구에도 불구하고 최근에 나타난 논문「빌헬름 폰 훔볼트의 언어관과 언어내용연구」(1996, 이성준, 고려대『인문대논집』14)와「빌헬름 폰 훔볼트의 언어관에 나타난 언어의 본질」(1996, 이성준, 한국어내용학회 4호)이라는 논문과 1994년도에 발표된 논문「훔볼트의 언어생성연구」(안정오, 독일문학 56집)는 한국에서의 훔볼트 연구에 기폭제가 되고 있다.

그렇다고 하더라도 이러한 한국에서의 훔볼트 연구를 일본과 비교하여 볼 때는 너무나 미미한데 일본에서는 훔볼트의 주요저서인『Ueber die Verschiedenheit des menschlichen Sprachbaues und ihren Einfluss auf die geistige Entwicklung des Menschengeschlechts 인류언어구조의 상이성과 그것이 인류의 정신발달에 미치는 영향에 대하여』의 약 삼분의 일을 *오까다*가 이미 1941년에 번역한 바 있고 오*꾸치*가 1942년에 훔볼트의 편지 모음집 전체를(이 편지들은 1909년 라이츠만 Leitzmann이 간행한 훔볼트 전집 2권에 수록되어 있음) 일본어로 번역하기도 하였다. 더욱이 그의 여러 가지 단상적 논문들이 다음과 같이 1949년에 *니시무라*에 의해 일본어로 번역되어졌다.

1791, Ueber die Gesetze der Entwicklung der menschlichen Kräfte.
　　　(인간 힘의 발전법칙에 대하여)
1793, Über das Studium des Altertums, und des griechischen insbesondere.

---

2) 신익성 1985년『훔볼트』(서울대출판부) 참조.

(고대 연구에 대하여, 특히 그리이스)

1797, Über den Geist der Menschheit.

(인류의 정신에 대하여)

1797, Plan einer vergleichenden Anthropologie.

(비교 인류학의 계획)

1814, Über die Bedingungen, unter denen Wissenschaft und Kunst in einem Volke gedeihen.

(어떤 민족에서 학문과 예술이 성장하는 조건에 대하여)

1814, Betrachtungen über die Weltgeschichte.

(세계사에 대한 고찰)

1818, Betrachtungen über die bewegenden Ursachen in der Weltgeschichte.

(세계사에서 움직이는 원인들에 대한 고찰)

1821, Über die Aufgabe des Geschitsschreibers.

(역사저술가의 과제에 대하여)

일본에서는 1950에서 1970년까지 무슨 이유인지는 모르지만 훔볼트 연구논문이 간헐적으로만 나타나는데, 1984년에 『카비어 서문』 전체를 *가메야마*가 번역한 것을 포함하여 훔볼트에 대한 논문들이 1971년부터 1988년까지는 년 평균 4편씩 꾸준하게 발표되고 있다.[3]

일본의 이러한 수많은 훔볼트 연구는 본인에게 상당히 커다란 학문적인 자극이 되었고 바이스게르버를 제대로 이해하기 위해서는 꼭 선제되어야 할 학자가 훔볼트라는 두 가지 사실로 인해 본인은 홈볼트의 언어생성연구에 이어 다시 훔볼트의 중요한 테제인 **교육**

---

3) 와따나베 「Wilhelm von Humboldt in Japan 일본에서의 훔볼트」(1991) 참조, in: Multum - non multa?. Schmitter,P(Hg.). S.149~168.

과 관계되는 것을 언어본질과 관련지어 살펴보고자 한다.

홈볼트는 언어학의 창시자로 일반적으로 알려져 있다.[4] 하지만 그는 언어학에서 뿐 아니라 교육학에서도 즐겨 인용되는 언어철학자인데 이는 당시에 통용되던 언어개념과는 다른 언어의 개념설정이 인간교육과 깊은 관련이 되기 때문이다. 홈볼트는 "교육"이라는 표제어를 두고 다음과 같이 여러 가지 논문들을 저술하였다:

1) Über öffentliche Staaterziehung(1792). In: Berlin Monatschrift 20. S.597-606. (국가의 공적인 교육에 대하여)

2) Theorie der Bildung des Menschen(1793). In: W.v.Humboldts Gesammelte Schriften Bd.1. S.282-287. (인간 교육 이론)

3) Plan einer vergleichenden Anthropologie(1797). In: W.v.Humboldts Gesammelte Schriften Bd.1. S.377-410. (비교인류학에 관한 계획)

4) Physiognomien(1799). In: W.v.Humboldts Gesammelte Schriften Bd.15. S.36-43. (인상들, 관상학)

5) Über den Charakter der Griechen, die idealische und historische Ansicht desselben(1807). In: W.v.Humboldts Gesammelte Schriften Bd.7. S.609-616. (그리이스인의 성격과 그들 성격의 이상적이고 역사적인 견해에 대하여)

6) Über das Verhältnis der Religion und der Poesie zu der sittlichen Bildung(저작연대가 불확실하지만 동생 알렉산더는 1824년 이전이라고 주장함). (관습적인 교육과 시와 종교의 관계에 대하여)

7) Über den Nationalcharakter der Sprachen(1822). ZS für Völkerpsychologie und Sprachwissenschaft 13. S.211-232.

---

4) Gipper 1992:15-40. In:W.v.Humboldts Bedeutung für Theorie und Praxis moderner Sprachforschung. Nodus: Münster.

(언어와 민족의 특성에 대하여)

8) Der königsberger Schulplan(1809). In: W.v.Humboldt und die Reform des Bildungswesens(1910). (쾨닉스베륵의 학사계획)

9) Natur und Beschaffenheit der Sprache überhaupt(1830-35). In: W.v.Humboldts Gesammelte Schriften Bd.7. S.52-65. (언어 일반의 특성과 본성에 대하여)

10) Der litauische Schulplan(1809). In: W.v.Humboldts Gesammelte Schriften Bd.13. S.276-283. (리타우국가의 학사계획)

11) Über die innere und äußere Organisation der höheren wissenschaftlichen Anstalten in Berlin(저작연대가 불확실하지만 A.Harnack에 의하면 1810년 이후라고 추론됨). In: W.v.Humboldt als Staatsmann.(Hg.B.Gebhardt) 1896-1899. Bd.I. S.118ff. (베를린에 보다 높은 학문적 공공시설의 내적, 외적인 설립에 대하여)

12) Wie weit darf sich die Sorgfalt des Staates um das Wohl seiner Bürger erstrecken?(1792). In: Neuer Thalia(Hg. Schiller) 2. S.131-169. (국가는 국민의 안녕을 위하여 얼마만큼 염려할 수 있는가?)

이러한 교육에 관한 저술을 통해서 훔볼트는 직접적으로 언어와 교육의 상관성을 논구하는데 이를 규명하는 데 있어서 필요한 선결 작업은 그가 이해한 언어의 기능들이다. 그래서 이 논문에서 먼저 훔볼트가 언어를 어떻게 이해했는가를 살펴보고 언어의 교육적인 특성을 고찰해 보겠다.

1) 언어의 본질

언어의 본질은 물의 본질처럼 양면성을 지닌다. 만약 물이 세척의 기능만이 있다고 해도 잘못된 규정이 될 것이고 갈증을 해소하는 기능만이 있다고 해도 맞지 않는 정의가 될 것이다. 언어의 본질규정도 역시 의사소통만이 언어의 본질로 규정하기에는 부족함이 있다. 왜냐하면 언어는 가장 중요한 <u>사고의 기능을 가지고 있</u>기 때문이다. 이러한 언어에 대한 통상적인 사고의 일탈을 시도한 사람이 바로 훔볼트이다.

훔볼트는 바로 피히테의 논술저작들에 깊은 영향을 받아서 저술한[5] 「말하기와 생각하기에 대하여 Über Denken und Sprechen」(1795~1797)에서 언어의 사고기능을 특별히 강조하고 있다.[6] 이 저작을 자세히 살펴 보면 사고란 '생각된 것'을 '생각하는 사람'과 구별하는 것이라 했다.[7] 그리고 언어란 이 사고와 같은 맥락에서 한편으로는 사고하는 사람 자신에 독자적으로 작용하고, 다른 한편으로는 세상에 대해 중재하는 기능을 갖는다고 했다. 이는 인간이 사고행위와 세계에 대한 행위를 구별하기 때문인데, 여기서 인간은 언어를 찾는 존재로 이해된다. 이런 맥락에서 훔볼트는 다음과 같이 언급한다.

"그래서 언어의 기호는 필수적으로 음(音)이다. 그리고 인간의 모든

---

5) Stetter 1989:25~45 참조.
6) 이에 대한 언급은 안정오 1994를 참조.
7) Humboldt V:97 참조.

능력 사이에 존재하는 비밀스런 유추에 따르면 인간은 그가 어떤 대상을 자기와 분리된 것으로서 명확히 인식 하자 마자 직접 그 동일한 것을 나타낼 음을 발성해야 했다".8)

음을 발성하는 것은 인간 자신과 세계를 구별하는 행위로 간주된다. 그래서 훔볼트는 선험철학적으로 언어를 유도하려 시도하는 과정에서 인간을 이처럼 독자적인 존재로 이해했다. 인간은 자신을 생각하는 존재로 이해하고 개별적인 세계내용들을 배우고 서로 이들을 관계시킬 수 있도록 하기 위해서 자기의 생각을 고유한 자기 방식대로 작업해야 한다.

언어란 또한 시간과 관계를 가지는데, 음성이란 입체적이 아니고 선적으로 시간 선상에서만 발성되기 때문이다. 그래서 시간적이고 언어적 음성연속체는 상상된 세계내용을 자연 그대로 모사하지 않고 인간 자발적으로 진행시키므로 매우 자유로운 존재로 이해되어야 한다. 훔볼트에 따르면 언어는 우리 신체의 자유로운 조음운동이고, 이 운동 안에서 우리는 우리의 세계경험을 기안하고 기억하고 후대에 이러한 것들을 전달하게 된다.

인간이 외부세계를 자기와 분리된 것으로서 인식하고 인식한 그것을 지시하는 음을 직접 발음해야 한다는 훔볼트의 테제는 이중적의미가 있다. 사고행위와 세계행위가 바로 그것이다. 이 사고행위는 언어를 선험철학적으로 인간 주체로부터 자발적으로 도출된 것으로 이해하려 하는 것이다. "언어는 선험적이다"라는 것을 정당화시키기

---

8) Humboldt V:98.

위해 훔볼트는 언어는 인간 행위의 결과로서, 즉 일종의 <u>기호</u>로서 이해한다. 이 기호가 바로 사고와 세계를 연결시킨다.[9] 인간은 본능적으로 사고행위와 세계행위에 대한 자기 경험의 표시를 위해 어떤 자기만의 기호를 추구한다. 그러나 이 기호는 어떤 방식으로도 연역되지 않는다. 왜냐하면 언어가 이미 전제된 것으로서 존재하기 때문이다. 따라서 훔볼트는 인간과 세계 사이의 관계를 언어적 파악으로 이해하는 것을 인간이 세계와 상호 작용함으로써 발생하는 것으로 생각하지 않는다.

훔볼트는 자신의 초기 저작인 「말하기와 생각하기에 대하여 Über Denken und Sprechen」과 「프랑스에 있는 바스크 나라와 비스카야를 여행한 것에 대한 후기 Bemerkungen auf einer Reise durch Biscaya und das französiche Basquenland」에서 <u>인간존재를 언어와 동일하게 생성된 것</u>이라고 생각하였다. 그래서 그는 언어를 인간이 창조적으로 만드는 것이 아니라 이미 인간 안에 내재되어 있는 것으로 이해해야 했다. 이 언어는 역으로 인간을 교육시키는 수단이 되는데 위에 나온 두 개의 논저에서 훔볼트는 어떤 민족의 언어가 어떻게 그 민족의 교육척도가 될 수 있나를 보여주고 있다.[10] 이러한 테제는 언어의 교육적인 측면과 언어철학적 측면을 통합시킨다.

언어가 <u>교육의</u> 척도이고 수단이라는 생각은 언어를 단지 사고의 수단으로만 생각하는 것에서 탈피하여 교육적인 측면까지를 고려하

---

9) 소슈르의 견해에 따르면 이들은 각각 시니피에(Vorstellung)와 시니피앙 (Gegenstand)에 해당한다.
10) Humboldt V:115~116 참조.

고 있음을 시사해 주는데, 훔볼트는 다음의 인용에서 언어는 단독적이지 않고 사회적이며 사고의 수단일 뿐 아니라 <u>중재와 교육</u>의 수단이기도 하다고 강조한다.

> "우리가 보다 많은 여러 가지 언어들을 보다 정확하게 고찰하면 할수록 그래서 전체인류의 언어형성의 일반적인 사항을 통찰하면서, 각 개별언어들을 −이를 위해서 분할은 필수적인 사전작업이다− 어떤 특별한 민족적 특성형식의 개별적으로 정해진 표현으로서 인식하려고 노력하면 할수록 이러한 언어본질에 가까이 다가간다. 우리가 이러한 방법을 정확히 따른다면, 분명히 단순한 언어연구의 경계너머에 있는 어떤 것을 얻는다. 왜냐하면 언어란 어디서나 우선은 무제한의 자연과 제한의 자연 사이를, 그리고 어떤 개인과 다른 개인 사이를 중재하는 <u>중재자</u>이기 때문이다. 게다가 이런 행위를 통해서 언어는 통합을 가능하게 하고 그러한 통합으로 언어는 구성되어져 있다. 이 언어의 전반적인 본질은 개개인에 있는 것이 아니고, 언제나 다른 사람으로부터 추측되거나 예견되어야 한다. 그러나 언어는 이 두 사람으로부터 설명될 수 없고, (순수한 중재가 발생하는 그런 것처럼) 어떤 독자적인 것이고, 불가사의한 것인데, 이는 우리와 우리의 표상방식에 있어서 아주 다르게 주어진 것과 이런 생각의 내부에서만 감지된 것이 결합된 것이라는 생각으로만 설명될 수 있다."11)

훔볼트에 의하면 언어는 무한계와 유한계를 중재하고 더 나가서 개인과 개인을 중재한다. 그래서 이런 중재기능을 위해서 언어의 보편성이 더 요구된다. 그러나 훔볼트는 놀랍게도 언어의 개별성도 역

---

11) Humboldt V:122. 밑줄은 저자의 강조 표시임.

시 강조하고 있다.

> "매우 설명할 수 없는 기적으로서 언어는 민족의 입으로부터 분출된
> 다. 이 언어는 우리들 사이에서 매일 반복되므로 중요하지 않는 것처
> 럼 간과되지만 어린이가 '랄랄라'하는 데서부터 나오는 매우 놀라운
> 기적이다. 언어란 어떤 개별성을 소유하는 것이 아니고, 나와 너가
> 단순히 상호적으로 요구하는 개념도 아니며, 언어가 나누어진 그 지
> 점까지 되돌아 가 보면 정말 다 같은 개념이다. 이런 의미에서 약하
> 고 도움을 필요로 하며 넘어지기 쉬운 개인들로부터 인류의 원시부
> 족으로까지 개별성의 범주들이 존재한다는 가장 확실한 증거이고 매
> 우 명확한 흔적이다."12)

이 인용에서 알 수 있는 사실은 언어란 보편적이면서 <u>개별적</u>이라
는 것이다. 비록 언어의 저편 멀리 되돌아 가 보면 결국은 보편성이
지배를 하겠지만 일상에서 우리가 만나는 언어는 개별적이고 인류
전체로 나타나는 것이 아니고 각 민족 언어로서 나타나는 것이 현실
이다. 이 민족 내에서 언어는 우선 개인과 개인을 중재하고 더 나가
서 개인에게 주변세계를 중재해 준다. 하지만 훔볼트에 있어서 언어
란 절대로 어떤 사물에 대한 직접적인 모사가 아니라 선조로부터 내
려오는 것이기에 역사적이고 선험적이다. 그리고 개인이 스스로 그
리고 언어 스스로 창조해 가는 것이 언어이다. 이상과 같은 언어특
징을 자세하게 살펴보면 다음과 같다.

---

12) Humboldt V:122 이하.

a) 언어는 개별성을 가진다.
b) 언어에는 중재성이 있다.
c) 언어는 선험적이다.
d) 언어는 창조성을 지닌다.

(1) 언어의 개별성

홈볼트가 주장하는 언어의 <u>개별성</u>은 언어의 <u>보편성</u>과 대별되는 중요한 개념이다. 그러나 그가 말하는 개별성은 보편성과 함께 이해되어야 하는 개념이다. 보편성은 언어의 다양함, 즉 개별성에 대한 상위개념이다. 보편성 아래에 여러 가지 언어의 개별성이 존재하는데 그 각 개별성을 통해서 세계의 보편적 이성, 인식, 사고가 감지된다. 그래서 홈볼트는 다음과 같이 말한다:

> "인간 정신에 의해 작업되는 영역으로서 인식될 수 있는 것의 총합은 모든 언어 사이에 놓여 있고 각 언어와 무관하게 언어들 사이에 놓여 있다; 인간은 자신의 인식방식과 감정방식에 의하지 않고는, 즉 주관적인 방법에 의하지 않고는 이러한 순수한 객관적 영역에 도달할 수 없다."[13]

각 개인이 주관적인 방법으로 모든 오관을 감지하는 것처럼 모든 언어는 각기 개별적으로 고유한 의미가 있으며 나름대로 진리에 도달하는 독특한 방법을 가지고 있으며 이런 언어의 사물을 나타내는, 진리를 표현하는 방법들 사이에 우리가 깨닫지 못한 새로운 진리가

---

13) Humboldt III:20.

있다는 것이다.

개별성은 훔볼트에 있어서 두 가지를 의미한다. 그 하나는 각 개인의 개별적인 성격을 의미하고 다른 하나는 언어 집단의 독특한 개별성을 의미한다. 개인의 개별성은 그에 의하면 언어사용에 있어서 개인의 상이성을 말한다. 그래서 인간은 사고를 통해서 얻어지는 일반적인 성격을 지니기도 하지만 개별성의 총합인 전체 인류로 나타나기도 한다.[14]

훔볼트에 따르면 언어는 에르곤이 아니고 에네르게이아이다. 이는 다시 말하자면 머물러 있는 어떤 것이 아니고 항상 살아있는 생생한 그 어떤 언어를 말하는데, 개인이 개성에 따라서 말한 그 언어를 말한다. 모든 인간은 나름대로 자기의 언어를 갖는다. 인간의 정신도 개별성을 통한 상호 교육을 통해 발달한다. 훔볼트에 따르면 개인이란 개별적인 존재일 뿐 아니라, 그 존재 안에서 각자의 개인을 채우려고 노력하기도 한다.

> "어떤 특성이 표현이나 특성에 따라 묘사된다 할지라도 본래적 개별성은 언제나 숨겨져 있고 설명 불가하고 파악이 어렵다. 개별성이란 개인 자체의 삶이고 그것으로부터 나타나는 부분은 그것에 있는 가장 작은 부분이다."[15]

훔볼트는 세상에 존재하는 모든 규칙과 현존재를 개인이 자기 나

---

14) Humboldt III:180-182 참조. 특히 181쪽 중반에 있는 "[…] in der Gesamtheit aller Individualität, als Menschengeschlecht, in der Totalität"를 참조.
15) Humboldt II:27.

름대로 이해한다고 생각함으로써 개별성을 행동하는 힘으로서 이해한다. 이런 '나'(Ich)의 개별화과정은 바로 '이해하기'이다. 이를 훔볼트는 객관화과정이라고 설명한다. "주관적 행위는 사고에서 객관을 만든다. 왜냐하면 표상의 어떤 범주도 이미 존재하는 대상의 순수한 관찰로 고찰될 수 없기 때문이다."[16] 그래서 개별성은 이해하기와 직접적인 관련이 있고 사고는 이런 이해하기 과정에서 주관이 객관화되는 데서 생겨나는 것이다. 인간의 사고란 절대 어떤 대상이 되는 입구가 아니다. 자기 주관성에서 나온 객관성 안에서만 그 사고는 그에 알맞는 대상을 갖는다.

> 표상은 주체 속으로 사라지지 않고 실질적 객체로 옮겨진다. 언어만이 이것을 할 수 있다. 이처럼 이전 없이 개념이 형성된다는 것은 있을 수 없는 일이다. 즉 모든 순수한 사고는 거의 불가능하다. 그래서 말하기는 사람과 사람 사이의 전달에서 필수적인 조건일 뿐 아니라, 폐쇄된 고독 안에 있는 개개인이 사고하는 데서의 필수적인 조건이다.[17]

사고의 필수적인 조건인 말하기는 현실에 대한 추상화인데 자연적인 개인이 정신적인 개인으로 될 수 있기 전에 자연적인 개인은 사라질 것이다.

"인간의 개별성이란 제한된 방식으로만 각 개인에게 놓여있다. 그 안

---

16) Humboldt III:195.
17) Humboldt III:195.

에 있는 감정은 응답이고 인식은 다른 사람의 확신을 통한 확증이고 개인의 모든-가장 깊이 내면해 있는-존재는 그 개인 외부에 대한 어떤 상응하는 의식의 인식이다. 그리고 그런 것이 많이 확대되면 될수록 개인은 더 넓은 영역에서 이러한 일치되는 접촉을 더 많이 필요로 한다."[18]

홈볼트에 의하면 인간의 개성은 우리가 아는 개성이 아니다. 즉 그것은 <u>다른 사람이나 사회가 만들어주는 개성</u>이다. 그 사회가 만들어주는 것은 유일하게 언어를 통해서 개인 안으로 들어온다. 더 나가서 언어는 주체와 객체를 중재할 뿐 아니라 주체와 주체 사이를 중재해 주기도 한다. 즉 사고과정에서 복잡한 단계를 언어가 정리해 준다는 말이다. 이는 언어의 본질과도 상통하는데 홈볼트는 이에 대해서 "그러나 언어의 원초적 본질 안에는 변경불가능한 쌍수성이 있다. 말하기의 가능성까지도 말하기와 대답을 통해서 조건지워진다"[19]라고 말한다. 말하고 듣는 것은 하나의 일체화된 행동이다. 그래서 듣지 않고 말할 수 있고 말하지 않고 들을 수 있다. 인간의 사고가 말하기나 듣기와 관계되는 것처럼 이 말하기에서 <u>이해하기</u>는 바로 개별화의 과정이기도 하다. 이해하기는 듣기와는 다른 메카니즘이다. 이는 인간은 이해할 수는 없지만 많은 것을 들을 수는 있기 때문이다. 이해하기 과정은 주체의 행위이고 상대방을 지시해야 한다. 왜냐하면 아무도 스스로 어떤 것을 이해할 수 없기 때문이다. 개인은 아무리 완전히 이해했다 해도 백퍼센트 다 이해한 것은 아니

---

18) GS V:29.
19) Humboldt III:138.

다. 각 개인은 정신적으로 개별성을 가지기 때문이다. "그래서 모든 이해하기는 언제나 이해를 못하는 것이다. [⋯] 사고에서와 감정에 서의 모든 동의는 동시에 불일치를 의미한다."20) 그래서 언어는 객 체들을 연결해 주기도 하지만 개별화시키기도 한다. 어떤 객체의 개 별화과정은 상호 이해하기를 통해서 계속 된다. "인간은 그런 통일 성과 보편성을 내면에 깊이 얻으려 함과 동시에 개별성의 울타리를 넘어서고 싶어 하지만 개별성도 유지시켜야 한다."21)

언어란 정신을 개별화하는 원리이며 개인이 각각 다르다는 것을 의식하게 해 준다. 더 나가서 언어를 통한 의사소통은 다른 사람을 이해하게 도와주는 수단임을 인식시켜준다. 그래서 이해란 한편으 로는 개인적으로만 성사되고 다른 한편으로는 다른 개인에 대한 또 다른 개인의 경계를 인식하게 해 준다. 이해하는 힘은 단어에 내재 한 유사성을 찾아내고 독자적인 방법으로 차이를 인식하게 하는 힘 이다. 각 개인은 다른 개인에 대하여 개인으로써 정신의 공동체 안 에 존재한다. 이해하기는 한편으로 상대의 다른 성향을 인정하는 것 이고 다른 한편으로 자기 자신을 개별화시키는 것이다. 하지만 이 개별화는 언어를 통해서 중재된다.

훔볼트에 있어서 이러한 각 개인의 개별성은 한 민족이나, 국가, 언어공동체의 개별성과 명확하게 구별되고 있다. 그에 의하면 민족 이란 특별한 언어를 사용하는 집단의 모임인데, "민족은 어떤 언어 를 통해서 특정 지워진 인류의 정신적인 형식인데 이상적 전체성과

---

20) Humboldt III:228.
21) Humboldt III:160.

관련해서는 개별화되어 있다."[22] 이러한 민족은 어떤 민족의 개인들을 연결하고, 다른 언어를 말하는 다른 민족의 개인과 이들을 구별해 주는 그런 <u>언어공동체</u>이다.

> "개인 안에 개인적으로만 나타나는 인간적 정신의 힘이 중간단계의 형성에서도 민족적인 방식으로 개별화되어야 한다는 것은 언어가 개개인의 생산물이 아니고 가족의 생산물도 아니고 민족의 생산물이고, 상이한 민족의 충분한 다양성에서부터만 그리고 노력하는 사고방식과 감각방식의 공통성으로부터 생성될 수 있기 때문이다."[23]

개인의 개별성이 존재하고 모국어의 개별성이 존재하는 것은 바로 언어가 만들어지고 사용되는 장소가 개인이 아니라 사회이고 집단이기 때문이다. 집단 간에 다른 언어를 사용하는 이유로 인해 여러 언어가 생성되고 진리추구 방식이 다르기 때문에 이 낯선 언어들이 서로 일대일로 대응되지 않는다. 모든 언어는 개인간의 집합체인데 이것이 바로 언어공동체에 해당하는 집단 개별성이다. 거기서 세계관이 다른 어떤 언어는 또 다른 어떤 언어와는 다르게 대상들을 나타내고 이로 인해 번역의 문제점을 제공한다.

(2) 언어의 중재성

언어는 일반적으로 중재의 기능을 갖는다. 여기서 중재란 어떤 것

---

22) Humboldt III:160.
23) Humboldt III:162.

을 연결짓는 것을 의미하는데, 사물과 사람을 연결시키거나 사람과 사람을 연결시키는 것을 말한다. 홈볼트에 따르면 언어란 교육적인 측면에서 중재자인데, 먼저 <u>무한계</u>와 <u>유한계</u> 사이를 중재하고, 그리고 <u>개인</u>과 <u>개인</u>을 중재한다.[24]

홈볼트가 말한 무한계 혹은 유한계는 우리가 보는 현상계와 볼 수 없는 예지계로 각각 대응된다. 무한계에 해당하는 예지계란 공간과 시간이라는 관념형식 안에서 주어져 있는 것도 아니고, 어떤 경험으로부터 얻어지지도 않고, 이미 전제되어 있는 물질 자체의 세계를 나타낸다. 이와 반대로 유한한 자연, 즉 유한계는 '경험적 세계'나 '현상세계'와 유사한 세계이다. 언어는 바로 이러한 무한계와 유한계를 중재한다. 만일 언어가 이들을 중재하지 않으면 무한계와 유한계는 절대로 인식되지도 않고 구분되지도 않을 것이다. 예를 들면 희노애락의 감정, 탄생과 죽음의 비밀 등은 우리가 직접 경험하지 않고도 알 수 있는데 이는 바로 언어의 중재기능의 덕택이다.

이처럼 언어는 무한계와 유한계를 중재해 주지만, 개인과 개인 사이도 중재해 준다. 이는 당연한 일인데 개인과 개인이 중재되는 것으로 인해서 무한계와 유한계가 중재되기 때문이다. 개인과 개인의 중재란 여기서 자연스런 의사소통을 의미한다. 의사소통을 통해서 각 개인들이 중재되고 중재를 통해서 의사소통이 활성화된다. 이러한 이중적 중재성에서 이해할 수 있는 것은 수용성과 자발성의 이중적 상호작용이다. 만일 우리가 언어를 대할 때 세계를 지각하면 언어는 수용적이 되고, 세계를 언어적으로 규정하면 자발적이 된다.

---

24) Humboldt V:122 이하 참조.

또한 개인적 언어차원에서 언어는 청자로서는 수용적이고 화자로서는 자발적이다. 일반적으로 언어를 통해서 우리의 사고는 구체화되고 우리의 실체를 언어로 확인하게 된다. 하지만 우리가 다른 사람에 의해 언어를 통해서 이해될 수 있을 때만 우리 자신의 존재를 확인할 수 있다.

그러면 어떻게 우리는 다른 사람에게 이해될 수 있는가? 듣는 사람이 화자의 말을 통해서 수행된 세계내용의 중재를 자기 나름대로 무한계와 유한계의 중재로서, 또한 다른 '너'의 진술로서 암시하고 있다는 것을 알 때만 화자는 청자에게 이해되는 것이다. 예를 들어 어떤 청자가 "나, 피곤해!"라는 표현을 들었을 때, 그 청자에게는 "나, 피곤해!"를 의미하지 않고 반대로 "그가 피곤하다"를 의미한다. 비록 듣는 자가 전혀 피곤함을 느끼지 않을 때도 그렇다.

하지만 이런 언어들은 보편성을 가지고 세계를 다 통용시키는 것이 아니고 각 개별언어를 통해서만 가능하다. 바로 앞 장에서 비록 언어의 개별성에 대해서 언급했지만 홈볼트는 언어의 개별성을 너무 강조하고 있어서 최초로 습득되고 사용되는 언어는 각 개별적 모국어임을 확인하고 이 개별적 모국어에서만 언어의 본질에 도달할 수 있다고 주장했다. 이런 이유에서 그는 모든 언어연구를 개별적이고 경험적으로 진행시키려 노력했고, 실제로 20~60개 정도의 서로 상이한 언어들을 비교했다. 예를 들어 인도게르만어, 아시아 언어, 바스크어, 에스키모어, 아메리카 원주민어, 아라비아어, 아프리카 언어, 콥트어, 중국어, 일본어, 말레이지아어, 폴리네시아어 등이 그것이다. 홈볼트는 사람들이 여러 언어의 연구를 통해서 개별적 모국어의 개별성을 앎으로써 어떤 민족의 교육수단인 언어의 본질에 좀 더 가까이 다가갈 수 있다고 확신했다. 그래서 어떤 낯선 언어를 배우게 되면 그 언어의 개별성을 확실히 알게 된다. 예를 들어 인구어와는 다른 한국어나 일본어의 친족어 명칭, 동일한 자연현상인 온도의 상이한 표현방식[25], 에스키모어의 눈에 대한 다양한 명칭 등이 이를 확인시켜주게 된다. 이런 결과를 통해서 세상과 사물은 모든 언어에 동일하게 나타나지 않음을 확인할 수 있다. 훔볼트는 이러한 모든 언어의 연구와 서술을 철저히 경험적이고 실증적인 근거에서 진행시키는데 특히 자연과학자이고 여행가인 그의 동생 알렉산더의 도움이 컸다. 그래서 훔볼트는 자신의 언어철학에서 더 이상 응용점을 찾지 못하는 부유물로서가 아니라 언어를 보는 것이 아니라 교육학에서 응용점을 찾는다.

인간과 인간을 중재해주는 것은 바로 의사소통이다. 한편으로 의사소통은 사물을 인간에게 중재하고 다른 한편으로 인간들 사이의 관계도 중재한다. 언어가 세계를 중재하는 것은 세계와 개인만의 문제이기 때문에 통일성이 중요치 않으나 개인과 개인간의 중재에 있어서는 개인들의 이해와 소통이 중요하기 때문에 통일성이 필요하다. 이때 통일성은 상호이해를 위한 통일성이다. 하지만 세계중재의 차원과 개인간의 중재차원은 말하기와 듣기의 과정에서 볼 때 순차적으로 등장하는 것이 아니라 둘 다 동시에 나타나야 한다. 언어는 이들을 언제나 동시에 나타낸다. 다시 말하면 언어란 어떤 것을 진술함과 동시에 전달을 한다. 하지만 우리는 세상으로 향한 측면보다

---

25) An 1994 에 나오는 '한국어와 독일어의 온도어 비교'연구 참조.

는 제이의 '나'인 '너'를 향한 측면, 즉 언어의사소통의 관계 측면을 더 선험적인 전제조건으로 인식해야 한다.[26] 인간은 언어의 단 한 측면만을 가지고 있는 그런 낱말은 절대 말할 수 없다. 예를 들어 '추워'라는 낱말은 감탄의 느낌과 질문의 의사로 발화될 수 있다. 이 안에서는 인간이 언제나 두 가지의 중재 가능성을 확인하게 되는데 한번은 개인에 대해서 "나는 추워"이고 다른 한번은 세상에 대해서 "추워?"라는 의미를 전달할 수 있다는 말이다. 또 더 나가서 부연되는 부가적인 의미가 수없이 많이 동반된다. 예를 들어 낱말 "비둘기"를 우리가 듣게 되면 새의 일종이라는 사실과 함께 평화의 상징, 순수함 등의 부가적인 의미를 언제나 생각하게 된다. 하지만 우리가 흔히 사용하는 사전에서는 이런 언어의 두 가지 중재기능을 전혀 확인할 길이 없다. 그 안에는 단지 직접적인 의미만이 있기 때문이다. 그래서 의사소통측면에서는 <u>언어의 진정한 의미는 내가 아닌 타인에게 있다.</u> 언어의 모든 본질은 "각 개인에게 놓여있는 것이 아니고 언제나 다른 사람으로부터 추측되거나 예견되어야 한다".[27] 훔볼트는 언어는 독자적으로 구성되는 것이 아니라 청자를 통해서 비로소 완성된다고 생각한다. 아무리 화자가 완전한 언어라고 생각하는 것을 말한다 해도 청자가 알아 듣지 못하면 그 언어는 완전한 언어가 아니다.

하지만 언어의 본질이 각 개인에게는 있지 않다. 왜냐하면 세계를 중재하는 차원과 각 개인중재의 차원이 개인에서부터 나오지 않기

---

26) Humboldt 1827 참조.
27) Humboldt V:122.

때문이다. 세계중재차원에서 보면 언어적 진술이란 단순히 모든 낱말의 주어진 의미를 결합하는 데서 생겨나지 않는다. 오히려 어떤 낱말의 의의는 말하는 상황과 듣는 상황이 발생할 때 어떤 낱말에서 다음 낱말로, 어떤 문장 부분에서 다른 문장 부분으로 순환적으로 진행되기 때문에 서로 반복적으로 예견되고 추론되어야 한다. 이러한 예견과 추론은 의미론적이고 문장론적으로 구별된 진술의 세계에 관련된 의의의 파악에 관계되고 언어의 화자에 의해 독자나 청자를 향한 화용적 차원과 관계된다. 이 세상에는 주변세계의 현상을 개인 혼자 독자적으로 만들어 낱말로서 나타낼 수 있을 언어가 존재하지 않는다. 왜냐하면 그러한 사적인 언어는 나와 다른 사람에게 이해될 수 없기 때문이다. 언어의 주관적인 의미와 개인이 말하는 의미는 언제나 의도된 것으로부터 추출되어야 한다. 왜냐하면 의사소통의 차원에서 언어는 언어의 세계중재차원에 의존하고 역으로 언어의 세계중재차원은 언어에 의존하기 때문이다. 언어는 수용적 중재기능을 통해서 의사소통을 하고 자발적 중재기능을 통해서 세계습득을 함으로써 언어 안에서 세계습득과 의사소통이 연합하게 된다.

언어의 세계습득차원에서 볼 때 언어는 유한계와 무한계 사이의 중재를 통해서 인간이 세계를 습득하도록 규범을 정해주며 정신적 측면에서 우리에게 낱말의 의미를 통해서 직접적으로 무엇이 옳고, 무엇이 그르며, 선한 것은 무엇이고, 악한 것은 무엇인가, 무엇이 이성적이며 비이성적인가를 미리 알려줄 것이다. 또 언어의 의사소통 측면에서 보면 모든 화행에서 작용하는 세계를 중재하는 언어의 기능은 상호간의 중재성능에 귀착되고 세계중재 기능에 귀착된다는 사실은 언어가 인간적 교육의 규범과 도구일 뿐 아니라, 촉진수단도 될 수 있음을 의미한다.

세계의 모든 언어는 의사소통적으로 볼 때 확실히 상이한 경로를 거친다. 하지만 이 언어의 상이성과 배타성은 새로운 세계경험과 상호간의 의사소통을 위해 개방적이다. 그래서 언어의 다양성이 방해가 아니고 다른 진리 도달의 방식을 이해하는 수단이 되기도 한다. 또한 우리에게 낯선 언어들의 습득을 조장하고 정당화시켜준다. 하지만 다른 언어와 다양한 교환을 통해서 개별언어들을 확대하지 않고 다수의 개별적 개별언어들을 유일한 언어특성을 가지고 있는 세계 언어로 인도하려 하는 것은 이런 개방성에 모순 된다.28) 만일 어느 날 어떤 유일한 세계 언어가 있어서 개별언어 사이의 번역이 상호성과 세계경험의 변증법으로부터 추상화되는 보편문법을 따른다고 해도 세상과의 상호작용 그리고 인간적 의사소통의 최종목적은 절대 달성하지 못할 것이다.

(3) 언어의 선험성

"언어의 모형이 인간 이성 안에 이미 내재한 것이 아니라면 언어는 발견되지 않았을 것이다"29)와 "언어는 〔…〕 영혼에 내재해 있

---

28) 이 시도는 이미 중세기에 시도된 *포트로얄의 보편문법*이 그 최초이고 금세기에는 촘스키가 추구한 *보편언어*가 그것이다. Chomsky,N. 『Sprache und Geist 언어와 정신』, Frankfurt 1970; 『Aspekte der Syntaxtheorie 문장론에 대한 관점』, Frankfurt 1969 참조.

29) Humboldt III:10.

다"30)라는 훔볼트의 언급은 언어란 역사적으로 <u>선험적인 것</u>으로 취급된다.31) 그래서 훔볼트는 언어기원을 연구할 때 언어의 역사적 시발점을 찾는 것은 무의미하다고 생각하고 언어의 기원은 무엇인가라는 현상적인 질문에만 관심을 갖는다. 생성적이고 에네르게이아적 언어의 기본적 구조 때문에 오히려 언어는 "생성"되는 것이 아니라, 언제나 전체 민족에 주어진 채로 존재한다. 그래서 "언어에서 나중에 오는 세대들은 그전에 존재했던 부족들과 동일한 것을 물론 받아들인다."32)

언어는 어떤 선험적인 것을 계속 전수시키는 수단이기도 하다. 그래서 언어는 사실상 민족을 교육시키는 수단으로서 간주될 필요가 있다.

> "나는 이미 앞에서 언급했다시피 만일 내가 그렇게 표현해도 된다면, 우리는 우리 언어를 연구함으로써 역사의 중심에 옮겨져 있음을 주목했고, 우리에게 알려진 어떤 민족이나 언어도 태초적이라고 부를 수 없음을 확인했다. 모든 족속이 우리에게 알려지지 않은 옛날로부터 보다 이전 족속들에게서 이미 어떤 재료를 수용했기 때문에 사고 표현을 일으키는 정신적 행위는 언제나 이미 주어진 어떤 것을 향해져 있고, 순수히 생산적이지 않고 변환적이다."33)

---

30) Humboldt III:458
31) 언어생성의 일회성이 이를 증명해 준다. 훔볼트의 언어생성에 대해서는 안정오 1994를 참조하시오.
32) Humbodlt III:18.
33) Humboldt III:419.

이 자리에서 인간이란 아무 것도 없는 상태에서 어떤 것을 창조하는 것이 아니라 이미 존재하는 것을 변환시키고 순수한 생산은 할 수 없음이 드러나는데 이로써 언어의 역사성과 민족이 연결되어 있음이 확인된다. 인간이 행하는 행위와 모든 언어들은 언제나 인간을 포함하여 세계가 구성되기 이전에 예정되어 있는 것이 아니라 세상의 창조와 동시적인 것이다. 그래서 이것은 없는 상태에서 생산되는 것이 아니고 이미 존재하는 것으로부터의 변환이다. 언어는 개별적 언어역사를 보면 세상에 대한 역사적 선험이고, 인간들의 관점에서 역시 역사적 선험이다. 그러나 언어가 세계 자체의 선험은 아니다. 훔볼트는 생산하는 행위가 아니라 변환하는 행위로서 인간행위를 규정하고 있으므로, 인간을 피조물의 주체로 보고, 인간이 세계에 대한 지배권을 갖는다는 사상과는 거리가 있다.

모든 인간행위처럼 언어도 중재자로서 세계를 중재하기는 하지만 세계를 생산할 수는 없다. 이는 다시 말하면 인간이 세상의 것을 생산할 수 없고 이미 존재하는 것을 변환하기만 한다는 말이다. 인간은 유한한 역사적인 존재이므로 세계사의 주인이 아니라, 언어 안에 전통을 보존하는 언어적으로만 기억되는 존재이다.

이러한 언어선험성은 바로 촘스키의 생각이기도 한데 그의 책 『Aspects 측면들』 16쪽과 『Syntactic structures 문장구조들』 15쪽에서 "fundamental aspect of linguisitic behavior"(언어적 행위의 기본적인 측면)를 언급함으로써 훔볼트의 "von endlichen Mitteln einen unendlichen Gebrauch"(유한적 수단으로부터 무한한 사용)[34]와 유사성을 보인다.

---

34) Humboldt III:477.

또한 이러한 언어의 창조성은 더 나가서 언어의 선험성을 입증해 주는 대표적인 언어의 성질이다. 다음에서는 언어의 선험성과 깊은 관련이 있는 언어의 창조적인 성질을 살피어 보자.

(4) 언어의 창조성

언어의 선험성과 창조성은 일면 대립적으로 보이기도 한다. 왜냐하면 선험성이란 주어진 어떤 것이고 창조성이란 바로 아무 것도 없는 것에서의 창조로 이해되기 때문이다. 그러나 훔볼트에 있어서는 언어의 선험성과 창조성의 관계는 보편성과 개별성의 관계처럼 서로 상호보완적인 개념들이다.

훔볼트에 있어서 언어는 에네르게이아적인 성질을 지니고 있어서 언제나 변화하고 자생적이어서 "수많은 낱말이나 규칙 안에 있는 저장된 재료가 아니라, 삶이 육체적 과정인 것처럼 언어는 정신적 과정인 일종의 수행이다"[35]라고 규정한다.

훔볼트는 자신의 논문 『비교언어연구에 대하여 Über das vergleichende Sprachstudium』에서 언어의 역사를 자연의 생성역사와 비교하면서 논의하고 있다. 여기서 그는 언어란 최초의 기원까지 회귀할 수 없는 어떤 특별한 모습을 갖고 있다고 단정한다. 우리의 모습이 단세포에서 물고기 그리고 유인원을 거쳐 지금의 인류가 되었을 것이라는 진화론적인 가정과는 반대로, 이미 존재하는 고정된 형상이 더 이상 변하지 않고 완성된 유기체로 언어들이 존재했을 것이

---

35) Humboldt III:184.

라는 기독교식의 창조적 가설을 훔볼트는 옹호한다. 그래서 훔볼트
는 언어역사를 다른 지구나 생물들의 역사와는 다른 접근방식으로
보고 있다. 즉 우리는 언어의 초기 형성과정을 학문적으로 그리고
가설적으로만 재구할 수 있다.

> "우리가 보다 완전한 문법 형태의 경계선 저편에서 어떤 언어도 찾
> 지 못했고 그 언어 형태의 형성과정에 있는 어떤 언어도 놀라워 하
> 지 않는 것은 주목할만한 현상이다. 이런 주장을 더 많이 역사적으로
> 조사하려 한다면 적어도 언어들의 유기체의 가장 낮은 단계를 경험
> 으로부터 알기 위해서 언어형성의 가장 낮은 단계를 규정하는 노력
> 이 야만민족의 방언연구에 모아져야 한다."[36]

　죽은 언어건 사라진 언어건 훔볼트에 의하면 완전하고, 언어란 유
기체[37]라는 관점에서 보면 언어는 절대 원시적이거나 야만적일 수
없고, 어떤 원시언어도 초현대적인 언어보다 열등하지 않고 초현대
적인 언어는 원시언어보다 절대로 우월하지 않다. 그래서 모든 시대
의 언어는 나름대로 인간과 세계를 중재하고 인간과 인간 사이를 중
재한다. 언어가 생성적이라는 기본구조는 모든 화행 안에 언어기원
현존으로부터 생각되어질 수 있고 언어의 에네르게이아적 기본구조
는 "말해진 것"과 "말해지지 않은 것"의 변증법으로부터 도출될 수

---

36) Humboldt III:2. 기퍼 H.Gipper는 『어린이, 언어의 도상에서 Kinder unterwegs
　　zur Sprache』에서 어린이 언어습득에도 역시 발화된 것을 통해 발화되지 않는
　　것의 준비에 대한 변증법이 어떻게 적용되는가를 증명한 바 있다.
37) 훔볼트는 이 용어를 1795년에 처음으로 쉴러에게 쓰는 편지에서 언급했
　　다.(1795년 9월 14일자) Schiller/Humboldt 1962:1,150 참조.

있다.[38] 그래서 언어는 창조적 특징을 가지며 모든 사태를 예감할 수 있고 세계를 중재할 수 있으며 발화와 이해의 동시적 특징을 갖게 된다.

> "언어란 언어의 형태가 인간 이성 안에 이미 존재하지 않으면 발견될 수 없다. 인간이 단 하나의 낱말을 단순한 육감적 자극으로가 아니라, 조음된 어떤 개념을 나타내는 음성으로써 실제로 이해하려 한다면 이미 언어는 완전한 것이어야 하고 그 맥락 안에 있어야 한다. 언어에는 개별적인 것이 없다. 언어요소의 각 부분은 전체의 부분으로서만 나타난다. 언어가 점차적으로 생성되었다는 가설이 매우 자연스럽다 해도 발명은 단번에만 일어날 수 있었다. [⋯] 언어는 필연적으로 인간 자체에서 나온다. 그리고 또한 점차적으로만 나오는데 하지만 언어의 유기체는 죽은 재료로서 영혼의 어두움에 놓여있는 것이 아니고 법칙으로서 사고력의 기능들을 필요로 하고 그래서 최초의 낱말은 이미 전체 언어를 전제로 하고 암시하는 그런 식으로 나온다."[39]

훔볼트에 의하면 언어는 단번에 완전한 모습으로 생성되었고 어떤 어느 시점에서건 언어의 발화는 이미 전체를 전제한다. 그래서 언어는 선험적이라 할 수 있고 그 선험 안에 들어있는 언어를 활성화시키는 것이 언어를 말하고 배우는 행위가 된다.

"인간이 언어를 통해서만 인간인 것, 그리고 언어를 발명할 수 있

---

38) Humboldt III:2 참조.
39) Humboldt III:10 이하. 언어와 조형성에 대해서는 벤너 D.Benner 『Allgemeine Pädagogik 일반 교육학』 25 쪽 이하와 56 쪽 이하 참조

기 위해서 이미 인간이어야 한다"[40]는 것은 언어가 인간과 함께 동시적으로 주어져 있음을 말하는데 언어가 외침에서 나타났을 것이라는 콩디약의 주장이나 언어는 인간의 이성에 의한 자질을 발견하는 과정에서 생긴다라는 헤르더의 주장과는 다르다. 그래서 언어란 인간에 의해 절대로 발견될 수 없음을 말해준다.[41] 우리가 행하는 모든 언어적 사물적 발명들은 우리가 이미 언어적인 존재이기에 가능하다. 인간이 언어를 통해서만 인간이라는 테제의 정확성은 이성적 언어기원이론과 비교해 보면 더 정확해 진다. 이성적 언어기원이론은 언어기원을 훔볼트가 주장하는 모든 화행에 존재하는 것으로서 이해하지 않고 언어를 두려움의 외침에서 도출하려고 하므로 언어 이전 상태를 가정하여 어떤 새로운 언어 상태를 생각해야만 한다. 그러나 언어기원을 두려움의 외침에서 나온 것이라고 증명하기 위해서는 이미 두려움의 외침이 언어이고, 즉 어떤 것의 상호적 전달이라는 설명을 전제해야 한다.

인간이란 절대로 언어 없이 인간이 되는 것이 아니라, 손, 발, 다리가 태어날 때 있는 것처럼 언어를 같이 가지고 태어나 존재한다. 인간이 되려면 언제나 이미 언어적 존재의 인간이 전제되어야 한다. 이 언어적 존재는 세상의 습득차원과 상호간의 의사소통차원을 동시에 소유해야만 가능하다. 이런 동시적 상황에서만 발화되지 않은 어떤 것을 발화된 어떤 것과 동시에 존재하는 것으로 사고하는 것이 가능하게 된다. 언어에서 발화된 것이 발화되지 않은 것보다 앞에

---

40) Humboldt III:11.
41) 헤르더의 언어기원이론에 대해서는 안정오, 1996를 참조하시오.

나온다는 사실은 이미 언어 생성 시 단일적 생성을 가정케 한다. 그래서 우리는 말하는 동안에 발화된 것 안에서 발화되지 않은 것을 예견할 수 있다. 인간이 언어를 통해서 인간이라는 사실은 인간존재란 교육 이론적 견지에서 볼 때 우리가 언어에서 우리 자신과 세계에 관해 알 수 있는 것 안에서 생기는 것이 아니라, 발화된 것 안에 존재하는 발화되지 않은 것도 언어적 존재에 속한다는 것을 의미한다. 이런 맥락에서 교육이라는 개념은 인간이 세계와 거래하거나 세계를 습득하는 행위가 된다.

2) 언어의 교육적 특성

언어가 교육한다는 것은 인간에게만 해당되는 사항인데, 언어를 통해서 인간이 이성화되고 사고하고 외적인 대상들을 인간화한다는 말이다. 이런 측면에서 언어의 세계를 단순히 모사된 것으로 파악하면 언어는 더 이상 교육의 척도나 수단이 될 수 없다. 언어는 개인 상호간의 차원을 토대로 생겨난 것이라고 고찰할 때 세상의 단순한 모사(模寫)가 아닌 인간의 창조성을 포함한 것이 된다. 언어가 세계를 중재하는 차원을 토대로 살펴 보면 인간의 작품 이상이다. 언어가 세상의 단순한 모사라고 주장하게 되면 언어의 중재적인 기능을 놓치게 된다. 모사는 단순한 답습이고 또 다른 차원이 필요 없기 때문이다. 언어가 인간과 인간 사이의 의사소통의 전제조건으로서 간주되고 세상에서 인간행위의 잠정적인 결과로서 인정될 때 언어는 교육의 수단이 된다. 언어를 사물과 일대일로 통하는 사물로 간주하는 것은 그렇게 타당성이 없다. 왜냐하면 언어들이 각각 동일하지 않은 명칭을 어떤 한 사물에 대해 가지고 있으며 다른 한편으로 어떤 사물이 동일한 명칭을 가진다면 우리는 전혀 언어의 분화를 경험하지 못 할 것이기 때문이다. 더 나가서 언어는 인간을 교육시키는 수단일 필요가 없고 교육에 적합한 수단이 되지 않을 것이다. 이미 소슈르는 언어를 기호로 보고 기호의 자연적이고 필수적인 성질보다는 임의성을 강조한 바 있다.42) 이는 플라톤의 『크라틸로스』에 나오는 크라틸로스의 언어이론과는 상반되는 주장이다.43) 언어가 사물과 일대일 대응이 아니라 인간의 이성에 의해 재처리될 때만 언어가 세계를 중재하는 기능과 개인 상호간의 중재기능이 개별언어로서 나타나고 세계중재기능과 개인간의 중재기능이 선험적으로서 증명될 수 있다. '나'라는 화자와 '너'라는 청자는 일차적으로 언어가 중재하며 나와 너에 대면하고 있는 다른 사물이나 사상세계도 역시 언어가 중재하므로 언어는 인간과 세계 그리고 자연을 번갈아 가며 동시적으로 중재한다.

언어의 기원을 아무리 거슬러 올라간다 해도 어떤 정해진 민족언어 이외의 언어를 우리는 찾아 볼 수 없다는 사실은 훔볼트가 개

---

42) Saussure 1967:76~92 참조.
43) 자세한 것은 플라톤의 『크라틸로스』 참조. 나가서 더볼라프 J.Derbolav 『Platons Sprachphilosophie im Kratylos und in späteren Schriften 크라틸로스와 후기 작품에 나타난 풀라톤의 언어철학』. Darmstadt 1972를 참조하시오. 또한 켈러 R.Keller의 『Zeichentheorie 기호이론』 3장에 나오는 플라톤의 기호관을 참조.

별적 개인들의 말하기 기원과 민족들의 개별언어 기원을 동일시하게 취급하는 빌미를 제공하였다. "정말 설명할 수 없는 기적으로서 언어는 어떤 민족의 입으로부터 나오고 매일 매일 반복되는 우리 일상생활에서 나오며, 어린이들의 입에서 분출된다."[44]

이러한 사실은 언어의 기존 실존성을 증명해주는 증거들인데 이러한 언어의 특성을 통해서만 언어가 인간에게 교육적 자질을 발휘할 수가 있게 된다. 인간의 교육이란 없는 것으로부터 창조된 것이 아니고 이미 주어진 인류의 어떤 원형에 타당하게 규정된 그 어떤 것이기 때문이다. 이런 의미에서 인간의 본질은 교육이라 해도 될 것이다. 인간은 무엇인가라는 질문은 어렵기 때문에 자주 생략되거나 제외되는데 이는 인간의 진정한 전체규정을 은폐하는 행위이다. 훔볼트에 따르면 인간규정에 대하여 묻는 것은 그때까지 너무나 극단적으로 진행되어서 세계를 단순한 '나'로 해석하고 우리에 의해 다루어져야 할 임의적인 재료로 축소하는 데 문제가 있다고 보았다. 교육이란 세계와 인간의 가장 자유롭고 활동적인 상호작용으로서 개인들간의 자유롭고 활동적인 상호작용에 기인하고, 세상에 대한 관련성으로부터 기인한다. 이것은 다시 말하자면 훔볼트의 언어의 두 가지 기능, 즉 세계중재기능과 상호간의 중재기능으로 귀착되는데 <u>인간교육개념과 언어의 역사적 개념이 교육 이론적으로 상호 관련되어져 있음</u>을 말한다. 이를 투명하게 하기 위해서 우리는 인간교육개념을 한편으로는 없는 것에서 창조되는 것이 아니라는 사실을 증명해야하고 다른 한편으로 언어란 사회적으로 주어진 규정의 단

---

44) Humboldt V:123.

순한 전수를 통해서 나, 너 그리고 세계가 중재되고 있음을 보여주어야 한다.

모든 개별언어는 그 안에 들어있는 세계관의 견지에서 어떤 특수한 구조를 나타내는데 이것을 역사적으로 살피어 보면 인간규정을 위해 매우 큰 도움이 된다. 왜냐하면 인간이 언어적 존재이므로 그 선험성을 가지고 나름대로 서로 다른 세계관 구조인 언어구조를 만들어 가는 증거가 언어의 상이성이기 때문이다. 그러나 언어를 역사적으로 거슬러 올라가면 그것의 실체는 갈수록 더 희박해지는 것이 원시조어이다. 언어의 기원이나 시발은 인간의 진화적 발전의 처음에 있지 않고 그것의 처음 모습도 정확히 알 수 없다. 왜냐하면 우리는 자연역사에서 인간역사로 전이되는 과정에서 언어의 기원이 어떻게 생겼는가에 대해 알 수 없기 때문이고 또 우리는 태어나자마자 언제나 이미 존재하는 언어공동체 안에 들어가 있기 때문이다. 그럼에도 언어의 기원에 대해 묻는 것은 의미가 있다. 이 질문은 인류역사의 처음과 함께 설정될 수 없고 일상생활에서 수행되는 그런 언어기원에 관련이 있지만 이 기원질문을 하는 과정에서 언어의 본질이 밝혀지고 그것의 특징이 확정된다.

그래서 인간의 시초는 동물이 생성된 그러한 것에서부터 생성되는 것이 아니라 언어의 세계 습득차원과 전달차원을 통해서만 생각해 볼 수 있다는 것이 밝혀진다. 언어의 기원이 역사적으로 지나간 것이 아니라 현재에 있고 우리 모든 말하는 행위와 생각하는 행위에 언어가 필수적으로 구성적일 경우에만 우리는 언어의 기원에 대해 질문할 수 있다.[45] 이는 모든 언어의 보편성과 관계되는 질문이다.

3) 보편언어

이미 앞 장에서도 언급되었지만 훔볼트에 따르면 인간적 행위란 신(神)과는 달리 아무 것도 없는 상태에서 어떤 것을 생산하는 것이 아니라 어떤 것으로부터의 변환이다. 이는 노암 촘스키가 "열린 매개 변항"의 개념으로 자신의 언어습득이론을 발전시켜 나가는 개념이다. 이것은 모든 인간이 그들 '언어능력'의 '천편 일률성'을 통해서 자신을 나타내지만 인간적 언어는 개인적 언어화행과 민족적으로 다양한 언어에 살아 있다는 말이다. 언어를 말하는 행위는 인간에 있어서 보편적이다. 그래서 보편특성이 언어에 존재한다. 하지만 언어는 개인적 언어로서만 실제적이다. 이것은 민족 언어와 그것의 관계들 사이에는 물론 각 개별화행에도 적용된다. 훔볼트는 언어를 "객체에 대한 주체의 전이점 또는 주체에 대한 객체의 전이점"이라 부른다.[46] 언어간의 세계중재의 차원에서 볼 때 언어의 변형적 기능은 언어의 다양성 안에서만 실제적인 의미가 있다. 하지만 훔볼트의 보편 언어적 이상은 언어사회학자인 미드 *G.H.Mead*의 생각과 많은 점에서 대조를 이룬다.

---

45) 언어기원의 현존과 관계된 언어의 기원이 민족언어들과 각 개별화행에서 결정되는 사실은 1820년에 나온 논문 「Über das vergleichende Sprachstudium in Beziehung auf die verschiedenen Epochen der Sprachentwicklung 언어발전의 상이한 시점과의 관계에서 비교언어연구에 대하여」과 1827년에 나온 논문 「Über den Dualis 쌍수에 대하여」 및 1830~35년에 나온 논문 『카비어 작품 서문』, 1907년 처음 출판된 「Über die Verschiedenheit des menschlichen Sprachbaues 인간언어구성의 상이성에 대하여」를 보면 보다 정확히 알 수 있다.

46) Humboldt III:18.

미드는 언어를 역사내적 요인으로 보고 자연 역사적으로 도출하려고 한다.[47] "이상적 사회는 인간을 가깝게 결합시키고, 필요한 의사소통체계를 충분히 발전시키기 때문에 특별한 기능을 수행하는 개별적 인간들이 그들에 의해 영향받은 인간의 행위를 전수받을 수 있다." 미드는 언어의 세계통일과 이상사회건설을 중요한 두 가지 축으로 본다. 하지만 훔볼트는 언어의 상이성이 바로 이상적 인류의 모습이라고 한다. 왜냐하면 언어의 상이성 사이에 인식의 진리가 들어 있다고 생각하기 때문이다. 그리고 미드는 "의사소통의 발전은 추상적 생각의 업무가 아니라, 우리가 독자적 동질성을 다른 사람의 행위위치에 놓고 의미 있는 상징을 통해서 그들과 연결을 수용하는 과정이고" 또 "어떤 다른 사람에게 전달된 자극이 우리 자신 안에서 동일하거나 비슷한 반응을 유발할 때만 의미 있는 상징이 중요하다"고 주장하는데, 의사소통은 비슷하거나 동일하지 않은 상징을 통해서도 진행된다. 더 나가서 미드는 의사소통체계 내에서는 "말해진 것은 이해되는 모든 곳에서 논리적인 보편성 안에서" 완수되어야 한다고 주장한다. 미드는 더 나가서 언어의 세계화를 부인하고 상호적 의사소통을 부각시킨다. 그래서 언어가 세계를 중재하는 기능과 세계유지기능을 의사소통이 사회적으로 진행된다는 현실로 이해해 버린다.[48] 여기서 훔볼트가 주장하는 언어의 정신화 과정은 설 자리가 없어지게 된다.

　　미드에 의하면 말하기의 이상은 동질성의 생산이고 이 동질성 안

---

47) Mead 1968(1934):375~377.
48) Mead 1968:376 이하.

에서 말해진 것은 세계의 유일한 순수개념을 위해 가정되고, 모든 사람의 낱말과 문장들은 절대적으로 동일한 방법으로 이해된다. 하지만 훔볼트에 따르면 말하기는 영원한 각 개인의 세계정신화과정이고 개별적이며 창의적이고 오히려 동질성을 역으로 배척하는 과정이다. 인간과 세계의 상호작용을 동일하게 방향 지워진 반응의 생산으로 축소시키는 그런 의사소통이해가 얼마나 피상적이고 인간교육과정과 세계 습득과정을 서술하기 위해 얼마나 부적합한가는 다음 훔볼트의 언급을 통해서 알 수 있다. "말을 파악한다는 것은 발음되지 않은 음성의 이해하기와는 완전히 다른 것이고 음성과 지시된 대상의 단순한 상호적 환기 이상의 것을 내포하고 있다."[49] 훔볼트는 이 인용으로 말을 한다는 사실을 자동적 기계의 모방이 아니라 또 하나의 개성의 창조로 본다. 그래서 훔볼트에서는 개별성의 강조가 매우 강하게 부각되고 있다.

여기서 훔볼트는 각 개인의 개별성에 대하여 언급하는데 매번 말하는 각 개인의 화행에서 개별성의 존재를 확인하고 있다.

> "모든 개인에서 언어의 변형은 우리가 앞에서 개인에 대한 언어의 힘을 서술하는 것처럼 언어에 대한 사람의 위력을 보여주는 것이다. 후자를(개인에 대한 언어의 힘) 우리는 물리적 작용으로 생각할 수 있고, 전자는(언어에 대한 개인의 힘) 개인에서부터 출발하는데 동적인 작용이라고 간주할 수 있다. 그 개인에게 수행된 영향 안에 언어의 법칙성이 놓여 있고 언어자유성의 원칙은 개인에서 나오는 반작용에 놓여 있다. 왜냐하면 인간 안에는 어떤 것이 생길 수 있는데, 그것의 원인을 어떤 이성도 앞서 오는 상태들에서 찾아낼 수 없기

---

49) Humboldt III:220. 밑줄 친 것은 저자의 강조 표시임.

때문이다. 그리고 만일 우리가 그런 설명할 수 없는 현상의 가능성을 언어로부터 추론하려 했을 때 우리는 언어의 본성을 잘못 인식할 수 있다. 즉 언어의 생성과 변형의 역사적 진리를 손상시킬 수 있다. 그러나 그 자유 자체가 설명될 수 없고, 규정될 수 없다 해도, 그것의 경계는 어떤 공간 내에서 발견될 수 있다. 그리고 언어연구는 자유의 현상을 인식해야 하고 존경해야 하며 언어들 안에서 자유로이 아닌 것을 가능한 것으로 간주하지 않기 위해서 그것의 경계를 주의 깊게 조사해야 한다."[50]

훔볼트는 이 인용에서 개별언어를 보편 언어적으로 예측하는 것은 잘못이라고 본다. 즉 그는 절대적으로 보편적 성질에 기인한 개별적 특성으로 언어를 이해한다. 왜냐하면 인간과 세계 그리고 인간 사이의 개념적 전달인 언어의 본질은 언제나 개별언어에서 실행되기 때문이다. 그래서 훔볼트는 보편언어란 더 이상 실현 불가능하고 단지 이상으로서만 존재하며 보편언어의 개념은 교육적인 측면에서 또 다른 개체어로 가는 기본 토대는 되지만 절대 방해거리이지 도움을 주는 것은 아니라고 주장한다.

4) 나오는 말

훔볼트의 언어철학과 교육이론은 언어와 인류의 이상을 언어의 의사소통기능으로 축소시키지 않는다. 이는 다시 말하면 언어와 인류 이상은 매우 서로 관계가 깊으므로 개인으로서 나와 너의 인식을

---

50) Humboldt III:229. 밑줄은 본 저자의 강조 표시임.

요구하는 인류의 이상은 이러한 이상과 일치하는 언어적이고 문화적인 동질성의 모든 이상을 요구한다는 말이다. 그래서 언어의 <u>다양성</u>이 정당화된다. 만일 어떤 언어를 다른 언어로 번역할 문제가 더이상 없다면 사람들 사이에 단 하나의 언어나 이것들 사이를 중재하는 번역 자동기계만이 있을 것이고 다른 언어사용자들과(외국어사용자는 물론 방언, 타 계층어, 개별어 사용자까지도) 친하게 된다거나 역사성, 경험, 기억 등의 과정이 더 이상 존재하지 못 할 것이다.

이런 맥락에서 훔볼트는 언어를 의사소통수단으로만 생각하지 않고 <u>사고의 수단, 중재의 수단, 교육의 수단</u>으로까지 그 기능을 확대 시켰다. 사실상 언어의 기능이란 이것 이외에도 많은 인간의 삶에서 찾아낼 수 있지만 훔볼트가 제시한 상기의 언어기능은 당시에는 매우 충격적인 시각이었다. 왜냐하면 훔볼트 당시까지만 하더라도 언어란 단지 의사소통을 중심으로 하는 대상체 이상으로 보지 않으려고 했기 때문이다. 그래서 훔볼트의 언어철학에서 언어를 교육적인 특징으로 보는 것은 한편으로는 언어의 기능을 확대한다는 측면에서 의미가 있지만 다른 한편으로는 언어의 우월성이나 차별성을 과감하게 물리친 당시에 있어서 언어의 개별성에 대한 새로운 긍정적인 접근으로 보아야 할 것이다.[51]

세계와 인류는 최근에 진행되는 기계화를 통해서 편리함을 갈구하고 향유하지만 그 안에서 소멸되어 가는 <u>언어의 개별성, 인식의</u>

---

51) 훔볼트의 세계관이나 언어의 개별성의 태동에 대해서는 트라반트 1990년 제1장을 참조하시오. 이러한 측면에서 18세기를 '모국어발견'의 시대라고 하고, 이를 근거로 레오 바이스게르버는 20세기에 모국어 '독일어' 연구의 타당성을 찾을 수 있었다.

독특성, 민족의 고유성들은 회복이 불가능하게 되어가고 있음을 한탄해야 할 것이고 인터넷을 통한 영어의 세계지배는 의사소통의 편리함이나 정보의 제공을 용이하게 하는 현상이 아니라 모국어가 사라지므로 언어의 교육기능이 상실되고 모국어를 통한 다양한 인간의 인식과 사고를 단순화하고 통일시킴으로써 로보트와 같은 기계로 인간을 만들어가기 때문에 제이의 바벨탑[52]으로서 취급되어야 한다. 이는 그래서 결국 인간에 대한 은혜나 혜택이 아니라 우리 인간의 말세를 독촉하는 재앙의 원인으로 이해해야 할 것이다.

5) 참고문헌

An, Cheung-O: 1994. Grammatik aus der Fremd-und Eigenperspektive. Peter Lang:Bern.

Benner,D.: 1987. Allgemeine Pädagogik. Weinheim:München.

Chomsky,N.: 1969. Aspekte der Syntaxtheorie. Frankfurt:Suhrkamp.

Chomsky,N.: 1970. Sprache und Geist. Frankfurt:Suhrkamp.

Derblov,J.: 1972. Platons Sprachphilosophie in Kratylos und in späteren Schriften. Darmstadt.

Gipper,H.: 1992. W.v.Humboldt als Begründer moderner Sprachforschung. In: Humboldts Bedeutung für Theorie und Praxis moderner Sprachforschung.

---

52) 성경에 나오는 창세기 11장 참조. 그곳에서 인간은 신의 경지에 도달하고 자신들의 이름을 높이 날리고자 탑을 쌓다가 신의 저주를 받아서 시날 평야에서 여러 가지의 상이한 언어로 흩어져 의사소통이 자유롭지 못하게 되는 저주를 받게 된다. 영어로의 통일은 그래서 제2의 바벨탑이라고 부를만 하다.

Nodus:Münster.

Gipper,H.: 1985. Kinder unterwegs zur Sprache. Düsseldorf:Schwann.

Humboldt,W.v.: 1903-36. W.v.Humboldts Gesammelte Schriften (Hg. A.Leitzmann).

Humboldt,W.v.: 1988. W.v.Humboldts Werke. Bd.1-5. (Hg. A.Flitner u. K.Giel)

Mead,G.H.: 1968. Geist, Identität und Gesellschaft aus der Sicht des Sozialbehaviorismus.

Saussure,F.de: 1962(1931). Grundfragen der allgemeinen Sprachiwssenschaft. übers. von H.Lommel. Walter de Gruyter:Berlin.

Scharf,W.(Hg.): 1989. W.v.Humboldts Sprachdenken. Essen:Reimer Hobbing.

Schiller/Humboldt: 1962. Der Briefwechsel zwischen F.Schiller und W.v. Humboldt Hg. von S.Seidel 2 Bde. Berlin:Aufbau Verlag.

Schmitter,P.: 1991. Multum - non multa. Nodus:Münster.

Stetter,Ch.:1989. Über Denken und Sprechen. W.v.Humboldt zwischen Fichte und Herder. In: W.v.Humboldts Sprachdenken(Hg. W.Scharf). Essen: Reimer Hobbing.

Trabant,J.: 1990 Traditionen Humboldts. Suhrkamp.

Watanabe,M.: 1991. Wilhelm von Humboldt in Japan. In: Multum - non multa. (1991). Schmitter,P. Nodus:Münster. S.149-168.

신익성: 1985. 훔볼트. 서울: 서울대학교 출판부.

안정오: 1994. 에네르게이아 언어학의 실용적 요소. 텍스트언어학 2집. 403~424쪽.

안정오: 1995. W.v.Humboldt의 언어생성연구. 독일문학 56집. 333~352쪽.

안정오: 1996. J.G.Herder의 언어기원이론. 인문대논집 14. 259~292쪽.

9. 언어는 사고를 형성하는 기관이다 - 언어철학

> "정신의 작업으로서 언어들을 나타내는 것은 완전히 옳
> 고 정확한 표현이다. 정신의 존재는 주로 행위 안에서만,
> 그리고 행위로서 생각될 수 있기 때문이다"
>
> Humboldt III:419.

홈볼트는 언어와 사고를 동일시하고 언어기능을 의사소통수단보
다 사고의 수단으로 간주하는데, 그 이유는 바로 전시대의 철학자들
이 언어를 단순히 동물적인 기원에서 나왔을 것이라는 진화론적인
사고를 하였기 때문이고 언어기능을 의사소통기능으로만 한정하였
기 때문이다. 그래서 홈볼트는 다음과 같이 여러 곳에서 언어와 사
고의 밀접한 상관성에 대해 언급하고 있다.

> "언어는 발음된 음을 사고의 표현으로 가능하게 해 주는 영원히 반
> 복하는 정신의 작업이다"[1]

---

1) Humboldt III:418.

"정신의 작업으로서 언어들을 나타내는 것은 완전히 옳고 정확한 표현이다. 정신의 존재는 주로 행위 안에서만, 그리고 행위로서 생각될 수 있기 때문이다"[2]

위에 나온 인용들을 보면 언어는 정신의 작업임을 보여주고 있다. 언어는 사고를 표현하고 그것을 이용하여 인간이 내면의 것을 나타내는 정신의 작업 과정이다. 그에 더 나가서 언어를 사고를 형성하는 기관이라고 주장한 곳도 있다.

"언어는 사고를 형성하는 기관이다. 지적인 행위는 아주 정신적이고 내적이며 흔적이 없는 찰라적인 것인데 그것은 말함에서 음을 통해서 표출되고 감성적으로 인식된다. 언어와 지적 행위는 그래서 하나이고 서로 나눌 수 없다"[3]
"언어는 사고를 형성하는 기관이다."[4]

인간의 몸에 손, 발, 다리, 심장, 위 등의 기관이 있다. 정말로 필수적인 몸의 일부를 기관이라고 부르는데 훔볼트는 언어를 정신에 부속되는 하나의 기관으로 보고 있다. 이는 정신이 몸과 일치되어 하나의 인간 유기체를 형성한다면 정신은 언어를 통해서 만들어지기 때문에 그렇게 주장하는 훔볼트의 의견은 매우 정당하다고 볼 수 있다. 몸의 한 부분으로서 언어가 기관이라면 감정과도 깊은 관련이 있다. 그래서 훔볼트는 언어를 사고와 감정에 관련 있는 것으로 보

2) Humboldt III:419.
3) Humboldt III:426.
4) Humboldt III:191.

기도 한다.

> "언어는 <u>사고와 감정을 대상으로서 표현</u>한다."[5]
> "언어는 <u>사고와 감정의 진정한 거울</u>이다."[6]

이는 사고는 감정표현의 주된 사전 작업이라는 말이다. 즉 사고 안에 다른 하위 범주가 있다는 주장이기도 하고 사고와 감정을 동일선상에서 보는 시각이기도 하다. 사고는 이성의 축에서, 감정의 감성의 축에서 일어나는 정신활동이다. 그래서 총체적으로 이성과 감정을 같이 표현하는 수단이 언어가 되는 것이다. 이에 더나가서 "사람은 <u>언어 내에서만 사고하고 느끼고 살아간다</u>"[7]라고 언급함으로써 언어로 모든 생활을 한다는 것을 주장하고 싶어 했다. 인간은 사고를 토대로 느끼고 그럼으로 삶을 이어간다는 것이다.

비록 사람들이 다른 사람들과 이야기하고 의사소통을 하지만 그것이 먼저가 아니다. 우선 인간은 스스로 생각하고 스스로 고민하기 위해 의사소통을 하기 때문에 홈볼트에 의하면 언어는 의사소통수단으로 존재하기 보다 사고 수단으로 먼저 존재해야 한다. 그는 이런 맥락에서 "언어는 이해를 위한 수단이 아니고, <u>사고의 수단</u>이다."[8] 만일 우리가 언어를 의사소통수단으로만 생각한다면 서로 의사

---

5) Humboldt III:77.
6) Humboldt III:253.
7) Humboldt III:77.
8) Humboldt III:76.

소통할 수 있는 원숭이들도 언어를 지니고 있다고 말해야 한다. 그러면 여기서는 넓은 의미에서의 언어가 이해되는 것이다. 사고에 대해서 생각해 볼 때 사고를 단순히 수단을 찾는 것으로 이해한다면 구멍 안에 있는 구더기를 찍어 올리기 위해서 선인장가시를 사용하는 갈라파고스 섬의 다윈의 방울새도 사고하고 생각한다고 할 수 있다.

1) 사고 개념

우리가 사고와 언어를 상관성 있는 것으로 생각하려면 사고는 홈볼트가 말하는 사고, 즉 보다 고차원적인 것을 사고로 생각해야 하고 언어는 일반적인 말하기와 구별해야 할 것이다. 우리가 어떤 동그라미를 보았을 때 남녀노소 신분 등에 따라서 그 동그라미는 다르게 보인다. 즉 보는 것은 지식에, 경험에, 언어소유상태에 의존적임을 보여주는 증거이다. 사고대상은 상응하는 언어적 전제조건들이 만들어졌을 때 비로소 이런 식의 모습으로 우리에게 다가온다. 어린이 사고발달을 고찰해 보면 낱말로 그에게 주어져 있는 것만을 우선 인지함을 알게 된다. 낱말에 없는 대상들은 대개 관심을 두지 않는다.9)

---

9) 서양장기의 대가인 알예친은 언젠가 장기를 둘 때 어떤 말로 생각하는가를 질문 받은 적이 있는데 그는 "일상적인 생활에서는 러시아어로, 장기를 둘 때는 독일어로, 국제적인 보통일에서는 영어로 생각한다"고 대답했다. 장기의 참고

이런 생각들은 우리가 언어를 배워서 그 언어를 통해서 사고한다는 말인데 홈볼트의 사고개념을 명확히 할 때 우리는 사고는 물론 사고와 언어의 상관성을 가늠할 수 있을 것이다. 홈볼트는 「**말하기와 사고에 관하여**」(1795/96) 1), 2) 그리고 7) 항에서 사고를 다음과 같이 서술하고 있다.

> 1) 사고의 본질은 <u>성찰</u>에 있다. 즉 사고된 것을 사고하는 자와 구별하는 데 있다.
> 2) 사고하기 위해서 정신은 계속되는 <u>행위 안에서 잠시 머물러 있어야</u> 한다. 그리고 위에서 상상된 것을 어떤 단위로 파악하고 이런 방식으로 그것을 대상으로서 자기 자신에 대면시켜야 한다.
> 7) 그래서 언어는 <u>성찰의 최초 행위</u>로 시작된다.

홈볼트가 말하는 사고는 스스로를 생각하는 성찰이다. 그래서 사고를 통해서 나는 나와 사고하는 것을 일차로 구분하고 또 더 나가서 남과 나를 구분할 수 있다. 그는 3)과 4) 항에서 정신의 기능과 생성에 대하여 언급한다.

> 3) 이런 식으로 보다 많이 만들 수 있는 단위들을 정신은 다시 서로 <u>비교</u>하고 그것들을 필요에 따라서 <u>나누고 연결</u>짓는다.
> 4) 정신의 본질은 정신 자체의 과정 안에 단계들을 만드는 데서 생긴다. 그래서 정신의 행위의 어떤 부분에서부터 전체를 만드는 데서 정신은 생긴다. 그리고 이러한 형성은 서로 <u>개별화되고 모이기도 하고</u> 사

서는 모두 다 독일어로 되어있다. 이는 어떤 사람이 만일에 여러 가지 언어를 할 수 있다면 자기가 필요한 분야의 언어로 생각한다는 증거이다.

고하는 주체에게 객체로 대비되어 있기도 하다.

사고란 정신의 한 활동으로 인식의 단계에서 비교, 분할, 연계 행위들을 지적으로 수행하는 활동이다. 이런 과정에서 단계를 만드는 것이 정신의 본질이다. 이러한 것들이 개별화되고 사회에서 주관이 객관으로 이어지게 된다. 이에 더 나가서 사고와 언어에 대해 5)와 6) 항에서 언급한다.

> 5) 어떤 사고도 우리 감성의 일반 형식의 도움 없이 일어날 수 없다. 이 감성의 일반형식 안에서만 우리는 사고를 파악하고 고정시킬 수 있다.
> 6) 부분으로서 보다 큰 전체의 부분들에게 주체에게 객체로서 대면될 수 있기 위해서 사고의 어떤 분량이 통일되는 단위들의 감성적인 표시는 <u>언어</u>이다.

사고라는 것은 일단은 감성의 형식의 굴레 안에 있으므로 우리는 감성형식의 도움을 받아서 정신과 사고활동을 이해할 수 밖에 없는데 그것은 목젖, 귀, 혀, 목구멍, 입술 등의 감성을 나타내는 기관의 도움으로 소리를 받고 전달해서 외부의 것을 안으로 내부의 것을 외부로 전달할 수 있다. 이런 감성적인 형식을 전달하는 것이 유일하게 언어라고 훔볼트는 주장한다.

훔볼트는 사고의 본질을 정신행위의 지속되는 과정으로 본다. 이 사고는 전체를 형성하고 이 형성된 것을 서로 대립시키고 동시에 스스로 자신에게 객체로서 대응시키기도 한다.

2) 사고와 말하기의 관계

홈볼트는 이러한 사고와 언어의 관계를 단순히 주장한 것이 아니라, 사고를 **말하기**와 관련지어 설명하는데, 『인간언어구조의 상이성과 그것이 인류정신발달에 미치는 영향에 대하여 Ueber die Verschiedenheit des menschlichen Sprachbaues und ihren Einfluss auf die geistige Entwicklung des Menschengeschlechts』(1830-35)에서 언어는 당연히 사고를 위해 우선 존재하지만 그 사고를 구체화하는 것은 말하기(Sprechen)라고 강조한다.

> "의의의 행위는 정신의 내적인 행동과 함께 통합적으로 연결되어야 한다. 그리고 이러한 연결로부터 표상이 표출되고 주관적인 힘에 대하여서는 객관이 되며, 새로이 인식된 그런 것으로서 그 주관에 다시 돌아온다. 그러나 이를 위해서 언어는 필수적이다. 왜냐하면 그 언어 내에서 정신적인 노력이 입술을 통해서 길을 틈으로써 본인의 생산물이 다시 자신의 귀로 돌아오기 때문이다."[10]

인간은 말하지 않으면 주관은 그대로 머무르고 객관이 될 수 없다. 최초의 주관적인 표상이 언어를 통해 사회화되고 그것이 객관이 될 때 표상은 개념이 될 수 있다는 말이다. 홈볼트에 의하면 인간은 자신에게 언어를 전해주는 "너"(Du)를 경험한 후에야 비로소 인간이

---

10) Humboldt III:428-429.

다. "너"는 "그"를 경계 짓고 "그"를 규정한다. "너"는 "그"에 반응하고 "그"를 "나"(Ich)로 만든다. "나"는 대답하는 "너"에 종속적이기 때문에 "나"이다. 말하기를 통한 자기 이해에서 자각화는 언제나 다른 사람을 고려함으로써 자기 자신을 이해하려는 시도이고 또 다른 사람으로부터 스스로로서 자신을 이해하려는 시도이다.[11] 그래서 인간의 사회성은 스스로 만드는 것이 아니고 인간이 필요해서 만든 작품도 아니다. 훔볼트가 말하는 <u>사회성</u>이란 천성적으로 인간에게 해당하는 사회적인 본능에서부터 나오는 인간 자체의 근본적인 구조에 존재해 있다. 거대한 고독 안에서도 언어를 통해서 인간이 인간인 것처럼 인간은 언제나 사회성에 놓인 사회성을 통해 존재하는 존재이다. 그러나 각 개인에게 고유한 *사회지향성*은 역시 인간의 언어능력에 놓여 있다. 언어능력이 없는 인간은 비사회적이고 사회적인 생활을 활성화시키는 도구는 언어가 그 처음이다. 그래서 사람들은 훔볼트를 최초의 사회언어학자라고 하기도 하고 화용론의 첫 번째 기안자라고 말하기도 한다.

훔볼트는 「인간언어구조의 상이성에 대하여」에서 "언어는 연결된 말에만 존재한다. 문법과 사전은 죽은 해골과 같은 것"[12]이라 했다. 여기서 그는 언어의 화용성을 강조하고 싶어했다. 언어를 보존한다거나 설명한다는 차원에서는 문법이나 사전이 유용하지만, 문자로서 보존된 언어는 미이라와 같은 보존일 뿐 언어의 실체는 아니고,

---

11) 이런 현상을 슈테터 Ch.Stetter는 훔볼트의 언어철학에서 <u>화용적인 모티브</u>라고 간주한다. Ch. Stetter 1989:27 참조.
12) Humboldt III:186.

언어란 언제나 실제로 실현되어야만 언어인 것이다. 그래서 "언어는 지속적인 것이고 매순간마다 변하는 것이다"13). 이는 언어의 <u>동적인</u> <u>측면</u>과 <u>대화적인 측면</u>을 강조하는 것이다.

그래서 그에게서 '담화'(Rede)는 이러한 언어의 기능을 강조하는 과정에서 중요한 역할을 하게 된다. 이런 맥락에서 훔볼트는 「쌍수에 대하여 Ueber den Dualis」(1827)에서 <u>대화의 중요함</u>과 언어의 상호 이해 기능을 강조한다. 훔볼트의 언어개념에 있어서는 언어의 **사회성**이 중요하고, '나'(Ich)와 '너'(Du)라는 **인칭대명사**가 언어원시원형으로 작용을 하며, 이에 따르는 **"이원성"**(Zweiheit)이 중요하다14):

> "언어의 근본적인 본질에는 바뀔 수 없는 <u>이원성</u>이 있다. 그리고 그 말함의 가능성 자체도 말을 거는 것과 그 대답을 통해 좌우된다. 근본적으로 <u>사고란 사회적인 존재로 가는 경향</u>에서 유도된다. 그리고 인간은 모든 육체적인 통각 관계와는 무관하게 그의 단순한 사고를 위해 나에 해당하는 너를 동경한다. 개념은 어느 낯선 사고력에서 나온 반사를 통해서 비로소 그것의 규정과 확신에 도달하는 것처럼 보인다. 그 개념은 움직이는 많은 표상에서부터 분리되면서, 그리고 주체에 대하여 객체로 되면서 그 개념은 생성된다. 그러나 이 분리가 주관에서만 출발하는 것이 아니라, 그 상상하는 사람이 바로 그 자신에게 상상되고 생각되어지는 본질이 단지 다른 사람에게서도 가능하다는 생각을 무의식적으로 인식할 때 그 객관성은 더 완벽한 것처럼 보인다."15)

---

13) Humboldt III:418.
14) Humboldt III:137 참조.
15) Humboldt III:138-139.

언어는 상대가 있어야 되고 언어를 통해 인간은 사회적인 존재로 인정된다는 사실을 설명하고 있다. 그러나 이는 단지 의사소통을 위해서가 아니라 <u>사고를 위해서 사회가 필요하고</u> '나'를 상대하는 '너'가 필요하다. 개념은 주체에 대해 객체로 될 때 생성이 된다. 단어가 "개인에게서만 만들어졌다면, 그 단어는 단지 어떤 거짓객체에 비유된다. 언어는 개인으로부터 나올 수 없다. 그 언어는 한 새로운 시도가 어떤 행해진 시도에 연결되면서 사회적으로만 실현될 수 있다."16) 『카비어 서문』에서 훔볼트는 객체에 대한 주체를 역으로 강조하기도 한다.

> "언어는 주관적으로 작용하고 주관에 종속적일 때 한에서 바로 객관적으로 작용하고 자립적이 된다. 언어는 문자가 아닌 어떤 체류하는 장소를 갖기 때문이다. 언어의 죽은 부분은 언제나 사고에서 새로이 생산되어야 하고 말이나 이해에서 활성화되고 이어서 주체로 완전히 넘어가야 한다; 그러나 사고를 객체로 만드는 것은 이런 생산의 행위에 있다."17)

이 인용을 통하여 주관과 객관의 상호의존적이며 주체와 객체가 보완적인 역할을 하고 있음을 강조하고 있다. 사고는 우선 언어를 통해 **주체**가 되고, 다시 언어를 통해 **객체**로 된 다음, 다시 **반사**되고, 결국은 **객체적 주체**로 된다. 이러한 역할을 행하는 것이 훔볼트가 의미하는 언어이다.

---

16) Humboldt III:139.
17) Humboldt III:438.

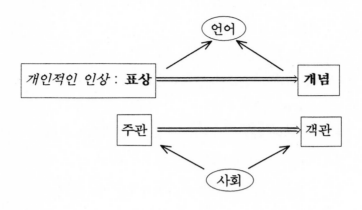

3) 나오는 말

훔볼트에서 언어는 "무한성과 유한성을 연결해 주는 중재자이고 어느 개인과 다른 개인을 연결해 주는 중재자"[18]이다. 그래서 그는 많은 논문에서 언어의 화용성과 <u>사회성</u>을 언어의 중요 기능으로 강조하여 제시하였다. 그러나 그가 언어의 사회성이나 화용성을 강조하는 것은 말하기를 통하여 드러나게 되는 사회적인 혹은 화용적인 언어 측면이 결국은 사고라는 하나의 지적 행위를 위한 보조수단임을 강조하고자 하는 데에 있다. 그에게서 언어는 "완전히 단순한 이해의 수단이 아니고, 말하는 사람의 세계상과 정신의 모사체이다. 사회성은 언어의 발전을 위해 필요한 보조수단이고 사회성만을 위해 일하는 것이 언어의 유일한 목적은 아니다. 오히려 언어는 개개

18) GS III:296.

인들이 인류로부터 분리될 수 있는 한은 그 종착점을 개인에게서 찾는다".19)

인간은 조음된 음을 가지고 사유를 표현하는 지적 행위를 수행하는데 이것이 개인에게서 출발하기 때문이다. 그래서 인간은 말하기를 통해 사유하고, 사유를 위해 말하며, 이 말이 시행되는 언어공동체가 필요한 것이다. 훔볼트에게 있어서 **개인**(인간), **사회**(언어공동체) 그리고 **사유**(思惟)는 구어체언어의 필수불가결한 요소인데 인류는 언어를 통해 정신을 형성해 내고, 사회에서 언어가 발전되고 이 모든 요소들을 각 개인이 사용한다. 그러나 이런 세 가지 요소 중 개인의 역할이 가장 중요하다. 개인이 없으면 사회도, 언어도, 사유도 필요 없기 때문이다. 훔볼트에게서 언어의 화용성은 개인의 사유를 위한 것이었다.

훔볼트의 언어철학에 따르면 언어공동체와 민족이 필요한 것은 결국 개인의 정신 활동을 위해서이다. 언어의 가장 중요한 기능은 사유의 기능이고 의사소통 기능은 부수적인 기능이다. 인간에게 언어가 필요한 것은 개인 정신활동을 위해 필요하므로 사회라는 곳도 일종의 보조 장소이지 언어의 최초 장소 혹은 최종 장소는 아니다. 결국 언어가 존재하는 곳은 정신활동이 일어나는 개인의 두뇌 속이다. 그래서 언어존재 측면에서 볼 때 언어공동체나 민족은 개인의 다음에 올 수 밖에 없다. 이런 측면에서 언어연구의 최종목표는 인간 연구이고 개인 연구이다. 즉 개인의 사고 과정과 기능을 언어를

---

19) Humboldt III:135.

통해서 인간과 언어의 상호적 관계를 연구하는 것이다. 이것이 바로 훔볼트의 언어철학이다.

4) 참고문헌

Gehlen,A.: 1986. Der Mensch. Wiesbaden:Aula.

Herder,J.G.: 1966(1772). Abhandlung über den Ursprung der Sprache. Stuttgart: Reclam.

Humboldt,W.v.: 1822. Ueber den Nationalcharakter der Sprachen. In: Humboldts Werke III. S.64~81.

Humboldt,W.v.: 1824. Ueber die Buchstabenschrift und ihren Zusammenhang mit dem Sprachbau. In: Humboldts Werke III. S.82~112.

Humboldt,W.v.: 1827~29. Ueber die Verschiedenheiten des menschlichen Sprachbaues. In: Humboldts Werke III. S.144~367.

Humboldt,W.v.: 1830~35. Ueber die Verschiedenheit des menschlichen Sprachbau und ihren Einfluß auf die geistige Entwicklung des Menschengeschlechts. In: Humboldts Werke III. S.368~756.

Stetter, Ch.: 1989. Ueber Denken und Sprechen.

Watzlawick,P: 1969. Menschliche Kommunikation. Formen, Störungen, Paradoxien. Bern.

Wittgenstein,L.: 1963. Tractatus Logico-philosophicus Logisch-philosophische Abhandlung. Franbkfurt a.M.:Suhrkamp.

안정오: 1995. Energeia-언어학의 실용적 요소, 텍스트언어학 2집, 402~423쪽.

안정오: 1995. W.v.Humboldt의 언어생성연구, 독일문학 56집, 333~352쪽.

찾아보기

ㅎ

빌헬름 폰 훔볼트

1767.6.22, 포츠담에서 출생.

1779, 부친 베르린에서 사망.

1787, 가을, 프랑크프르트 Frankfurt am Oder 대학에 입학.
괴테가 『에그몬트 Egmont』와 『이피게니에 Iphigenie』를 저술.
쉴러가 『돈 카를로스 Don Carlos』를 저술,
모짜르트는 ≪돈 지오바니 Don Giovanni≫를 작곡.

1788, 봄, 괴팅엔 대학으로 전학. 가을, 라인지방과 마인지방을 여행. 부
인이 될 카로린을 처음으로 알게 됨.
포르스터 Georg und Therese Forster 부부와 야코비를 알게 됨.
칸트 『실천이성비판 Kritik der praktischen Vernunft』이 출간됨.

1789, 파리와 스위스로 여행. 12월 16일, 에어푸르트에서 카로린과 약혼.
쉴러를 알게 됨.
프랑스혁명이 발발. 바스티유 감옥 폭파.

1790, 베르린 대법원에서 사법관시보로 근무.

1791, 봄, 공사관 참사관으로서 공직 사퇴.

1791.6.29, 에어푸르트에서 카로린과 결혼,.
　　　헤르더, 『인류사의 철학에 대한 단상들 Ideen zur Philosophie der
　　　Geschichte der Menschheit』이 출간됨.

1792-1793 튀링엔 지방에 있는 장인의 땅에서 시골생활. 에어푸르트, 베
　　　르린, 바이마르, 예나를 여행.

1795-1796, 베를린 테겔 Tegel 성에 체류.

1796, 가을, 북독일(Rugen, Eutin, Hamburg, Wandsbeck)로 여행. 11월 1일
　　　예나로 돌아옴. 11월 14일, 어머니 엘리자베트 Elisabeth von
　　　Humboldt, 사망. 콜롬브 Colomb 출생.
　　　괴테, 『빌헬름 마이스터의 학습기 Wilhelm Meisters Lehrjahre』가 나
　　　오고
　　　티이크, 『빌리암 로벨 William Lovell』이 출간됨.

1797, 6월부터 8월까지 드레스덴에 체류. 가을, 비엔나로 여행. 11월에
　　　파리로 이주.

1799, 미학적인 시도인 괴테의 『헤르만과 도로테아 Hermann und Dorothea』
　　　의 첫 번째 부분이 출간됨.
　　　쉴러, 『발렌슈타인 Wallenstein』 발간.

1799-1800, 7 개월 동안 스페인 여행.

1801, 프랑스와 스페인 바스크지방을 여행함. 8월에 가족들이 있는 독일
    의 테겔로 돌아 옴.

1802-1808, 로마의 프로이센 주재공사를 지냄.

1804,   카로린 독일 내륙과 파리 여행. 아메리카에서 돌아온 동생 알렉
    산더가 로마에 같이 체류.
    베토벤, 3번 교향곡 ≪영웅 Eroica≫ 작곡.

1809.2.20,   내무부서의 문화와 강의를 위한 분과의 장으로 임명됨.

1810, 6.14, 비엔나 대사로 임명됨.
    클라이스트, 『홈부르크 왕자 Prinz von Homburg』가 출간됨;
    쉴레겔 A. W. Schlegel, 쎅스피어 드라마 17개를 번역함.
    스타엘 de Stael 부인의 책 『독일 De l´Allemagne』 출간됨.

1812.7-8,   베르린과 튜링엔 지방으로 휴가.

1814.2-3,   샤티용 의회의 프로이센 대표자. 8월에는 비엔나의회에서 프로
    이센의 부대표자로 선정됨.
    그림 Jacob und Wilhelm Grimm, 『어린이과 가정 동화 Kinder-
    und Hausmarchen』이 출간됨.
    베토벤, ≪피델리오 Fidelio≫가 초연됨.

1815.7-11, 파리에서 열린 평화협정에 참여.

1816, 『아가멤논 *Aeschylos' Agamemnon*』 번역.
    봅 Franz Bopp 이 인구어의 친족성을 발견.

1817.7, 베르린의 추밀원 회의에 참석. 9월 11월 영국에 대사로 파견됨.

1818.10.30, 런던을 떠남. 11월과 12월에 아헨의회의 참관인으로 참석.

1819.1.11, 문화부장관으로 임명된 후 하르덴베륵과 의견충돌로 12월 사퇴.

1820-1835, 언어연구가와 언어철학자로서 연구를 시작함.

1829, 3월 26일, 부인 카로린 사망.

1830.9.15, 추밀원에 재 소환됨.

1835.4.8, 베르린 테겔 성에서 사망.
> 독일의회가 하이네 Heine, 구츠코브 Gutzkow, 뵈르네 Borne, 라우베 Laube 등의 작품을 금지함.
> 뷔히너의 『단톤의 죽음 Dantons Tod』이 출간됨.

훔볼트의 유산

2005년 8월 30일 1판 1쇄 인쇄
2005년 9월 5일 1판 1쇄 발행

지은이 ● 안 정 오
펴낸이 ● 한 봉 숙
펴낸곳 ● 푸른사상사

등록 제2 - 2876호
서울시 중구 을지로3가 296 - 10 장양B/D 701호
대표전화 02) 2268 - 8706(7) 팩시밀리 02) 2268 - 8708
메일 prun21c@yahoo.co.kr / prun21c@hanmail.net
홈페이지 //www.prun21c.com

값 15,000원
ISBN 89 - 5640 - 365 - 1 - 93855

☞ 푸른사상에서는 항상 좋은책 만들기에 힘쓰고 있습니다.
　저자와의 합의하에 인지 생략함.